Andrea Eichhorn

*Sternenlicht über den Bergen*

Andrea Eichhorn

# *Sternenlicht über den Bergen*

Roman

rosenheimer

Die nachfolgende Geschichte spielt größtenteils in Kitzbühel, einem realen Ort in Tirol, und der umliegenden Umgebung. Die Personen und Handlungen sind jedoch rein fiktiv. Übereinstimmungen mit lebenden oder toten Personen wären rein zufällig und sind nicht beabsichtigt.

2. Auflage

www.rosenheimer.com

Titelfoto: © alpegor – Fotolia.com (oben) und
4FR – iStockphoto.com (unten)
Lektorat und Satz: BuchBetrieb Peggy Sasse, Leipzig
Druck und Bindung: GGP Media GmbH, Pößneck
Printed in Germany

ISBN 978-3-475-54667-9

# 1

Zwei erstaunlich milde Wochen waren vergangen, und nun war es bereits Ende November. Wie eigentlich für diese Zeit üblich, war es eisig kalt geworden. Fröstelnd zog sich Verena ihren selbst gestrickten hagebuttenroten Schal enger um den Hals. Dann verschlang sie die Finger ihrer linken Hand erneut mit der Rechten ihres Verlobten Simon, mit dem sie durch die morgendliche Altstadt von Kitzbühel eilte.

Der große blonde Mann sah sie von der Seite an. »Jetzt merkt man wirklich, dass der Dezember vor der Tür steht, nicht wahr?«

»Stimmt«, grinste Verena und warf ihre langen dunklen Locken unter der ebenfalls hagebuttenroten Strickmütze in den Nacken. »Morgen ziehe ich mir am besten gleich einen Skianzug an!«

»Na, na, so schlimm wird es schon nicht gleich werden!«

Ihre Blicke trafen sich, und abgesehen davon, dass die junge Tirolerin laut auflachen musste, zog ein warmes Gefühl durch ihre Brust. Völlig egal, dass die Temperatur kaum über Null Grad betrug. Himmel, was war sie aber auch verliebt in ihren Freund! Simon Gießhübel, genau wie sie achtundzwanzig Jahre alt, arbeitete als Skilehrer und Wanderführer. »Was, du bist mit dem

Simon zusammen? Der hat es doch noch nie lange mit einem Mädel ausgehalten!« Noch geraume Zeit hatten Verena die warnenden Worte ihrer besten Freundin Leni im Ohr gehallt.

Auch wenn Lenis Ausspruch sie ein wenig kränkte, sie hatte damit ehrlich gesagt so ziemlich ins Schwarze getroffen. Denn bevor Simon mit Verena zusammengekommen war, hatte er, ein fescher Typ, durchtrainiert und durch den Aufenthalt in den Bergen stets braun gebrannt, seine Freundinnen im Eiltempo gewechselt. »So schnell konnte man gar nicht schauen, dann ist die eine schon wieder passé gewesen, und die Nächste hat an seinem Arm gehangen«, hatte erst letztens ein alter Freund von Simon bei einem Glas Wein in einer gemütlichen Freundesrunde amüsiert erzählt. Um Verena danach einen durchaus bewundernden Blick zuzuwerfen: »Aber du musst wohl Zauberkräfte besitzen, da er keine andere mehr haben will.«

»Vielleicht ist er aber auch einfach verliebt in mich«, hatte sie halb belustigt, halb genervt zurückgegeben, weil sie die alten Geschichten über den »wilden, draufgängerischen Simon« nicht mehr hören konnte.

»Natürlich ist er verliebt in dich«, war es danach von ihm wie aus der Pistole geschossen gekommen. »Und jeder, der halbwegs funktionierende Augen im Kopf hat, kann das nur zu gut verstehen.«

Verena hatte das offensichtliche Versöhnungsangebot schnell angenommen und mitgelacht.

Ja, offenbar passten Simon und sie fabelhaft zusammen, waren seit vier Jahren überglücklich miteinander. Mochten da seine Freunde ruhig glauben, dass sie übersinnliche Kräfte besaß, um ihren Freund an sich zu binden. Sie wusste, dass die Antwort viel einfacher war: Sie beide liebten sich und konnten sich ein Leben ohne den anderen schlicht und ergreifend nicht mehr vorstellen. Deshalb war ja auch die Hochzeit für das nächste Frühjahr geplant, und wenn der Storch, der offensichtlich im Moment schwer mit etwas anderem beschäftigt zu sein schien, dann auch endlich ein Baby bringen wollte, nur zu!

»Möchtest du noch etwas vom Bäcker?«, riss Simon sie aus ihren Gedanken.

Eben waren sie beim Moser, einer der leckersten Bäckereien der Stadt, angekommen. Verena, die nur wenig gefrühstückt hatte, lief alleine beim Anblick der köstlich ausschauenden Topfengolatschen und Mohnkipferln das Wasser im Mund zusammen. »Ja, gerne. Die nächsten Stunden komme ich bestimmt nicht aus dem Laden raus. Da wäre eine kleine Stärkung fabelhaft.«

»Meine kleine Zuckerschnecke«, raunte ihr Simon lachend ins Ohr.

In der nächsten Sekunde drückte er ihr einen Kuss auf die Lippen. »Mmh, du schmeckst jetzt schon total süß.«

Sie lachte und küsste ihn blitzschnell zurück. »Das Kompliment kann ich nur erwidern.«

Zuerst grinsend, dann jedoch ernst, schauten sie sich in die Augen. Und ehe Verena sich versah, verwandelten sich ihre Knie in Zuckerwatte. Wie gut, dass Simon seine Arme auf ihre Schultern gelegt hatte und ihr dadurch genügend Halt verlieh. Herrje, seine Augen waren aber auch verdammt strahlend blau. Mit der intensiven Farbe konnte nicht einmal der wolkenlose Himmel an diesem kalten Novembermorgen mithalten. »So, meine Schöne, jetzt hole ich uns aber ein paar Teilchen. Nicht, dass du mir später noch verhungerst«, sagte Simon jetzt.

Nachdem er ihr eine lange dunkle Locke aus dem Gesicht gestrichen hatte, ließ er sie los und sprang die drei Stufen zur Bäckerei hinauf. Nur wenig später kam er mit zwei Tüten heraus.

»Was hast du denn gekauft?«, fragte Verena übermütig. Da ihr Freund jedoch die Papiertüten hinter seinem Rücken versteckte, fügte sie rasch hinzu: »Ich möchte es sofort wissen!«

»Ist aber eine Überraschung! Du darfst erst später reinschauen!«, gab er ebenso vergnügt zurück.

Die junge Frau verdrehte gespielt entnervt die Augen, konnte aber nicht verhindern, dass sie erneut losprusten musste und gar nicht mehr aufhören konnte. Jawohl, sie beide benahmen sich gerade total kindisch. Die anderen Fußgänger, die an ihnen vorbei über das Kopfsteinpflaster liefen, mussten ja denken, dass sie geistig im Kindergartenalter stecken geblieben waren. Mindestens. Aber völlig egal. Verena liebte es, wenn Simon und sie sich gegenseitig aufzogen und einfach nur einen riesigen Spaß miteinander hatten. Doch dann warf sie einen Blick auf ihre Armbanduhr und zuckte erschrocken zusammen. »Simon, es ist gleich neun. Ich muss den Laden aufschließen.«

»Alles klar, meine Wollfee!«, sagte Simon und nahm ihre Hand.

Gemeinsam setzten sie sich in Bewegung, nur noch hundert Meter, dann waren sie bei Verenas Handarbeitsgeschäft, das tatsächlich »Zur Wollfee« hieß, angekommen.

Drei Monate zuvor hatte Verena mit der Eröffnung des Ladens ihren absoluten Traum verwirklicht. Dafür hatte sie sogar ihren sicheren Job als Angestellte in einer Bank in Kitzbühel aufgegeben – sehr zum Leidwesen von Simons Mutter Franziska.

»Wie kann man nur so unvernünftig sein, Mädel!«, hatte die von allen nur Fanny genannte Mittfünfzigerin nicht nur einmal zu ihrer zukünftigen Schwiegertochter gesagt. »Das wirst du noch ewig bereuen!«

»Ich habe mit meinem Filialleiter gesprochen, und er hat mir schriftlich zugesichert, dass ich, falls es mit meinem Laden nicht klappt, innerhalb eines Jahres wieder in der Bank arbeiten kann«, hatte Verena ihr mehrmals erklärt, dabei aber nur Kopfschütteln und weitere bissige Worte geerntet.

»Man kann nicht alles glauben, was einem erzählt wird. Und in schriftlichen Verträgen befindet sich gerne mal Kleingedrucktes, das alle

Versprechungen widerruft. So absolut naiv darf man einfach nicht sein.«

Tja, wenn Fanny von etwas überzeugt war, biss man, wenn man sie vom Gegenteil überzeugen wollte, einfach auf Granit. Da konnte Verena sich insgeheim auch noch so sehr darüber ärgern, dass Simons Mutter sie als naive Spinnerin darstellte. Zugegeben, mit dem Handarbeitsladen war sie einfach ins kalte Wasser gesprungen: wie nunmal aber jeder Mensch, der sich beruflich selbstständig machte. Doch sie war nicht völlig kopflos an die Sache herangegangen. Sie hatte sich in der Umgebung erkundigt, ob denn überhaupt eine Nachfrage nach solch einem Geschäft, in dem auch Strick- und Häkelkurse stattfinden würden, bestand. Das Echo fiel überwiegend positiv aus, und jetzt waren die Kurse bei ihr immens gut besucht. Auch der Verkauf der Wolle nahm stetig zu, oft wurde Verena von Kunden und Kundinnen für ihr qualitativ hochwertiges und vielmals ausgefallenes Sortiment gelobt. Und außerdem waren Stricken und Häkeln in den letzten Jahren wieder zum trendigen Hobby geworden und hatten ihr staubiges Uroma-Image längst verloren. In Verenas Kursen tummelten sich Hausfrauen und Studentinnen neben Ärzten und Rentnern. Gerade in einer Zeit, in der man alles fertig kaufen konnte, liebten es die Menschen scheinbar wieder, Selbstgemachtes zu besitzen … oder auch zu verschenken, musste Verena denken, die sich immer noch wahnsinnig darüber freute, dass ihr

Vorschlag, Schals für das Kinderheim im Ort zu stricken, bei vielen ihrer Kunden so gut angekommen war.

Sie selbst spendete die Wolle, und ihre Kunden, die oft auch Strickkurse bei ihr besuchten, investierten ihre Zeit. Sowohl im Laden als auch daheim strickten sie eifrig, und viele steckten zusätzlich noch den einen oder anderen Euroschein in die Sparbüchse, die Verena am Verkaufstresen für das Kinderheim aufgestellt hatte. Gemeinsam würden sie noch vor Weihnachten die Einrichtung besuchen und dann die bunten Schals verteilen. Klara Hell, eine pensionierte Lehrerin, hatte auch noch den Vorschlag gemacht, am Nachmittag der Geschenkübergabe mit den Kindern gemeinsam zu spielen und zu singen. Eine Idee, die von der Heimleitung begeistert angenommen worden war.

»Vom Spenden alleine verdient man aber kein Geld«, war allerdings Fannys einziger Kommentar zu der Aktion gewesen, als Simon ihr davon erzählt hatte. Wenn Verena jetzt an diese Worte dachte, musste sie unwillkürlich aufstöhnen. Tja, der guten Fanny würde sie es wohl nie recht machen können! Klar, die Skischulbesitzerin war eine fabelhafte Geschäftsfrau, die ihr Business finanziell bestens im Griff hatte. Vermutlich besser als ihr Mann August, der sich eher um die Organisation der Skistunden kümmerte. Aber so ganz dumm war Verena auch nicht. Sie hatte ihre Einnahmen und Ausgaben stets gut unter Kontrolle, war aber dennoch der

Meinung, dass man auch mal uneigennützig etwas geben konnte, wenn es einem selber halbwegs gutging.

»Was schaust denn plötzlich so grantig drein?«, riss Simon sie aus ihren Gedanken. »Du hast ja lauter Falten auf der Stirn.«

Inzwischen waren sie vor der »Wollfee« angelangt, und Verenas Verlobter deutete ihre Ernsthaftigkeit falsch. »Hattest du Sorge, dass dir wieder jemand Jauche vor die Tür schüttet?«, fragte er und streichelte dabei ihre Hände.

»Ja«, schwindelte sie ausnahmsweise. Denn ganz bestimmt wollte sie nichts Schlechtes über seine Mama, die ihre beiden Söhne abgöttisch liebte, sagen. »In den drei Monaten seit der Eröffnung ist mein Geschäftseingang ja schließlich schon acht Mal zur Jauchegrube geworden.«

Dieses Problem hatte sie tatsächlich in den letzten Tagen, da zum Glück nichts Derartiges mehr passiert war, verdrängt. Die Vorstellung, von jemandem so sehr gehasst zu werden, dass er ihr das Geschäftsleben im wahrsten Sinne des Wortes »versauen« wollte, fand Verena ohnehin gruselig genug. Und so sehr sie auch darüber nachdachte, wer dieser missgünstige Mensch sein könnte, es fiel ihr keine überzeugende Antwort ein. Die einzige Möglichkeit, die als vage Vermutung in ihrem Hinterkopf umherschwirrte, war die, dass es den Besitzerinnen des Hauses, zwei Schwestern um die sechzig, nicht passte, dass Verena für das Wollgeschäft eine äußerst günstige Miete zahlte. Die Mutter der beiden Frauen, Angelika Helmbach, war zu Lebzeiten eine enge Freundin von Verenas inzwischen längst verstorbener Oma gewesen und hatte immer gestaunt, welch tolle Stücke Verena gestrickt und gehäkelt hatte. »Du solltest dich mal mit einem Atelier oder einem Geschäft, in dem du deine Kunstwerke verkaufst, selbstständig machen!«, hatte sie ihr wenige Monate vor ihrem Tod ins Gewissen geredet.

Verena, die auch nach dem Tod ihrer Oma Angelika Helmbach noch regelmäßig besucht hatte, war über diesen Vorschlag gleichermaßen entzückt wie auch erschrocken gewesen. Schon lange hatte sie genau diesen Traum gehegt, aber sich nicht getraut, auch nur ansatzweise an seine Verwirklichung zu denken. Schließlich hatte sie sich doch nicht in der Bank hochgearbeitet, etliche Fortbildungen besucht, um dann wegen einer bestimmt unsinnigen Sehnsucht ihren sicheren Arbeitsplatz aufzugeben. Aber Angelika hatte einfach nicht locker gelassen. »Tu das trotzdem!«, hatte die freundliche alte Frau, die für Verena fast wie eine liebe Tante war, immer wieder gesagt.

»Gerade, wo du dich mit Finanzen gut auskennst, würdest du ein Geschäft sicher vernünftig führen.«

Verenas Abwehr war ins Wanken geraten. Und als dann die alten Mieter, Besitzer eines Haushaltswarenladens, ein für ihre Bedürfnisse passenderes, größeres Geschäftslokal fanden, hatte sie tatsächlich begonnen, ernsthaft darüber nachzudenken. »Wie hoch würde denn die Miete sein?«, hatte sie mit zittriger Stimme gefragt.

An das erstaunlich helle Lachen der alten Frau, welches wie das Klingeln kleiner Glöckchen klang, konnte sie sich jetzt noch erinnern. »Da mach dir mal keine Sorgen!«

Und wirklich, die schon hochbetagte Angelika Helmbach hatte in ihrem Testament eine Miete für die nächsten zehn Jahre festgeschrieben, die mehr als fair war. »Unsere Mutter hat die Höhe der Miete mit uns besprochen, wir sind damit einverstanden«, hatte Josefa Helmbach im Beisein ihrer zustimmend nickenden Schwester Adelheid erklärt und Verena schelmisch zugezwinkert. »Wir würden uns wirklich sehr freuen, wenn du mit deinen Wollknäueln bei uns einziehst.«

»Vielen lieben Dank! Das mache ich!«, brachte da Verena mit einer Überzeugung hervor, die sie selbst ein wenig erstaunte.

Offensichtlich war dieser heimliche Wunsch nach einem eigenen Wollgeschäft wichtiger für sie gewesen, als sie sich je eingestanden hatte. Und nun war dieser Traum vor drei Monaten wahr geworden. Allerdings mit dem kleinen Wermutstropfen, dass ihr offensichtlich jemand dieses Glück nicht gönnte. Aber auf keinen Fall wollte sie glauben, dass Josefa oder Adelheid Helmbach etwas mit dieser Gemeinheit zu tun hatten, nur um sie rauszuekeln und das Geschäftslokal doch teurer zu vermieten.

»Vielleicht hat es ja jetzt ein Ende mit dem Dreck«, sagte sie laut und mit vorsichtiger Erleichterung in der Stimme zu Simon, während sie die Eingangstür aufschloss.

»Bestimmt!«, sagte er in aufmunterndem Ton und lächelte ihr zu.

Wieder wurde Verena ganz warm ums Herz. Auch dafür liebte sie ihren Verlobten: Simon konnte einen mit seiner optimistischen Art aus jedem noch so starken Stimmungstief herausholen. Ihre beste Freundin Leni, die leider seit einem halben Jahr bei ihrem Liebsten in Augsburg wohnte, hatte einst gesagt, dass Simon ein wenig oberflächlich wirken würde. Sofort war sie, als sie Verenas verletzten Gesichtsausdruck gesehen hatte, zurückgerudert: »Aber ist doch super, wenn jemand eine gewisse Leichtigkeit hat und nicht immer alles so bierernst nimmt!«

Diese positive Einstellung zu Simon besaß auch Verena. Sie selbst grübelte manchmal vielleicht ein wenig zu viel über Probleme, die man gar nicht so ernst nehmen sollte. Da war es genau richtig, dass ihr Verlobter die Dinge einfach lässiger sah. Wie die zwei Seiten einer Medaille ergänzten sie sich zu einem wundervollen Ganzen. Kurz dachte Verena daran, dass sie diese Worte so oder so ähnlich in ihrer kleinen Rede, die sie bei der Hochzeit vor dem Tausch der Ringe halten würde, einflechten konnte. Bei dem Gedanken machte ihr Herz sofort wieder einen kleinen Hopser. So ganz konnte sie es immer noch nicht fassen: Simon und sie würden heiraten! Sie würden eine Familie gründen! Ein, zwei, vielleicht auch drei süße Kinder bekommen. Und da es Simon sehr wichtig war, hatte sie auch kein Problem damit, seinen Nachnamen anzunehmen. So würde aus Verena Aichinger eine Verena Gießhübel werden. Klang doch gar nicht mal so schlecht. So, aber jetzt musste sie in den Laden, und Simon hatte gleich, so knapp vor Beginn der neuen Skisaison, eine Besprechung mit seinen Eltern in der Skischule.

»Mach's gut, Liebling!«, flüsterte sie ihm ins Ohr, während sie sich an der Türschwelle kurz an ihn schmiegte.

»Soll ich uns heute Abend etwas Gutes kochen? Wiener Schnitzel mit Petersilienkartoffeln vielleicht?«

Simon wich einen Schritt zurück, ein leicht tadelnder Ausdruck legte sich über sein Gesicht. »Hast du vergessen, dass wir heute bei meinen Eltern zum Essen eingeladen sind? Lennart und Gisela kommen auch.«

»Stimmt!« Schuldbewusst schlug sich Verena mit der Hand gegen die Stirn. »Mein Hirn hat sich offenbar bereits in ein Wollknäuel verwandelt.«

»Gar kein Problem. Meins verwandelt sich im Winter ja auch immer in Pulverschnee!«, antwortete er mit einem gutmütigen Grinsen. »Ich hol dich um sechs Uhr ab, ja?«

Verena verzog den Mund. »Zwanzig Minuten länger werde ich schon brauchen, bis ich die Kasse gemacht und alles weggeräumt habe.«

»Aber meine Mutter mag es nicht, wenn man sich verspätet, das weißt du doch«, sagte Simon plötzlich mit düsterer Miene.

Seine Gutmütigkeit von eben schien sich in Luft aufgelöst zu haben. Auch Verenas gute Stimmung verflog ein wenig. Immer das Gleiche mit Fanny. Die musste doch wissen, dass man als Geschäftsfrau seinen Laden nicht früher schließen konnte! Und dass man zumindest noch ein paar wichtige Handgriffe zu erledigen hatte, bevor man ging. Da hätte sie doch gleich einen späteren Zeitpunkt für das Abendessen ansetzen können. Ein wenig ärgerte sie sich nun auch über Simon, der hätte daran denken und schließlich auch ein Wort zu seiner Mutter sagen können. Gleich darauf berichtigte sie sich in Gedanken. Es war unfair von ihr, Simon die Schuld zu geben, unmöglich konnte er an alles denken. Und vermutlich unterstellte sie Fanny eine Bösartigkeit, wo gar keine vorhanden war. Simon schien ihre Gedanken lesen zu können.

»Nimm meine Mutter nicht immer so ernst! Im Grunde ist sie eine ganz Liebe, die eben nur Angst um ihre beiden Prinzen hat! Der Gisela von meinem Bruder geht es da doch auch nicht viel besser.« Spitzbübisch verzog er das Gesicht. »Und da fürchtet sich meine Mama eben vor bösen Feen, und übersieht dabei manchmal, dass zumindest ich eine wahre Prinzessin gefunden habe.«

Verena konnte einfach nicht anders, als laut aufzulachen. Ihr Schatz hatte wieder einmal die

Situation gerettet. »Ich beeile mich ja«, sagte sie mit Lachtränen in den Augen. Dann fügte sie, womöglich nicht ganz ehrlich, aber das war diesmal erlaubt, hinzu: »Ich mag deine Mutter!«

»Schön«, grinste er. »Außerdem, wer weiß, wenn wir selbst mal einen Sohn haben, wirst du ihn womöglich auch nicht gerne loslassen.«

»Du hast bestimmt recht«, sagte sie, weil sie die gute Stimmung retten wollte.

Dabei war sie sich in einem sicher: So eine biestige Schwiegermutter wie Fanny, die an niemandem ein gutes Haar lassen konnte, wollte sie auf keinen Fall werden.

Die niedrigen Temperaturen, die offensichtlich große Lust auf kuschelige Wolle machten, heizten den Verkauf in der »Wollfee« tüchtig an, wie Verena eine Stunde später erfreut feststellte. Neben dem Einkauf zweier Kundinnen, die jeweils bloß ein Wollknäuel nachgeholt hatten, war bereits Wolle für drei dicke Pullover über den Ladentisch gegangen. Eben beriet Verena eine hochschwangere Frau, die für ihr ungeborenes Baby eine Decke häkeln wollte. »Vielleicht hätten wir uns doch vom Arzt sagen lassen sollen, ob es ein Bub oder ein Mädchen wird«, murmelte sie vor sich hin, während sie mit sehnsüchtigem Blick das Wollknäuel in Altrosa, einen der erst vor Kurzem eingetroffenen, nostalgisch anmutenden Pudertöne, in ihrer Hand betrachtete.

In Verena tobten derweil widersprüchliche Gefühle. Der Anblick der Frau mit dem dicken

Bauch, in dem ein neues Leben heranwuchs, rührte sie. »Was für ein Wunder hier erkannt, ein kleiner Sonnenschein in eurer Hand«, fiel ihr plötzlich ein Spruch zur Geburt ein, den sie eine Woche zuvor im Papierladen auf einer Glückwunschkarte entdeckt hatte. Ja, es war tatsächlich ein unvorstellbares Wunder, das hier geschah. Und das einem womöglich erst dann so richtig bewusst wurde, wenn man dieses Wunder für sich selbst herbeisehnte. Mit einem dumpfen Druck in der Magengrube musste Verena an die letzten Monate denken, in denen sie hoffnungsvoll so manchen Schwangerschaftstest gekauft hatte, weil ihre Regel ein oder zwei Tage überfällig gewesen war. Mit zitternden Fingern hatte sie ihn dann ausgepackt und auf der Toilette genau nach Anleitung angewendet – nur um zwei Minuten später enttäuscht festzustellen, dass der zweite Strich fehlte. »Nicht schwanger« lautete die nüchterne Erklärung auf dem Beipackzettel.

»Es wird schon irgendwann klappen«, war Simons Meinung dazu.

Schließlich waren sie beide jung und, soweit sie wussten, völlig gesund. Auch ihr Gynäkologe hatte ihr erklärt, dass es absolut nicht auffällig war, nach fünf Monaten des Übens noch nicht schwanger zu sein. »Nach einem Jahr kann man nachsehen, ob es irgendwo einen Fehler im System gibt«, hatte er erklärt.

Und schnell hatte er, vermutlich, da er Verenas erschrockenes Gesicht registrierte, hinzugefügt: »... Einen kleinen Fehler im System, den man bei Frauen in Ihrem Alter meist ganz leicht beheben kann.«

»Sicher«, hatte Verena einigermaßen erleichtert gemurmelt. »Vielleicht habe ich durch den neuen Laden doch mehr Stress, als mir eigentlich bewusst ist.«

»Das ist sehr gut möglich bis wahrscheinlich sogar«, hatte der grauhaarige, etwa sechzigjährige Arzt geantwortet. »Aber Sie werden sehen: Wenn sich alles eingespielt hat, kommt Ihr Körper auch wieder zur Ruhe. Schließlich leben Sie gesund: Sie machen Sport, rauchen nicht, trinken nur wenig Alkohol.«

Beim Thema Sport war Verena ein kleines bisschen zusammengezuckt. Vor der Eröffnung der »Wollfee« war sie mindestens zweimal die Woche einen kleinen Almweg entlanggejoggt, doch jetzt kam sie nur noch selten dazu. Und ob sie diesen Winter so oft zum Skifahren kommen würde wie sie es vorhatte? Sie hoffte es doch sehr, und dachte wieder einmal dankbar an ihre Mama Gerda, die seit einem Jahr in Pension war und nun fast jeden Tag in der »Wollfee« mithalf. Da konnte Verena noch so sehr schimpfen und bitten, dass ihre Mutter ihre freie Zeit genießen und nicht arbeiten sollte. »Für mich ist das hier wie Erholung«, war jedes Mal Gerdas resoluter Kommentar dazu.

Neuerdings hatte die Fünfundsechzigjährige sogar einen Häkelkurs für Spitzendeckchen am Mittwochabend übernommen, in dem sich neben rüstigen Seniorinnen auch zwei wissbegierige achtzehnjährige Mädchen bei der gewissenhaften Arbeit bestens unterhielten.

»Mit Rosa ist es wohl doch schwierig«, riss die schwangere Frau im betrübten Ton nun Verena aus ihren Überlegungen. »Wenn es ein Bub wird, passt es einfach nicht.«

»Hm.«

Verena drehte sich zum Regal mit den Wollknäulen, holte ein vanillegelbes Knäuel und eines in einem gedeckten Minzton hervor. »Was sagen Sie zu diesen beiden Farbtönen? Ich finde, die sehen freundlich aus und passen sowohl für Mädchen als auch für Buben.«

Verena sah erfreut, wie die Augen der Schwangeren aufblitzten. Eifrig nickte die Frau. »Die minzfarbene Wolle ist perfekt. Die sieht richtig edel aus.«

Nun völlig aufgekratzt kramte sie die Handarbeitszeitschrift aus ihrer Tasche und sagte die korrekte Wollmenge an. Kurz darauf hatte sie auch schon bezahlt und winkte Verena fröhlich zu: »Zu Ihnen komme ich bestimmt bald wieder.« Sachte streichelte sie über ihren stark gewölbten Bauch. »Wenn mein Kleines nicht zu früh kommt, Termin ist ja erst Ende Januar, dann häkle ich vielleicht noch ein Jäckchen! Und einen Strampler!«

»Sehr schön! Da hat's das kleine süße Würmchen richtig warm«, lachte Verena über die großen Pläne der sympathischen Kundin.

Dann kam sie hinter dem Verkaufspult hervor und hielt der angesichts ihrer Körperfülle ein wenig schnaufenden Frau die Tür auf. »Alles Gute für Sie und Ihr Baby!«, sagte sie und winkte zum Abschied.

Bereits auf der Straße drehte sich die Schwangere noch einmal um. »Ich werde Sie weiterempfehlen. Zwei Freundinnen von mir haben seit Kurzem auch das Stricken und Häkeln für sich neu entdeckt.«

»Ja. Das wäre toll! Lieben Dank dafür«, sagte Verena und schloss äußerst zufrieden die Eingangstür.

Ja, so wie es schien, ging es mit der »Wollfee« stetig bergauf. Verena wusste, dass Mund-zu-Mund-Propaganda oft mehr half als so manch teure Werbeaktion. Und noch eines wurde ihr klar: Der Job im eigenen Laden machte ihr von Tag zu Tag mehr Spaß. Dass sie gerne mit Menschen arbeitete, hatte sie bereits als Bankangestellte festgestellt, allerdings dort die doch zuweilen recht trockene Arbeit der Kreditberechnungen nicht so sehr geliebt. Außerdem war in der Bank natürlich wenig Zeit für längere Gespräche gewesen. Aber in der »Wollfee« fühlten sich die Leute offenbar so wohl, dass sie hier gerne mehr Zeit verbrachten. Verena genoss es, die Kunden ausführlich zu beraten, manchmal entstand auch ein kleiner Plausch, der gar nichts mit dem Handarbeiten zu tun hatte. Und mit Freude konnte sie regelmäßig beobachten, dass die Kunden auch untereinander ins Gespräch kamen. »Manchmal habe ich das Gefühl, du hast ein Kaffeehaus und keinen Wollladen«, hatte letztens erst ihre Mutter Gerda mit einem Augenzwinkern gesagt.

Plötzlich hatte Verena einen Einfall. Warum eigentlich nicht? Jetzt in der Vorweihnachtszeit konnte sie den Kunden doch Kekse und einen heißen Tee oder Kaffee anbieten! Die Mehrkosten waren nicht so gravierend, dafür würde die Atmosphäre hier noch um einiges gemütlicher werden. Und apropos Kekse! Auf einmal merkte Verena, wie ihr Magen knurrte. Natürlich, ihr rasches und nun schon einige Zeit zurückliegendes Frühstück war zu karg ausgefallen. Aber da gab es ja noch Simons Einkauf beim Bäcker. Mit eiligen Schritten lief Verena in das kleine Hinterzimmer und fasste in die Papiertüte. Mmh, ein Mohnplunderstück kam zutage – und ein kleines Schokoherz, das es in der Bäckerei ebenfalls manchmal zu kaufen gab.

»Danke, mein Süßer!«, hauchte Verena, dann biss sie herzhaft in den Mohnplunder.

Fantastisch … Doch bereits nach drei Bissen musste sie die süße Mehlspeise wieder zurücklegen – eben hatte die Ladenklingel einen neuen Besucher gemeldet. Verena wusch sich ihre klebrigen Hände ab, dann lief sie rasch in den Verkaufsraum zurück. Als sie die Frau erkannte, die bei dem Regal mit der Mohairwolle stand und ein smaragdgrünes Knäuel in der Hand wiegte, fuhr sie unwillkürlich leicht zusammen. Warum reagierte ihr Körper denn so heftig? Das verstand Verena nicht. Abwehr oder Überraschung? Genauer konnte sie allerdings jetzt nicht in sich hineinhorchen, da die zarte Frau mit den haselnussbraunen schulterlangen Haaren sie nun mit ihren stark betonten Rehaugen bereits erblickt hatte. »Verena, da bist du ja!«, rief sie erfreut aus. »Ich dachte schon, du lässt deinen Laden mutterseelenallein.«

»Nein, meine armen Wollknäuel brauchen doch ihre Mama«, versuchte die Angesprochene, einen kleinen Scherz zu machen. Dann lief sie zu der Frau, die fröhlich grinste. »Hallo Katja! Ich dachte, du bist noch im Urlaub.«

Katja, eine ehemalige Schulkameradin, mit der Verena sich erst wieder vor einigen Monaten angefreundet hatte, schüttelte den Kopf. »Ach, es war doch nur ein Besuch bei meiner Cousine in Innsbruck.« Mit einer nun völlig veränderten Miene, so als ob sie eben in eine saure Zitrone hätte beißen müssen, fügte sie hinzu: »Marion hat drei Kinder. Vier, sieben und neun Jahre alt. Ich kann dir sagen: Da wirst du wahnsinnig!«

Verena musste angesichts Katjas Theatralik laut auflachen. »Doch so schlimm? Ich dachte, du möchtest selbst mal Kinder haben.«

Die andere spielte immer noch mit dem Wollknäuel in ihrer Hand, seufzte nun dramatisch auf. »Zuerst mal eins. Und dabei sollte es dann auch bleiben.«

Erneut ein Seufzer.

»Aber wenn alle Kinder solche Monster wie die meiner Cousine sind, behalte ich wohl lieber einfach nur meine Katze. Auf jeden Fall bin ich froh, dass ich wieder in der Kanzlei sein kann.

Gegen die Ungeheuer von Marion sind ja sogar die schwierigsten Klienten vom Rechtsanwalt Reimann noch zahme Lämmchen.«

Wirklich verändert hast du dich nicht, Katja, schoss es Verena unvermittelt durch den Kopf. Bereits in der Schulzeit galt die hübsche und nicht minder kecke Katja als eine, die sich unangenehmen Situationen rasch entzog. »Total egoistisch«, hatte Verenas Mutter Gerda wiederholt gemeint und es nicht gerne gesehen, dass ihre gutmütige Tochter mit Katja befreundet war.

Verena dachte an damals zurück.

So große Sorgen hätte sich Gerda gar nicht machen müssen. Denn auch, wenn Verena, welche in Gegenwart eines Jungen oft kaum ein gerades Wort hervorbrachte, die selbstbewusste Katja sehr bewunderte, so richtig passte es nicht mit ihnen. Daran änderte auch der Umstand wenig, dass Verena als gute Schülerin zwar mit mäßigem Erfolg, so doch bereitwillig in der Freizeit mit Katja lernte. »Himmel sind diese Rechenbeispiele langweilig!«, stöhnte Katja regelmäßig auf, dabei rollte sie mit den Augen. Recht rasch hörte deshalb das gemeinsame Lernen auch wieder auf, und ihre privaten Wege trennten sich weitgehend. Nicht einmal in der Schule wechselten sie mehr als nur ein paar Worte. Nur einmal, da erwies ihr Katja einen Freundschaftsdienst, auch wenn es schrecklich wehtat.

Als Verena jetzt daran dachte, musste sie gehörig schlucken. Eigentlich lächerlich, die Sache war sozusagen Schnee von vorgestern. Mit siebzehn hatte Verena ihren ersten Freund: Felix Wolters aus der Parallelklasse. Sie war bis über beide Ohren in den dunkelhaarigen Burschen mit den faszinierenden grüngrauen Augen und der liebevollen, so gar nicht machohaften Art, die andere pubertierende Jungs gerne an den Tag legten, verknallt. Da Felix mit seinen Eltern erst kurz zuvor nach Kitzbühel gezogen war, lernte sie ihn ein Jahr vor der Matura kennen. Doch ehrlicherweise, das musste sich Verena selbst heute noch immer eingestehen, war sie eigentlich gleich in dem Moment, als er sie auf dem Schulflur nach dem Weg zur Festhalle gefragt hatte, hin und weg von ihm gewesen. Ein Stromstoß war buchstäblich von den Haarspitzen bis in ihre Zehenspitzen gefahren. Verena war geradezu entsetzt über ihre überwältigenden Gefühle, die sie selbst für einen Teenager absolut lächerlich fand. Doch Felix ging ihr einfach nicht mehr aus dem Kopf. Und jedes Mal, wenn sie ihm im Treppenhaus des Gymnasiums über den Weg lief, fingen ihre Wangen an zu glühen, fast wie mit einem Brenneisen erhitzt. Höchst peinlich. Doch dann geschah der absolute Wahnsinn: Beim Sommerfest der Schule tanzten sie eng umschlungen zu einem langsamen und ziemlich schnulzigen Song. Und plötzlich küsste Felix sie. Ganz leicht, ganz sanft. Und entgegen ihrer schüchternen Art küsste sie ihn zurück, mit einer Leidenschaft, die ihr bis dahin fremd gewesen war und die sie selbst nicht wenig erstaunte.

»Ich fand dich sofort super«, flüsterte ihr Felix ins Ohr.

»Ich auch«, gab sie zurück, um sich gleich darauf verlegen zu verbessern: »Dich natürlich.«

Sie sahen sich in die Augen und lachten beide gleichzeitig los. Verena hatte das wunderbare Gefühl, dass zwischen ihnen beiden alles klar war, ohne dass man groß darüber hätte reden müssen. Auf diesen ersten Kuss folgten wunderschöne vier Wochen. Dann musste Verena dummerweise weg. Die letzte Urlaubsreise mit ihren Eltern stand an – zwei Wochen nach Italien.

»Ich werde es keine Stunde ohne dich aushalten«, sagte Felix bei ihrer Verabschiedung. »Du fehlst mir jetzt schon wie verrückt.«

Sie sagte gar nichts, viel zu dick fühlte sich der Kloß in ihrem Hals an, und ihre Zunge klebte regelrecht am Gaumen fest. Noch ein letzter Kuss, dann folgten zwei Wochen in Rimini, in denen sie kaum das Meer, den Sand, die Sonne wahrnahm. Tja, die Sonne registrierte sie zumindest indirekt, da sie wegen ihrer Träumerei vergessen hatte, sich ausreichend mit Sonnenmilch einzucremen. Währenddessen sprachen ihre Eltern mit einem halb amüsierten, halb genervten Ton in der Stimme davon, mit einem Gespenst, mit dem man kaum einen Satz reden konnte, Urlaub zu machen. Verena plagte selbst heute noch ein schlechtes Gewissen, wenn sie an ihr Benehmen von damals dachte. Schnell waren glücklicherweise die zwei Wochen vergangen, und sie konnte es kaum erwarten, Felix wiederzusehen.

Bevor sie ihn traf, klingelte jedoch Katja bei ihr zu Hause an die Tür. »Ich muss dir etwas sagen«, berichtete das junge Mädchen mit heißen Wangen. »Wäre nicht fair, wenn ich es für mich behalten würde.« Verena stand auf der Türschwelle ihres Elternhauses und verstand erst einmal gar nichts. Bis Katja weitersprach: »Beim Volksfest hat Felix mit einer anderen geknutscht. Mit der Schwester eines Kumpels aus Kufstein. Sie haben sich hinter einer Schießbude versteckt, aber ich habe die beiden trotzdem gesehen.« Entrüstet schnaufte Katja auf. »Tut mir leid für dich. Aber ich finde es nicht gerade cool, wenn man seine Freundin so fies hintergeht.«

»Ja, klar, danke«, murmelte Verena, in deren Kopf sich auf einmal alles drehte wie ein Karussell, wohl ähnlich denen auf dem Volksfest. Sie schaffte es gerade noch, ein schnelles »Bis dann« zu stammeln, dann ließ sie die Tür vor Katjas Nase ins Schloss krachen.

Was dann folgte, war der blanke Horror: ein Riesenstreit mit Felix, der alles frech abstritt, stattdessen ihr Vorwürfe machte, sich in Italien mit einem anderen amüsiert zu haben. »Ist ja auch sehr romantisch, wenn man zusammen im Sand rumknutscht, während die Wellen rauschen und die Sonne untergeht …«, sagte er in einem Ton, der nur so vor bissigem Spott triefte.

Es war nicht zu fassen, wie kaltblütig und gemein Felix sein konnte. Um von seinem eigenen Betrug abzulenken, erfand er nun das Blaue vom Himmel. Schlimmer ging es wohl echt nicht mehr! Nachdem sie sich noch gegenseitig einige Gemeinheiten an den Kopf geworfen hatten, war Schluss. Für immer und ewig. Und auch, wenn es sich für Verena noch Monate später so anfühlte, als ob ihr wehes Herz schwer entzündet wäre, es gab für sie kein Zurück mehr.

Als sie später zufällig erfuhr, dass Felix nach der Matura in Innsbruck eine Ausbildung zum Optiker machte, spürte sie unendliche Erleichterung. So war zumindest die Gefahr gebannt, ihm womöglich über den Weg zu laufen – während ihr Schmerz wie eine schlecht verheilte Wunde erneut aufriss …

Katjas Worte holten sie in die Gegenwart zurück. Verena blinzelte verwirrt. »Entschuldige, was hast du gerade gesagt?«

»Ich finde es schön, dass wir uns wieder angefreundet haben«, erklärte Katja langsam, ein wenig so, als ob die andere schwerhörig wäre. Dann grinste sie breit. »War doch gut, dass ich bei der Eröffnungsfeier deiner ›Wollfee‹ zufällig hereingeschneit bin.«

»Auf jeden Fall!«, stimmte die andere ihr ebenfalls lächelnd zu.

Sofort, als Katja den Raum betreten hatte, war die Stimmung bei der Feier nochmals gestiegen. Katja mochte vielleicht manchmal egozentrisch sein, aber sie wusste genau, wie man gute Laune verbreitete, und war deswegen bei vielen sehr beliebt.

Verena stupste sie freundschaftlich von der Seite an. »Ich freue mich natürlich auch, dass wir wieder befreundet sind.«

Kurz dachte sie an Leni in Augsburg, und ein feiner Stich drang durch ihre Brust. Nein, so eine Seelenverwandtschaft wie mit der sanften Werbegrafikerin teilte sie mit Katja nicht, aber dennoch freute sie sich, trotz deren egoistischer Neigungen, in Katja eine lustige Freundin gefunden, oder eher wiedergefunden zu haben.

Nun stemmte diese die Hände in die Hüften. »Dann wird es ja höchste Zeit, dass wir wieder mal zusammen ausgehen. Vielleicht gleich heute auf ein Glas Wein?«

Verena schüttelte den Kopf. »Das geht leider nicht. Simon und ich sind bei seinen Eltern zum Essen eingeladen.«

»Ups, bei der strengen Fanny!«

Katja, die wie viele Kitzbühler die resolute Skischulbesitzerin kannte, schlug sich gespielt entsetzt die Hand vor den geöffneten Mund. Verena verkniff sich ein Lachen, sie wollte einfach nicht illoyal gegenüber Simons Familie rüberkommen. »Kein Problem, alles gut«, winkte sie ab. Und fügte hinzu: »Was hältst du nächste Woche von einem Mädelsabend? Ich würde das gerne noch mit dem Simon abstimmen.« Mit einem Augenzwinkern fügte sie hinzu: »Und mit den Teilnehmern des neuen Strickkurses, der nächste Woche starten soll. Dienstag oder Mittwoch, ganz genau haben wir es noch nicht festgelegt.«

Katja lachte auf. »Von mir aus. Solange ich nicht mitstricken muss.« Und mit einem gespielt angewiderten Blick, so als ob sie eine Spinne in der Hand hätte, schubste sie das Mohairknäuel ins Regal zurück.

Beide lachten, dann schnappte sich Katja ihre Handtasche, die sie vorhin neben sich auf dem Boden abgestellt hatte. »So, ich muss dann wieder. Sonst fragt sich der Reimann noch, ob ich beim Semmelnkaufen in den Backofen gefallen bin.«

Die beiden Frauen lachten und umarmten sich kurz. Danach lief Katja zur Tür, bereits den Türknauf in der Hand, drehte sie sich noch einmal um. »Was ich dir noch sagen wollte: Rate mal, wer mich gestern Nachmittag auf dem Hauptplatz fast über den Haufen gerannt hat?«

»Keine Ahnung«, murmelte Verena.

Doch kaum hatte Katja den Namen genannt, stieg ein komisches Gefühl in Verena hoch.

# 2

Auch wenn sie versuchte, sich nach außen hin gelassen zu geben, kochte sie innerlich vor Wut. Dabei spürte sie selbst, welch scharfes Gemisch sich da in ihr zusammenbraute. In letzter Zeit verstand Gerda Aichinger die Welt nicht mehr: Sie wollte mit ihrem Mann, mit dem sie schon seit fünfunddreißig Jahren im Grunde glücklich verheiratet war, einfach gut auskommen, aber er machte es ihr momentan alles andere als leicht. Dabei verzieh sie ihrer Meinung nach Josef seine schlechte Laune immer wieder großmütig. Ja, sie drückte bereits so viele Augen zu, dass es nicht mal reichte, wenn sie ihr schmerzhaftes Hühnerauge am linken Fuß mitzählte. Denn Josef hatte, seitdem er vor einigen Monaten in Rente gegangen war, täglich schlechte Laune. Dabei haben wir uns die gemeinsame freie Zeit so schön vorgestellt, schoss es ihr unvermittelt durch den Kopf.

»Wenn ich erst in Rente bin, werden wir viel zusammen unternehmen«, hatte Josef, der als Leiter einer größeren Autowerkstatt beruflich jahrelang sehr eingespannt war, ihr noch vor einem halben Jahr versichert. »Dann machen wir endlich all die Reisen, die du dir schon so lange wünschst.«

»Italien! An den Gardasee!«, hatte sie begeistert ausgerufen, war dabei ihrem Mann stürmisch wie ein junges Mädchen um den Hals gefallen. »Und zwischendurch kleine Wanderungen bei uns in der Nähe. Im Winter endlich mal wieder Langlaufen. Hin und wieder einen Städtetrip.«

Josef hatte gutmütig gelacht. »Da haben wir ja so einige Pläne.« Zärtlich hatte er seine Frau an die Brust gedrückt. »Es wird wunderbar werden. Da bin ich mir sicher.«

»Auf jeden Fall«, hatte Gerda gerührt geflüstert, sie selbst hatte nur wenige Wochen vor Josef ihre aktive Arbeitszeit als Sekretärin in einem Tourismusbüro beendet, extra noch vor dem eigentlichen Rentenbeginn, um endlich viel Zeit mit Josef zu verbringen.

Kurz war sie damals angesichts ihrer ungewissen Zukunft verwirrt gewesen. Gehörte sie nun zum alten Eisen, das niemand mehr braucht? Und ihre Kollegen hatten es ihr überdies mit einer liebevoll gestalteten Abschiedsparty samt Torte und einem selbst gebastelten Fotoalbum, in dem gemeinsame Erlebnisse der letzten Jahre gesammelt waren, auch nicht eben einfach gemacht, sich leichten Herzens aus dem Berufsleben zu verabschieden. Aber nach ein paar Tagen, an denen sie am Morgen erst beim zweiten Gähnen im Bett registrierte, dass sie nicht ins Büro musste, hatte sie sich an ihren neuen Lebensabschnitt gewöhnt. Es entsprach schließlich nicht ihrer Art, recht lange Trübsal zu blasen oder sich gehen zu lassen. Dafür war sie auch mit zweiundsechzig noch viel zu quirlig und zu unternehmungslustig. Es war doch wunderbar, freie Zeit zu haben, die man für schöne Dinge nutzen konnte! Endlich würden Josef und sie wieder mehr miteinander unternehmen! Und da Verena nun ihren Wollladen hatte, konnte man sich auch da nützlich machen. Nur leider hatte Josef seine Rente nicht so gelassen und freudig hingenommen. Die positiven Pläne, die er in der Vergangenheit geschmiedet hatte, schienen nun allesamt vergessen. Jetzt schien es bereits eine grandiose Tat zu sein, das Sofa zu verlassen, um auf die Toilette zu gehen oder sich ein Bier aus dem Kühlschrank zu holen …

Nun stiegen wie aus dem Nichts Tränen in ihr hoch. Verzweifelt versuchte Gerda, diese wegzublinzeln. Wie Scheibenwischer schossen ihre Lider rauf und runter. Himmel, sie war doch keine Heulsuse! Dennoch konnte sie nicht verhindern, dass eine Träne ihr nun sogar die rechte Wange hinunterkullerte. Um sich abzulenken, griff sie erneut zum Putzlappen, wischte noch einmal über den Küchentisch, obwohl sie eben die letzten Reste des gemeinsamen Frühstücks mit Josef weggeräumt hatte. »Gemeinsames Frühstück!«, ächzte sie auf.

Ihr Mann hatte sich die ganze Zeit hinter seiner Zeitung verschanzt, diese nicht mal weggelegt, wenn er von Zeit zu Zeit mit verkniffenem Gesicht von seiner Buttersemmel abbiss. Aber ein nettes Gespräch mit ihr? Fehlanzeige! Sie hatte es wirklich versucht, ein paar Fragen gestellt und ihre Pläne für die Italienreise angesprochen. »Wenn wir recht bald ein Quartier am Gardasee für den Frühling buchen, bekommen wir bestimmt noch einen günstigen Preis.«

»Nicht jetzt«, hatte Josef gebrummt. »Dafür habe ich im Moment keinen Kopf.«

»Was hast du denn so Wichtiges zu tun?«, hatte sie so freundlich wie möglich zurückgegeben, dabei selbst gespürt, wie ihre Zähne knirschten.

Gerne hätte sie hinzugefügt, dass er ja wohl im Moment außer Fernsehen so gut wie gar nichts machte. Oder war es etwa so wichtig, keine einzige Sitcom, Doku oder was auch immer er sich da ansah zu verpassen? Solch eine Bemerkung verkniff sie sich jedoch. Unweigerlich hätte diese zu Streit geführt. Wie so häufig in letzter Zeit. Stattdessen hatte sie versucht, ein Lächeln aufzusetzen, auch wenn ihr die Mundwinkel dabei fast wehtaten. »Was hältst du von einem kleinen gemeinsamen Spaziergang nach dem Frühstück? Dabei könnten wir einen Abstecher in die ›Wollfee‹ machen und Verena besuchen.«

Josef hatte ihr einen kurzen Blick unter hochgezogenen Brauen zugeworfen, als ob sie schleunigst in eine psychiatrische Klinik eingewiesen werden müsste. »Jetzt spazieren gehen? Gleich beginnt eine Sendung über die Anfänge des Flugzeugbaus!« Augenscheinlich mehr als entsetzt hatte er den Kopf geschüttelt. »Der Beginn der Fliegerei! Auf die Sendung freue ich mich schon seit der letzten Woche!« Erneut kopfschüttelnd war er aufgestanden. Ohne ein weiteres Wort hatte er die Küche verlassen, sich allerdings im Vorbeigehen eine große Tüte Gummibärchen von der Anrichte geschnappt. Gerda hatte bereits den Mund geöffnet, um ihm wütend zu erklären, dass er nicht andauernd naschen sollte. Jetzt auch schon am Morgen! Wie unvernünftig war das denn? Seitdem er nicht mehr arbeiten ging, hatte er bestimmt acht Kilo zugelegt. Dabei war Josef bis dahin immer schlank gewesen, mit einer von Natur aus sportlichen Figur, für die ihn andere Sechzigjährige beneidet hatten. Ohne einen einzigen ihrer Gedanken zu offenbaren, hatte Gerda ihren Mund wieder geschlossen und auf die offene Küchentür gestarrt, durch die ihr Mann eben entschwunden war. Schier endlose Minuten konnte sie den Blick nicht von der Tür wenden, dann endlich sprang sie auf und begann, die Reste des Frühstücks wegzuräumen, bis sie den Esstisch mit dem Lappen bearbeitete, als ob sie ihn zermalmen wollte.

So geht es nicht weiter, schoss es ihr dabei wiederholt durch den Kopf. Sie konnte sich unmöglich weiterhin von Josef behandeln lassen, als ob sie Luft wäre. Oder ein störendes Möbelstück, welches ihm schon lange auf die Nerven ging. Mist! Schon wieder Tränen! Sie versuchte sich auf den Esstisch zu konzentrieren, konnte aber nicht verhindern, dass die vergangenen Jahre mit Josef an ihr vorbeizogen. Mit Mitte Zwanzig hatte sie ihn kennengelernt, eine stürmische Romanze begann, die sich bald in innige Liebe verwandelte. Gemeinsam gingen sie durch Dick und Dünn, zogen mit Hingabe ihr Töchterchen groß. Natürlich hatte es auch mal Streit gegeben, aber immer – und daran musste Gerda nun mit großer Wehmut denken – hatten sich die Wogen rasch geglättet, weil keiner von ihnen lange auf den anderen böse sein konnte. »Ich habe den besten Mann der Welt«, war sie sich immer sicher gewesen.

Gerda hielt den Putzlappen unter das fließende Wasser der Küchenspüle. Würde sie das jetzt auch noch sagen? Jetzt, wo den ganzen Tag Eiszeit zwischen ihnen herrschte und Josef sich nur noch auf dem Sofa vor seinem geliebten Fernsehapparat verschanzte? Natürlich, ein wenig verstand sie seinen Frust. Sein Ruhestand hatte ihn offensichtlich mehr geschockt, als er es davor wahrhaben wollte, vermutlich hatte sein Selbstbewusstsein darunter gelitten, wie bei so manchem Mann. Aber das war bereits Monate her, inzwischen musste er sich doch an seine Rente gewöhnt haben – und schließlich hatte er auch noch sie! Seine Frau, die genügend Ideen entwickelte, damit ihm auf Jahre hinaus nicht langweilig werden würde. Und Verena war auch noch da und freute sich, wenn sie ihre Eltern sah. Gerda merkte, dass sie nicht ruhiger, sondern immer wütender wurde.

Nein, so ging es einfach nicht weiter. Auf der Stelle musste sie mit Josef sprechen und einige Dinge klären. Mit einer fahrigen Bewegung trocknete sie sich die Hände an einem Geschirrtuch ab, dann stürmte sie ins Wohnzimmer. »Josef, wir müssen unbedingt miteinander sprechen. Auf der Stelle!«, sagte sie, als sie vor ihrem Mann stand.

Der bedachte sie erneut mit einem Blick, als ob sie nicht recht bei Sinnen wäre. Zusätzlich warf er sich eine Handvoll Gummibären in den Mund. »Jetzt geht es absolut nicht«, sagte er kauend, schob sie dabei zur Seite.

Gerda rollte mit den Augen. Tatsächlich, sie nahm ihm ja die Sicht auf seine geliebten Flugzeuge im Fernsehen. Ging's denn noch? Aber Josef meinte es ernst. Er beachtete sie nicht weiter, konzentrierte sich völlig auf die Bilder im Fernseher, wo in grobkörnigem Schwarz-Weiß die Gebrüder Wright gerade einen Flugversuch wagten. Eine Sekunde lang überlegte Gerda, ob sie vielleicht beginnen sollte, laut zu schreien. So laut, dass Josef sie nicht mehr ignorieren konnte. Aber dann entschied sie sich dagegen, hysterisch zu werden, und verließ mit hängenden Schultern den Raum.

Verena blinzelte kurz, wischte das seltsame Gefühl, welches eben in ihr hochgestiegen war, zur Seite. Dann warf sie Katja, die ihr in der »Wollfee« immer noch gegenüberstand, einen ungläubigen Blick zu. »Du hast hier in Kitzbühel Felix Wolters getroffen?«

»Ja«, grinste die andere. »Witzig, nicht wahr? Wir dachten ja alle, er bleibt für immer in Innsbruck, dort hat er schließlich vor ein paar Jahren ein großes Brillengeschäft eröffnet. Soll super laufen. Aber seinem Vater geht es gesundheitlich wohl nicht so gut, der Arme hat's mit der Lunge. Deshalb hat der Felix seine Zelte in Innsbruck abgebrochen und direkt hier in der Innenstadt ein Geschäft gekauft. Die Eröffnung ist schon in zwei Wochen …«

Katja plapperte munter weiter, während in Verenas Kopf die Gedanken wie in einer Achterbahn rauf- und runterfuhren. Über ihre doch recht heftigen Empfindungen war sie selbst ein wenig erstaunt. Die Jugendliebe zu Felix lag Jahre zurück, halbe Kinder waren sie damals gewesen. Und auch seinen Betrug hatte sie inzwischen verkraftet. Bei dem Wort »verkraftet« musste sie insgeheim fast lachen. Wie dramatisch das klang. Bei Jugendlichen passierte es doch andauernd, dass sie sich verliebten, zuerst in das eine Objekt ihrer Begierde, dann in das andere. Tja, und auch wenn es in dem Moment für den Verlassenen den Weltuntergang bedeutete, konnte man Jahre später darüber schmunzeln. So erging es doch auch ihr selbst. Felix würde immer eine Erinnerung aus ihren Teenagertagen bleiben, aber ihr richtiges Leben fand hier und jetzt mit Simon statt. Nun hatte sie auch eine Erklärung dafür parat, warum Katjas Nachricht ihr Herz kurz zum Pochen gebracht hatte: Insgeheim war sie der Meinung gewesen, dass Felix für immer in Innsbruck bleiben würde. Und nun war der Gedanke, dass er nicht nur nach Kitzbühel kam, um seine Eltern mal zu besuchen, ein wenig überraschend für sie gewesen. Jawohl, einfach nur unerwartet, nicht mehr.

»Der Felix«, sagte sie nun laut und lachte dabei. »Hätte ich nicht gedacht, dass es ihn wieder zurück nach Kitzbühel zieht.«

Katja zuckte mit den Schultern. »Hätte er sich selbst nicht gedacht. Aber erstens möchte er seine Eltern unterstützen. Und dann scheint er tatsächlich Heimweh gehabt zu haben.«

»Kann ich gut verstehen. Ich bin hier auch so richtig verwurzelt. Fast wie ein alter Baum.«

»Aber hallo! So alt bist du nun auch wieder nicht!«, sagte Katja neckisch und stupste sie an.

Verena schmunzelte, dann fiel ihr plötzlich etwas ein. »Habt ihr euch gut unterhalten? War es ein nettes Gespräch?«

»Ach«, winkte die andere scheinbar gelangweilt ab, jedoch war gut zu erkennen, dass sich ihre Wangen unter dem Rouge noch ein wenig röteten. »War ganz okay. Aber ein bisschen arrogant ist er immer noch, so wie früher.«

Erstaunt runzelte Verena die Stirn. Als arrogant oder eingebildet hatte sie Felix nie erlebt. Im Gegenteil, sie hatte ihn als freundlichen Burschen in Erinnerung, der sich niemandem gegenüber von oben herab benommen hatte. Aber Einschätzungen waren eben verschieden – und sie wusste schließlich nicht, welche Erfahrungen Katja damals mit ihm gemacht hatte. Nachdem Verena und er sich getrennt hatten, war kurz das Gerücht wie ein Lauffeuer in der Schule verbreitet worden, dass Katja und Felix ein Paar geworden waren. Aber an dem Gerede war wohl nichts dran gewesen – zu Verenas Erleichterung, wie sie sich eingestehen musste. Allerdings hätte sie sich jetzt für ihre Freundin gefreut, wenn diese und Felix sich sympathisch gefunden hätten, es womöglich sogar gefunkt hätte.

Bis jetzt hatte Katja ohnehin nicht das große Liebesglück gefunden. Einige Affären und kurze Beziehungen, nicht mehr. Und offenbar war noch keiner darunter gewesen, mit dem sich Katja eine gemeinsame Zukunft vorstellen konnte. »Ach, ich bin frei wie ein Vogel! Das ist auch schön«, pflegte sie regelmäßig mit einem breiten Grinsen in ihrem hübschen Gesicht zu erklären, aber so ganz sicher war sich Verena da nicht. Ihr Bauchgefühl sagte ihr durchaus, dass Katja im Grunde ebenfalls nach einem Mann suchte, bei dem sie sich ganz angekommen fühlte. Wie auch immer, Felix war es offensichtlich nicht. Eigentlich sehr schade.

»So, aber jetzt!«, rief Katja auf einmal resolut aus. »Ich muss los!«

Sie hauchte Verena ein Küsschen auf die Wange, dann eilte sie aus der »Wollfee«. Draußen drehte sie sich noch einmal um. »Aber vielleicht finde ich den Felix ja gar nicht mehr arrogant wie damals. Fesch wie eh und je war er auf jeden Fall!«

Verena lachte – ohne jegliche Wehmut. »Tja, wer weiß!«, rief sie der anderen zu. »Ich würde mich für euch freuen!«

Katja zog eine schiefe Grimasse, dann war sie aus Verenas Blickfeld verschwunden. Diese horchte in sich hinein. Tatsächlich, ihre letzten Worte waren von ganzem Herzen gekommen. Für sie selbst bedeutete Felix bloß eine bittersüße Vergangenheit, aber womöglich war er für Katja genau der Richtige. Man konnte nur hoffen, dass er es jetzt, mit Ende Zwanzig, mit der Treue genauer nahm als damals.

Die nächsten Stunden gab es jede Menge zu tun. Etliche größere Wolllieferungen kamen an. Gleichzeitig boomte der Verkauf. »Diese Wollknäuel brauchen Sie gar nicht erst ins Regal einzusortieren«, sagte eine ältere Kundin gespielt streng. Dabei deutete sie auf die wuchtige Plastikverpackung, die Verena eben aus einem gerade gelieferten Karton herausgeholt hatte. »Rotgrau meliert suche ich schon ewig für einen zünftigen Pullover für meinen Franzl.«

Verena lachte. »Das trifft sich gut! Ich habe so viel Wolle, dass ich sie sogar verkaufen muss.«

Nun lachten sie beide. Kurz darauf verließ die ältere Dame mit einem zufriedenen Gesichtsausdruck den Laden. An der Tür stieß sie fast mit jemanden zusammen, der recht ungestüm die zwei Treppenstufen vor dem Geschäft erklomm. Erst auf den zweiten Blick erkannte Verena in der völlig aufgelösten Frau mit den erhitzten Wangen ihre Mutter.

Erschrocken fuhr sie zusammen, hoffentlich war nichts Schlimmes passiert. Normalerweise war Gerda fröhlich und recht gelassen, aber im Moment kam sie ihr eher wie ein Kochtopf kurz vorm Überkochen vor. »Alles okay, Mama?«, rief sie, machte dabei ein paar rasche Schritte auf ihre Mutter zu.

Die schnaubte erkennbar wütend auf. »Nichts ist okay. Mit deinem Vater gibt es einfach kein Auskommen mehr.«

»Hm«, seufzte die Jüngere auf.

Sie kannte die Situation zur Genüge: Ihr Vater war nach seiner Pensionierung in ein tiefes, tiefes Loch gefallen. Und dort unten hockte er nun und ließ sich nicht raushelfen, da konnte man ihm noch so viele Stricke und Steigeisen reichen. Wenn Verena nur daran dachte, wie oft sie mit Einladungen ins Kino, ins Theater oder einfach nur raus in die Natur versucht hatte, ihren Vater aus seinem Tief zu holen. Meistens war er nicht einmal mitgekommen – und die wenigen Male, als sie zusammen etwas unternommen hatten, war er dermaßen einsilbig gewesen, dass ein Fremder wohl vermutet hätte, dass Josef seine Sprache verloren hatte.

»Vielleicht braucht er noch ein bisschen Zeit«, versuchte sie nun ihre Mutter aufzurichten. »Er gehört offensichtlich zu der Sorte Mensch, die sich ohne Arbeit nutzlos fühlt.«

»Blödsinn! Er benimmt sich wie ein kleines, trotziges Kind!«, zischte Gerda, während sie mithalf, Wollknäuel in die Regale einzuordnen.

Verena staunte wieder einmal, wie geschickt ihre Mutter mitarbeitete. Man musste ihr nicht viel erklären, sie wusste eigentlich immer instinktiv, was zu tun war, und packte mit an. Dankbar und gleichzeitig voller Mitleid umarmte sie die zierliche Frau, die fast einen halben Kopf kleiner war als sie.

»Ach, Mama! Papa kriegt sich bestimmt wieder ein. Wirst sehen, im Frühling fahrt ihr gemeinsam an den Gardasee und verlebt dort den wunderbarsten Urlaub aller Zeiten.« Mit einem verschmitzten Grinsen fügte sie noch hinzu: »Das werden vielleicht eure zweiten Flitterwochen.«

Kurz musste Gerda lachen, doch dann fiel ihr wieder ein, dass sie auf Flitterwochen mit einem Roboter, der sie gar nicht beachtete und dem vermutlich nicht mal auffallen würde, wenn sie im Gardasee unterging, nur zu gerne verzichten würde.

Als Verena ihr einen erneuten Blick zuwarf, sah sie Tränen in den Augen ihrer Mutter glitzern. Bitte nicht, dachte Verena, der es fast körperlich wehtat, wenn ihre Mutter weinte. Sie konnte sich nur eine einzige Situation vorstellen, bei der sie es gut ertragen könnte, wenn Gerda Rotz und Wasser heulte: ihre Hochzeit im Mai mit Simon. Natürlich würden auch bei ihr selbst die Sturzbäche fließen, aber wunderschön würde es dennoch werden. Jetzt sagte sie laut: »Bestimmt hat sich der Papa bis dahin eingekriegt. Du wirst sehen, es wird sich alles in Wohlgefallen auflösen.«

»Wenn du meinst«, antwortete ihre Mutter, klang dabei jedoch nicht besonders überzeugt.

»Auf jeden Fall!«, sagte Verena und hielt beide Daumen hoch.

Bei dieser übertrieben optimistischen Geste kam sie sich zwar ein wenig albern vor, aber der Zweck heiligte bekanntlich die Mittel. Sie musste ihre Mutter aufheitern, auch wenn sie selbst ein wenig ratlos war, wie man ihrem Vater am besten helfen konnte. Mit einem leisen Seufzer ließ sie ihren Blick über die weiß gestrichenen Holzregale voller Wollknäuel und die kleine Sitzecke für die Strick- und Häkelkurse wandern. Dort musste unbedingt noch eine Lampe, die man dimmen konnte, montiert werden, um die Atmosphäre gemütlicher zu machen.

»Denkst du, Papa kann da helfen?«, fragte sie ihre Mutter, nachdem sie das Problem geschildert hatte.

Gerda nickte entschlossen. »Das wird er bestimmt gerne machen. Wenn er sich gebraucht fühlt, ist er doch dankbar.«

»Womöglich ist das ohnehin die Lösung!«, rief Verena aus, schnippte dabei mit den Fingern. Ihr war eine Idee gekommen: Wenn sie ihren Vater des Öfteren um einen Gefallen bat, fühlte er sich hoffentlich nicht mehr so überflüssig. Mit gerunzelter Stirn schaute sie sich nochmal in der »Wollfee« um. Hm, im Moment fiel ihr zwar keine weitere Aufgabe ein. Aber das würde bestimmt noch werden. Aufmunternd klopfte sie ihrer Mutter auf die Schulter. Insgeheim atmete Verena auf, denn nun spielte zumindest ein winziges Lächeln um Gerdas Lippen.

Sehnsüchtig schaute Simon Gießhübel aus dem Fenster, ließ seinen Blick über die Kitzbüheler Alpen wandern. Viel lieber würde er jetzt auf Skiern eine schwarze Piste hinunterjagen, als hier im Konferenzraum der Skischule bei der Besprechung mit seinen Eltern zu sitzen. Unruhig rutschte er auf seinem Stuhl hin und her. Inzwischen konnte er es kaum noch erwarten, in ein paar Tagen in die neue Skisaison zu starten. Wenn er an seinen Terminkalender für die nächsten Wochen dachte – gespickt mit Terminen mit neuen Skischülern –, ging ihm glatt das Herz auf. Leise seufzte er auf. Seinen Job als Skilehrer liebte er über alles. Von allen Seiten bekam er zu hören, dass er mit seiner lockeren und witzigen Art sogar dem größten Angsthasen Lust aufs Skifahren machte. Auch völlig untalentiert scheinende Sportmuffel lernten bei ihm recht zügig die wichtigsten Grundlagen dieses Wintersports. Oft zu deren eigenem Erstaunen.

»Dass ich es tatsächlich schaffe, auf diesen Brettern heil ins Tal zu kommen, hätte ich nicht mal im Traum gedacht«, hatte in der letzten Saison eine füllige und nach eigenen Aussagen total unsportliche Endvierzigerin aus Norddeutschland kopfschüttelnd gemeint und ihm danach anerkennend auf die Schulter geklopft: »Sie sind wirklich ein Zauberer!«

»Nein, nein«, hatte er amüsiert zurückgegeben, »Sie sind eben talentierter, als Sie dachten!«

Die Frau hatte geschmeichelt gelächelt. »Und charmant sind Sie auch noch dazu!«

Nun seufzte er nochmals auf. Ja, seinen Spaß hatte er eindeutig auf der Piste. Aber da die Skischule immer mehr Umsatz machte und sich seine Eltern langsam aus dem Geschäft zurückziehen wollten, lastete nun auch die organisatorische Arbeit vermehrt auf seinen Schultern.

Mit gerunzelter Stirn musste er an seinen Bruder Lennart denken. Zwei Jahre älter als er, hatte dieser so gar keinen Wunsch, ins Familienunternehmen einzusteigen. Beim Geburtstagsfest ihres Vaters August im vergangenen Sommer hatte Lennart dem Geburtstagskind sogar wütend an den Kopf geworfen: »In der Skischule fühle ich mich beengt und beobachtet! Alle vergleichen mich mit dir, Papa. Wie unter einem Mikroskop wird jeder meiner Schritte seziert! Ich möchte mich endlich selbst verwirklichen.«

Äußerst feinfühlig, dachte Simon nun wieder einmal. Er konnte diese Einstellung nur schwer nachvollziehen. Seiner Meinung nach wusste Lennart nämlich nicht im Ansatz, in welchem Job er sich »selbst verwirklichen« wollte. Seine Ausbildung zum Computerfachmann hatte er zwar mit Ach und Krach abgeschlossen, jedoch danach im Rhythmus von nur wenigen Monaten den Arbeitgeber gewechselt. Nirgends fühlte er sich geschätzt genug. Offenbar war er genau der eine Mensch auf Erden, der es immer mit den blödesten Chefs und Kollegen zu tun bekam. Simon versuchte, sich mit Kritik zurückzuhalten, aber manchmal kam ihm doch ein wütender Spruch über die Lippen. So wie der vor einigen

Wochen: »Vielleicht liegt es ja an dir, dass du jedes Arbeitsteam schrecklich findest.«

Lennart, der mit Kritik noch nie gut umgehen konnte, hatte natürlich sofort zurückgeschossen: »Du hast ja leicht reden! Setzt dich ins gemachte Nest! Aber ich gehe meinen eigenen Weg.«

Simon tat der Bruder, der auch mit seinen dreißig Jahren noch nicht wirklich im Berufsleben angekommen zu sein schien, zuweilen sogar leid. Deswegen biss er sich auf die Zunge, um den nächsten Gedanken nicht laut auszusprechen: Lennart hätte alle Möglichkeiten gehabt, im Familienunternehmen mitzuarbeiten. Aber er wollte ja nicht mehr. Und nebenbei gesagt, hatte er in der Zeit, in der er in der Skischule gearbeitet hatte, auch bloß einen Blödsinn nach dem anderen angestellt. Einmal waren es falsch eingebuchte Rechnungen, dann hatte er vergessen, ganze Skischulgruppen in die Terminkalender einzutragen. Und war er mal als Skilehrer auf der Piste gewesen, was nur äußerst selten vorgekommen war, hatte er von seinen Schülern bereits nach kürzester Zeit die Nase voll gehabt. In Erinnerung dieser unerfreulichen Ereignisse verzog Simon das Gesicht. Ja, mit Lennart hatte man es nicht einfach. Seine Freundin Gisela, die eine schier unerschöpfliche Geduld mit ihrem Liebsten zu haben schien, war echt nicht zu beneiden.

»Simon, träumst du?«, riss seine Mutter Fanny ihn aus seinen Gedanken.

»Nein, nein«, sagte er schnell und raschelte demonstrativ laut mit den Papieren, die vor ihm auf dem Tisch lagen. »Die Idee mit den neuen Werbeflyern finde ich wirklich gut. Wir werden sie an Hotels und Restaurants in der Gegend verteilen, wird super ankommen.« Mit einem spitzbübischen Grinsen zwinkerte er seiner Mutter zu. »Wirst sehen, der Konrad, dieser Werbegrafiker, den ich letztens auf dem Kirtag kennengelernt habe, der hat total peppige Ideen.«

»Du machst das schon, mein Bub«, sagte Fanny in anerkennendem Ton, bevor sie sich eine dunkelrote Strähne ihrer modernen Kurzhaarfrisur aus der Stirn pustete. »Auf dich ist doch immer Verlass!«

In der nächsten Sekunde seufzte sie auf – und auf einmal hatte Simon eine böse Vorahnung, was nun kommen würde. Er täuschte sich nicht, denn Fanny sagte mit Grabesstimme: »Ich würde dir von Herzen eine Frau wünschen, die voll und ganz hinter dir steht, dich auch ein bissel verwöhnt. Und keine, die ihre eigenen seltsamen und völlig absurden Träume verwirklichen möchte.« Abschätzig verzog sie den Mund: »Was wird sein, wenn ihr beide verheiratet seid? Wenn die Verena mit ihrem Laden womöglich bankrottgeht, kannst du alles bezahlen! Dazu noch der Stress! Und wenn ihr erst mal Kinder habt! Sollen die zwischen Wollknäueln aufwachsen?«

»Jetzt ist es aber gut, Fanny!«, mischte sich schließlich ihr Mann August ein, der bemerkt hatte, wie sehr sein Sohn unter den Nörgeleien seiner Mutter litt.

»Die Verena ist eine vernünftige Frau. Und als ehemalige Bankangestellte hat sie ihre Finanzen bestimmt bestens im Griff. Außerdem sieht man auf den ersten Blick, dass sie unseren Simon über alles liebt.«

Während Simon dem Vater dankbar zunickte, stöhnte Fanny übertrieben laut auf. »Na, wenn du meinst.«

»Ja, meint er. Die Verena ist eine total Liebe«, sagte nun ihr Sohn in beschwichtigendem Ton, endlich hatte er seine Sprache wiedergefunden. Er ärgerte sich ja selbst am meisten darüber, dass es ihm so schwerfiel, seine Mutter auch mal in die Schranken zu weisen, wenn sie sich ungerechtfertigt aufregte. Aber er war nun mal von Natur aus ein friedlicher Typ, der Konflikten lieber aus dem Weg ging. Außerdem wusste er, dass Fanny es mit ihrer Kritik an Verena im Grunde gut mit ihm meinte. Sie liebte ihren Sohn nun mal über alles und wollte das Beste für ihn. Und die beste Frau. Jetzt musste er fast schmunzeln. Denn eines war klar: Er könnte mit einer Prinzessin daherkommen, für Fanny würde auch diese nicht gut genug sein.

»So, dann sind wir hier ja jetzt fertig«, erklärte Fanny nun, löste mit diesen Worten die kleine Runde auf. Im Aufstehen wandte sie sich noch einmal an ihren Sohn: »Und seid heute Abend bitte pünktlich! Die Steaks werden nicht besser, wenn sie ewig in der Pfanne liegen.«

Kurz überlegte Simon, ob er ihr erklären sollte, dass Verena und er es kaum bis Viertel nach sechs schaffen würden. Aber dann sagte er lieber doch nichts. Seine Mutter war heute ohnehin in keiner wohlwollenden Stimmung, da wollte er sie nicht noch mehr verärgern. So, wie er sie manchmal kannte, konnte sich ihr Ärger bis zum Abend noch beträchtlich steigern.

»Tja, die Steaks kann man jetzt wohl als Schuhsohlen verwenden«, sagte Fanny dann auch anstatt einer Begrüßung Richtung Verena, als diese gemeinsam mit Simon kurz nach halb sieben in der eben geöffneten Tür des riesigen und wunderschön renovierten Tiroler Bauernhauses stand.

»Hallo Fanny«, murmelte Verena bloß, und sie musste sich plötzlich stark zusammenreißen. »Wir haben uns ja beeilt, es jedoch nicht früher geschafft.«

»Kein Problem!«, mischte sich August ein, der soeben mit einem Glas Rotwein aus dem Wohnzimmer ins Vorzimmer trat. »Fanny hat fabelhaft gekocht, die Steaks sind butterweich.«

Mit der freien Hand umarmte er seine zukünftige Schwiegertochter, die die Umarmung herzlich erwiderte. Insgeheim atmete sie erleichtert auf. Himmel, war sie froh, dass nicht beide Elternteile von Simon sie als unerwünschten Eindringling betrachteten. Leider verhieß auch Lennarts Blick nichts Gutes, als sie die geräumige Wohnküche betraten. Er saß neben der freundlich lächelnden Gisela und schaute Verena von oben herab an. »Da möchte wohl jemand eine Extrawurst gebraten bekommen, während wir pünktlich waren.«

»Na, komm«, sagte Gisela, und stieß ihn leicht in die Seite. »Noch sind wir nicht verhungert.«

Sie sprang auf, um Verena und Simon zu begrüßen, umarmte beide. Dann endlich saßen sie zu sechst an dem großen und sündhaft teuren Eichentisch und ließen sich die Steaks schmecken. »Wundervoll«, lobte Verena und spießte eine der Fisolen auf, die als Päckchen mit Speck ummantelt auf ihrem Teller lagen. »August hat nicht zu viel versprochen: Das Steak zergeht auf der Zunge.«

Fanny verzog den Mund zu einem dünnen Strich. »Vor einer Viertelstunde wären sie noch mürber gewesen.«

Verena nickte nur stumm. Was sollte sie dazu noch sagen? Das Urteil war doch ohnehin gefällt: Sie war schuld daran, dass das Abendessen in Fannys Augen nur noch ein Abklatsch des ursprünglich zubereiteten Festmahls war. Ein völliger Unsinn, der sich alleine schon darin bestätigte, dass von allen die Teller in Windeseile leer gegessen wurden. Verena warf Simon einen raschen Seitenblick zu, sah, wie er mit Appetit eine Gabelladung Steak mit Fisolen in seinen Mund steckte. Plötzlich spürte sie einen seltsamen Druck in der Magengegend. Manchmal wünschte sie sich schon, dass er sie auch mal verteidigen würde. Aber das kam so gut wie nie vor. Vielleicht ist es ja besser so, ermahnte sich Verena selbst in Gedanken, sonst würde die

Stimmung so richtig eskalieren. Und wir wollen doch alle einen friedlichen Abend miteinander verbringen.

Alle? Offensichtlich nicht. Denn nachdem er seinen Teller leer geputzt und sich ein weiteres Glas Rotwein eingegossen hatte, schien auch Lennart in Stichellaune zu kommen. »Na, wie geht es dir mit deiner kleinen Wollhexe?«, fragte er in süffisantem Ton.

»Wollfee«, berichtigte Gisela ihn wie aus der Pistole geschossen. »Verenas süßer Laden heißt ›Wollfee‹.«

Lennart warf seiner Freundin einen vernichtenden Blick zu. »Wollhexe, Wollfee … Wo liegt da der Unterschied? Ware für die verschrumpelte Urstrumpftante, damit sie hinterm Ofen Socken stricken kann.«

»Na, na, na«, brummte August, wechselte sogleich in heiterem Ton das Thema: »Verena, wie geht es eigentlich deinen Eltern?«

Die Angesprochene, die tief Luft holen musste, räusperte sich noch einige Male, dann murmelte sie: »Den beiden geht's gut. Na ja, mein Vater muss erst noch damit klarkommen, dass er in Rente ist. Die viele Freizeit macht ihm ein wenig zu schaffen.« Sie versuchte ein Lächeln, das jedoch sofort erstarb, als sie Fannys eisigen Blick auffing. »Es wird schon werden. Meine Mutter freut sich auf jeden Fall auf den Urlaub am Gardasee.«

»Im Frühjahr«, ergänzte Simon und drückte Verenas Hand.

Diese lächelte ihm zu, und versuchte das Gefühl, dass Simon sie auch Lennart gegenüber nicht verteidigt hatte, hinunterzuschlucken.

Der meldete sich nun erneut zu Wort: »Ich verstehe ja bis heute nicht, warum du deinen gut bezahlten Job in der Bank aufgegeben hast, um einen Wollladen zu eröffnen.«

Das Wort »Wollladen« betonte er dabei in einer Art und Weise, als ob er von einer pestverseuchten Ratte sprechen würde. Im Augenwinkel konnte Verena erkennen, wie Fanny die Worte ihres älteren Sohnes mit einem eifrigen Nicken goutierte.

»Lennart, wie geht's dir denn eigentlich in der Computerfirma?«, mischte sich nun endlich Simon ein.

Lennart machte eine wegwerfende Handbewegung. »Ich habe alles im Griff. Auch wenn ich dort nur von Idioten umzingelt bin.«

Eine kurze Zeit lang herrschte ein betretenes Schweigen am Tisch. War es wieder mal so weit, dass Lennart mit seinem Arbeitsumfeld nicht klar kam? Doch Gisela gab sofort mit stolzer Stimme Entwarnung: »Lennart ist sehr beliebt in der Firma. Letztens erst hat ihn sein Chef bis über den grünen Klee gelobt.«

Sie wandte sich dann ihrem Freund zu: »Nicht wahr, Schatz?«

»Ja, ja, aber davon spricht man nicht«, lachte er, und winkte ab.

Eine derartige Bescheidenheit kam Verena fast ein wenig seltsam vor, auf jeden Fall ungewohnt. Dennoch fand sie seine Haltung sympathisch. Offenbar war Lennart doch auf dem besten Weg, beruflich Fuß zu fassen und Erfolge einzuheimsen. Kurz kam ihr der Gedanke, dass er es als spröder Typ neben Simon, dem ewigen Sonnenschein, den alle liebten, in seiner Familie und im Bekanntenkreis auch nicht immer leicht hatte. Insgeheim atmete sie jedoch auf, dass sie sich in den eindeutig netteren Bruder verliebt hatte. Äußerlich waren sie sich ja ziemlich ähnlich. Nur war Lennart noch ein Stück größer und breitschultriger als der drahtige Simon. Sie warf Lennart einen versöhnlichen Blick zu. Vermutlich durfte man seine Sticheleien nicht ernst nehmen, dann kam man besser mit ihm aus.

»Es gibt noch Dessert!«, rief August auf einmal aus und sprang mit seligem Gesichtsausdruck wie ein kleines Kind von seinem Stuhl hoch. Die ganze Runde lachte laut auf, offenbar waren alle nur zu gerne bereit, die schlechte Laune von eben hinter sich zu lassen.

Auf dem kurzen Nachhauseweg in Simons Auto konnte sich Verena dennoch nicht dagegen wehren, dass erneut Unmut in ihr aufstieg. Würde irgendwann einmal der Tag kommen, an dem Simon vor seiner Familie für sie einstand?

»Alles in Ordnung bei dir?«, fragte er sie von der Seite und lächelte sie dabei jungenhaft an.

Normalerweise entwaffnete er sie mit diesem Blick sofort, aber diesmal wollte es einfach nicht recht gelingen. »Deine Mutter und Lennart haben mal wieder kein einziges gutes Haar an mir gelassen«, begann sie leise, »und ich hätt' mir gewünscht ...«

Weiter kam sie nicht, denn Simon fiel ihr ins Wort: »Leg ihre Worte doch nicht dauernd auf die Goldwaage! Sie meinen es doch nicht böse, und da hilft es nichts, wenn man sich wie eine Mimose benimmt.«

Sie war also eine Mimose, alles klar. Verärgert presste sie die Lippen aufeinander, wollte etwas entgegnen, da spürte sie auf einmal Simons rechte Hand in ihrem Nacken. »Sei doch nicht so«, flüsterte er ihr in zärtlichem Ton zu.

»Alles gut, ich bin einfach total erschlagen von der Arbeit in der ›Wollfee‹«, gab sie augenzwinkernd zurück, lehnte sich dann gegen seine Hand.

Gut, sie war wieder einmal gleich eingeknickt. Vielleicht hätte sie den Moment nutzen und offen mit Simon darüber sprechen sollen, wie sehr sie sich über dessen Familie ärgerte. Aber ehrlich gesagt wollte sie die schlussendlich friedliche Stimmung zwischen ihnen an diesem Abend nicht mehr zerstören. Ja, sie war feige und offensichtlich kaum weniger konfliktscheu als Simon. Deshalb führten sie ja auch eine harmonische Beziehung.

Im nächsten Moment gähnte Simon laut und steckte sie damit an. Gleichzeitig begannen die beiden loszuprusten. Prompt ging Verena das Herz wieder weit auf. Himmel, was hatte sie ein Glück mit ihrem Liebsten, der sich immer versöhnlich und nie nachtragend zeigte. Schließlich war sie selbst keinesfalls perfekt, da konnte sie es gut verkraften, wenn auch er ein paar winzige Schwächen zeigte. Als sie bald darauf eng aneinander gekuschelt im Bett lagen, merkte Verena erst so richtig, wie hundemüde sie war. »Gute Nacht, Liebling«, flüsterte sie, dann fielen ihr auch schon die Augen zu.

Etwa zwei Stunden später, wie sie nach einem Blick auf den Radiowecker registrierte, wachte sie noch einmal auf. Ihr Gaumen fühlte sich ganz trocken an, verlangte heftig nach einem Schluck Wasser. Nicht wenig überrascht nahm sie beim Aufsetzen die leere Bettseite neben sich wahr. Und als sie durch die leere Wohnung Richtung Küche lief, bemerkte sie im Flur, dass Simons Schuhe fehlten.

# 3

Keuchend trabte Verena den leichten Anstieg des Almweges hinauf. Der Puls hämmerte ihr wie ein Presslufthammer laut bis in beide Ohren, fast hatte sie das Gefühl, eine steile Felswand hochzujagen. So ist das eben, wenn man eine Weile keinen Sport gemacht hat, musste sie denken und konnte sich trotz der Anstrengung ein Schmunzeln nicht verkneifen.

Seit Wochen war sie wegen ihres Ladens nicht mehr dazu gekommen, joggen zu gehen. Ehrlicherweise musste sie sich auch eingestehen, dass es nicht nur der Mangel an Zeit gewesen war, der sie daran gehindert hatte, einfach mal zwischendurch in die Laufschuhe zu schlüpfen, sondern auch eine allgemeine Erschöpfung. Oder aber Bequemlichkeit, ging sie im Geiste unbarmherzig mit sich selbst ins Gericht.

So überraschte es an diesem Samstagmorgen natürlich nicht, dass sie bereits nach einer Viertelstunde gehörig aus der Puste war. Der Körper verzieh Faulheit so gut wie nie. Ein Jammer! Aber wie hieß es so schön: Der innere Schweinehund war dazu da, überwunden zu werden. Als Bekräftigung dieser Erkenntnis rannte Verena noch ein wenig schneller, pustete dabei dampfende Atemwölkchen in die eisige Winterluft. Im nächsten Moment bereute sie ihren Ehrgeiz bereits, denn nun keuchte sie nicht nur, sondern bekam auch noch Seitenstechen. Himmel! Ernüchtert über ihre Unbedachtheit, wurde sie langsamer, versuchte, wieder ihren eigenen Rhythmus zu finden – und wirklich, nach zwei Minuten ließen die Schmerzen nach, auch ihr Atem wurde wieder ruhiger. Nun konnte sie einigermaßen entspannt den Blick über die beeindruckende winterliche Berglandschaft wandern lassen, genoss die Strahlen der Wintersonne auf ihren gut eingecremten Wangen. Rundherum glitzerte der Schnee wie Millionen von Diamanten in allen Facetten des Regenbogens, ein Anblick, der Verena Jahr um Jahr vertraut war. Dennoch beeindruckte sie dieses Naturschauspiel immer wieder aufs Neue.

Nun musste sie an Simon denken, dessen Arbeit davon abhing, ob stets und jedes Jahr genug Schnee vom Himmel fiel. Zwar konnte man heutzutage mit Schneekanonen nachhelfen, doch so ganz war der weiße Wintertraum mit seiner Magie, wie die Touristen ihn liebten, eben doch nicht erreicht, wenn man rundherum auf braune Berge schauen musste. Aber dieser Winter startete sehr gut mit kaltem Wetter und genügend Schneefall. Verena wusste, wie erleichtert Simon und seine Familie darüber waren, und freute sich mit ihnen über den perfekten Saisonbeginn. Auch wenn das bedeutete, dass ihr Verlobter dadurch sein Versprechen, mit ihr eine Runde joggen zu gehen, nicht hatte halten können. Gar kein Problem, sie verstand gut, dass er nicht abgehetzt zu seinen Skistunden erscheinen wollte. Und für heute war der Terminkalender randvoll. Nachdem sie nun wieder auf einem flacheren Teil des Almweges trabte, musste sie auf einmal an die Nacht ein paar Tage zuvor denken, als Simon plötzlich aus der Wohnung verschwunden war.

Einige Momente lang hatte er ihr damit einen gehörigen Schrecken eingejagt. Aber bereits in dem Augenblick, als sie ihn hatte anrufen wollen, hörte sie, wie die Wohnungstür aufgeschlossen wurde. »Sorry, ich konnte nicht schlafen«, hatte Simon mit zerknirschtem Blick gesagt, als sie sich im Flur gegenüberstanden. »Aber auf keinen Fall wollte ich dich aufwecken, du hast wie ein Engel geschlummert.« Dann nahm er sie in die Arme. »Deshalb habe ich mir gedacht, bevor ich hier in der Wohnung noch unnötig Krach mache, nehme ich lieber einen Drink bei ›Harry‹.«

»Die Bar war noch offen?«, hatte Verena erstaunt gefragt, immerhin war es kurz nach eins in der Nacht gewesen.

»Ich war fast der letzte Gast«, hatte Simon mit einem schiefen Grinsen erklärt, »aber da ›Harry‹ mein Stammlokal ist, konnte mich der Barkeeper nicht rauswerfen, ohne mir zuvor zumindest ein kleines Bier auszuschenken.«

Verena, der eben durch den Schreck Unmengen von Adrenalin durch den Körper geschossen waren, bemerkte schließlich, wie sie sich in

Simons Armen langsam entspannte. »Schön, dass du wieder hier bist«, hatte sie leise gesagt und sich an ihren Freund geschmiegt.

»Ich hatte auch wahnsinnige Sehnsucht nach dir«, flüsterte Simon, bevor er sie am Hals küsste, an der Stelle, an der sie besonders empfindlich war. Sofort hatte ihr Körper auf die sinnliche Berührung reagiert und ihre Haut wie verrückt geprickelt. Alle Müdigkeit schien plötzlich vergessen. »Jetzt aber schnell ab ins Bett!«, hatte Simon ihr zwischen sanften Küssen noch zugeraunt.

»Ja«, hatte sie gehaucht und sich von ihm an der Hand ins Schlafzimmer ziehen lassen.

Wenn Verena jetzt daran dachte, konnte sie nicht verhindern, dass ein seliges Lächeln über ihre Lippen glitt. Himmel, war sie verliebt und glücklich mit ihrem Schatz! Erstaunt bemerkte sie auch, dass sie, völlig in Gedanken versunken, die Anstrengung des Laufens gar nicht mehr so stark spürte. Inzwischen war sie bereits über eine halbe Stunde unterwegs, und ihr Körper spielte sehr artig mit! Ganz leicht fühlte sie sich nun, das Keuchen einer alten Dampflok hatte sich in regelmäßiges Ein- und Ausatmen verwandelt. Na, wer sagte es denn! Es ging doch besser, als sie noch vor ein paar Minuten vermutet hatte!

»Mindestens zweimal die Woche joggen gehen! Tut Körper und Seele gut!«, würde sie sich daheim in großen fetten Buchstaben auf ein Blatt Papier schreiben und an den Kühlschrank heften.

Und natürlich durfte sie keinerlei eigene Ausreden gelten lassen. Ihre Mutter Gerda hatte schließlich selbst vorgeschlagen, hin und wieder morgens die »Wollfee« aufzuschließen und für ein, zwei Stündchen den Laden zu besetzen, damit Verena ein wenig mehr Freizeit hatte. »Nur Arbeiten bringt auch nichts«, klangen der jungen Frau Gerdas eindringliche Worte noch im Ohr. »Sonst machst du bloß über kurz oder lang schlapp. Und dein Papa und ich brauchen ohnehin eine Beschäftigung.«

Verena war sich zwar nicht so sicher, ob Josef das genauso sah, aber an diesem Tag wollte er, soweit sie informiert war, in die »Wollfee« mitkommen und die neue Lampe in der Sitzecke montieren. Mit einem warmen Gefühl in der Brust dachte Verena an ihre Eltern, die seit ihrer Geburt immer für sie da waren. Kompromisslos und ohne einen Gegenwert dafür zu beanspruchen. Plötzlich traten ihr Tränen in die Augen, so gerührt war sie auf einmal. Nicht nur aus Dankbarkeit, weil sie eindeutig die besten und liebenswertesten Eltern der Welt hatte, sondern auch deshalb, weil ihr in den Sinn kam, dass Simon und sie bestimmt ebenfalls in absehbarer Zeit Eltern werden würden. Dann konnten sie diese Liebe in die nächste Generation weitergeben. Peinlich berührt merkte Verena, dass sie bereits durch einen Tränenschleier durchblinzeln musste. Himmel aber auch, was war sie nur für eine sentimentale Heulsuse! Beim Laufen schnäuzte sie sich resolut in ein etwas zerdrücktes Papiertaschentuch, das sie glücklicherweise noch in ihrer Laufjacke gefunden hatte.

Nun wieder einigermaßen gefasst, machte sich Verena an die letzten Meter des Almweges. Nur noch eine Biegung, dann konnte sie direkt auf ihre Wohnung, in der sie noch schnell unter die Dusche hüpfen musste, zusteuern. Sie wurde noch ein wenig rascher, kam sich vor wie ein Pferd, das aufs Futter im Stall zusteuerte. Offensichtlich war sie in ihrem Hochgefühl ein wenig zu schnell unterwegs, denn direkt an der Wegbiegung stolperte sie über einen großen Kieselstein, begann zu straucheln – und fiel in der nächsten Sekunde einem anderen Jogger direkt in die Arme.

»Wer tut denn so etwas?«, fragte Gerda Aichinger etwa zur gleichen Zeit völlig fassungslos, während sie mittlerweile zum vierten Mal Spülwasser über die zwei Treppenstufen leerte, die zur Eingangstür der »Wollfee« führten.

Eine riesige Ladung Jauche war ihnen vorhin, als ihr Mann und sie den Laden aufschließen wollten, bis auf den Gehsteig entgegengeströmt. Auch die Scheibe der Eingangstür war mit übelriechenden Spritzern bedeckt gewesen. Anstatt zu antworten, zuckte Josef scheinbar gelassen mit den Achseln. Gerda merkte jedoch an seinen zusammengepressten Lippen, dass er innerlich vor Zorn bebte.

»Wenn ich den Gauner, der das hier angestellt hat, in die Finger kriege, dann kann er sich auf etwas gefasst machen!«, brach es schließlich aus ihm heraus, während er die Treppe grob mit einer Bürste bearbeitete.

Gerda nickte mit einem dicken Kloß im Hals. Von Verena wusste sie, dass eine solche Gemeinheit nicht zum ersten Mal passiert war. Bereits in den Wochen zuvor hatte jemand, der Verena offensichtlich schaden wollte, den Eingangsbereich verschmutzt, mehrfach. Aber in letzter Zeit war Ruhe gewesen, und Gerda hatte so sehr gehofft, dass dieser böswillige Spuk endlich vorbei sein würde. Weit gefehlt. Mit vor Wut zitternden Fingern drückte sie den Schwamm in einem kleinen Eimer aus, wischte danach mehrmals energisch über die Glasscheibe, bis sie im schönen Licht der Wintersonne glänzte. Gerda musterte ihre Umgebung. Ja, die sichtbare Verschmutzung hatten sie beseitigt, dennoch wollte der üble Geruch nicht aus ihrer Nase verschwinden. Josef schien es ebenso zu gehen. Sich aufrichtend verzog er das Gesicht. »Es stinkt immer noch zum Himmel.«

Trotz der misslichen Lage musste Gerda kurz auflachen. »Auch im übertragenen Sinn.« Gleich darauf wurde sie wieder ernst: »Mir tut Verena so wahnsinnig leid. Ich kann mir gar nicht vorstellen, dass jemand dermaßen gemein sein kann, ausgerechnet zu ihr.«

»Ich auch nicht«, sagte Josef, hob dann den Blick zu den Fenstern des zweigeschossigen Hauses, in dem die Besitzerinnen Josefa Lorenz und Adelheid Schnorr, die Töchter der bereits verstorbenen Angelika Helmbach, auf je einem Stockwerk mit ihren Ehemännern wohnten. Nachdenklich rieb er sich die Nasenspitze. »Vielleicht wollen die beiden Damen unsere Verena raushaben und das Geschäftslokal doch teurer vermieten. Und da es auf legalem Weg nicht funktioniert, machen sie es auf die krumme Tour.«

Josef hatte beim Sprechen die Stimme gesenkt, dennoch schaute sich Gerda ängstlich um. Solche Beschuldigungen, im Grunde aus der Luft gegriffen, auf jeden Fall ohne Beweise, sollte man in der Öffentlichkeit lieber nicht laut aussprechen. »Komm, wir gehen rein«, sagte sie deshalb zu ihrem Mann und zog dabei an seinem Jackenärmel.

Kurz trafen sich ihre Blicke, und für einen Augenblick hatte Gerda das Gefühl, als ob zwischen ihnen wieder alles so innig und vertraut wie früher wäre. Ein natürliches Verständnis füreinander, ohne dass einer etwas sagen musste. Doch dann blinzelte Josef einige Male, schaute gleich darauf, so als ob er unangenehm berührt wäre, hastig weg. »Ich mache mich dann mal an die Lampe«, brummte er.

Drinnen griff er stumm nach seiner Bohrmaschine und dem Werkzeugkoffer, davor hatte er sich noch eine Ladung Gummibärchen in den Mund geschoben. Offenbar trug er die jetzt immer mit sich herum, wie Gerda seufzend registrierte. Wenn sie sich nicht täuschte, hatte er in letzter Zeit auch noch mehr zugenommen. Der

Pullover, den er trug, spannte derart über seinem Bauch, dass das Norwegermuster völlig gedehnt wurde, es wirkte fast doppelt so breit wie ursprünglich. Gerda wusste auch nicht, von woher das plötzlich kam, aber auf einmal wogte eine Riesenwelle der Zuneigung durch ihren Brustraum. Ihr Mann und sie hatten so viele Jahre glücklich zusammengelebt, kleinere und größere Probleme miteinander gemeistert – da würde sie doch so ein kleiner Pensionsunsinn nicht umhauen! Nein, niemals würde sie es zulassen, dass diese, zugegeben schwierige Situation ihre Beziehung gefährdete.

»Liebling«, sagte sie mit einer auch für sie fast überraschenden Zärtlichkeit in der Stimme. Keine Frage, in letzter Zeit war auch ihr Ton ihrem Mann gegenüber rauer geworden. Doch jetzt konnte sie ihm endlich wieder von Herzen sagen, wie sehr sie ihn liebte – und dass sie gemeinsam einfach alles schaffen würden. »Ich muss mit dir reden«, sprach sie weiter.

Zuerst murrte Josef nur missmutig in seinen Werkzeugkasten, den er eben aufgeklappt hatte, doch auf einmal warf er ihr einen eiskalten Blick zu. »Was willst du denn schon wieder von mir?«, herrschte er sie an, und dabei funkelten seine Augen vor Zorn. »Zuerst soll ich die Lampe montieren, dann kommt dieser Dreck vor der Tür dazwischen. Und dann passt es dir auch wieder nicht!«

»Aber ich wollte doch nur …«, stammelte Gerda völlig überrumpelt.

Josef stöhnte sichtlich entnervt auf. Gerda schluckte, so aufbrausend hatte sie ihren Mann in all der gemeinsamen Zeit nur sehr selten erlebt. »Mal dies, mal das. Ich kann es dir wohl niemals recht machen«, schimpfte er jetzt weiter, »immer gibt es was zu meckern!«

»Ich wollte dich doch nur fragen, ob wir Verena vielleicht gar nichts von der Schweinerei da draußen erzählen«, änderte Gerda in gereiztem Ton nun rasch ihre ursprünglich geplanten Worte. Josef benahm sich so dermaßen dumm und unfreundlich, da hatte sie ganz bestimmt keine Lust, ihm zu sagen, wie sehr sie ihn liebte. Das plötzliche Gefühl war ihr im Übrigen angesichts seiner ungerechten Worte auch völlig vergangen. Und der Gedanke, dass sie Verena nicht noch mehr beunruhigen wollte, war ihr bereits in der ersten Sekunde, als sie das Schlamassel vor der Tür entdeckte, durch den Kopf geschossen. Ihre Tochter hatte so viel um die Ohren, war durch die Geschäftseröffnung dermaßen eingespannt, da musste man sie einfach schonen. Als Gerda dann noch einfiel, wie schwierig es Verena auch mit ihrer zukünftigen Schwiegermutter Fanny hatte, spürte sie einen scharfen Stich in der Brust. Sicher, Simon war ein freundlicher und umgänglicher Typ, aber seine Mutter war ein regelrechtes Schwiegermonster. Es juckte Gerda bereits seit einiger Zeit in den Fingern, ihr mal die DVD des gleichnamigen Films mit Jane Fonda zu überreichen. Natürlich würde sie das niemals tun, aber insgeheim litt sie mit Verena, die dennoch nie ein böses Wort über Fanny verlor.

»Ich denke auch, dass unsere Kleine das gar nicht zu erfahren braucht«, wurde sie von Josef aus ihren Gedanken gerissen. »Ist nur eine unnötige Aufregung. Vermutlich wird es ohnehin in kürzester Zeit ein Ende damit haben.« Grimmig kniff er die Augen zusammen, bis nur noch schmale Sehschlitze übrig blieben. »Diese Deppen werden irgendwann merken, dass sie mit ihrer gemeinen Sabotage rein gar nichts erreichen.« Er nickte seiner Frau zu, für einen winzigen Moment herrschte erneut Einigkeit zwischen ihnen. Nun fühlte sich Gerda zwar nicht wie ein Teil eines Liebespaares, aber immerhin wie ein Mitglied einer geheimen Agentengruppe. Unwillkürlich musste sie schmunzeln – so schlimm die Sache mit der verschütteten Jauche auch war, zumindest wurden Josef und sie zu einem Team.

In der nächsten Sekunde klingelte die Ladenglocke. Wie ertappt fuhr Gerda zur Tür herum und sah, wie eine junge hochschwangere Frau eintrat. »Guten Tag!«, sagte diese fröhlich, blinzelte dann einigermaßen erstaunt. »Oh, ist die Besitzerin gar nicht hier? Sie hat mich letztens so gut bei der Wollauswahl beraten.«

»Guten Tag«, sagte Gerda rasch, »Sie meinen meine Tochter Verena, sie kommt in der nächsten halben Stunde.« Lächelnd zwinkerte sie der Hochschwangeren zu. »Aber so ein klein bisschen kenne ich mich hier auch schon aus.«

»Das glaube ich Ihnen«, lachte die andere. »Ich möchte noch mehr minzfarbene Wolle kaufen. Meine Mutter strickt noch ein Jäckchen und eine Mütze für mein Kleines. Und dazu brauche ich auch noch einen hellen Ton von der gleichen Wollqualität für Streifen. Vielleicht weiß oder hellgrau.«

Gerda nickte wissend. »Keine Sorge, da finden wir etwas.«

Die Kundin lächelte, doch plötzlich rümpfte sie die Nase. »Irgendwie riecht es hier seltsam. So nach Kuhstall.«

Josef, der eben den Stecker seiner Bohrmaschine in die Steckdose gesteckt hatte, schaute mit unschuldigem Blick auf. »Finden Sie wirklich? Ich rieche nichts.«

Gerda, die sehr wohl merkte, dass der Jauchegestank noch leicht in der Luft hing, schüttelte ebenfalls den Kopf. »Nein, da ist nichts. Ganz bestimmt.« Sobald die Kundin draußen war, würden sie ausgiebig lüften müssen.

»Seit ich schwanger bin, scheint mein Geruchssinn übersensibel zu sein«, murmelte die junge Frau und seufzte auf. »Aber vielleicht zieht es ja von draußen rein.«

»Genau«, griff Josef diesen Gedanken, den er bestens geeignet fand, auf. »Wenn der Wind in eine bestimmte Richtung weht, bekommt man hier in der Innenstadt manchmal auch den Duft der Kuhställe von weiter draußen ab.«

»So wird es sein«, murmelte die Frau, während sie verschiedene Wollknäuel betrachtete.

Gerda atmete insgeheim auf. Je weniger Menschen von der neuen Jaucheattacke wussten, desto eher konnten sie diese auch vor Verena geheim halten.

»Entschuldigung! Jetzt war ich wohl doch zu schnell unterwegs!«, rief Verena erschrocken auf, während sie sich an den durchtrainierten Schultern des Joggers festhielt. »Habe ich Ihnen weh getan?«

»Nein, nein, es ist nichts passiert«, sagte der Mann mit der Mütze auf dem Kopf und zwinkerte ihr freundlich zu.

Diese grüngrauen Augen kamen Verena irgendwie bekannt vor. Sie musste jedoch noch einen Schritt zurücktreten, das kantige Gesicht mit den winzigen Grübchen in den Wangen ihres Gegenübers genauer mustern, bis bei ihr endlich der Groschen fiel. Offenbar auch bei ihm. Denn gleichzeitig riefen sie: »Felix!«

»Verena!«

Völlig perplex grinsten sich beide an. Verena konnte gar nicht mehr damit aufhören, so sehr freute sie sich darüber, ihrem Jugendfreund zu begegnen. Umso weniger konnte sie das unangenehme Gefühl verstehen, welches kurz in ihr hochgestiegen war, als Katja von Felix' Rückkehr nach Kitzbühel erzählt hatte. Auch Felix wirkte völlig gelöst, wenn auch ein wenig außer Atem. Offenbar hatte er bereits eine ordentliche Strecke hinter sich gebracht. »Schön, dich endlich zu sehen«, sagte er nun.

»Katja hat mir von deinem Laden erzählt.«

Verena nickte. »Ja, seit ein paar Monaten bin ich Geschäftsfrau. Mir hat Katja erzählt, dass du wieder nach Kitzbühel gezogen bist. Herzlich willkommen!«

»Danke!«, lachte Felix und kreiste dabei mit den Schultern, wohl um nicht auszukühlen. »Ich freue mich richtig, wieder hier zu sein.«

Mit einem Augenzwinkern fügte er hinzu: »Wenn du mir in nächster Zeit nicht über den Weg gelaufen wärst, hätte ich dich glatt in deiner ›Wollfee‹ besucht.«

»Kannst du ja immer noch machen«, gab sie keck zurück. »Ich kenne genügend Herren, die für ihr Leben gern stricken oder häkeln. Das liegt gerade voll im Trend und entspannt ungemein. Vielleicht wäre das ein passendes Hobby für dich – vor der Eröffnung deines Brillengeschäfts hast du bestimmt jede Menge Stress.«

Felix verzog zustimmend den Mund. »Da hast du wohl recht. Dein Vorschlag klingt ja fast so entspannend wie Yoga für Fortgeschrittene. Omm!« Breit grinsend fügte er hinzu: »Aber ich kann leider nicht stricken.«

»Bei mir gibt es auch Strickkurse!«, warf sie verschwörerisch ein.

»Touché!« Wie von einer Kugel getroffen, sank er halb in sich zusammen. »Du hast dich gar nicht verändert. Immer ein passendes Gegenargument parat, bis man k. o. geht!«

»Wenn du meinst, dass ich wirklich sooo schlimm bin …«, maulte sie gespielt beleidigt –

in Wahrheit amüsierte sie sich köstlich. Fast kam es ihr vor, als ob es nur Minuten her gewesen wäre, seit Felix und sie sich zum letzten Mal gesehen hatten. Keine Spur von Verkrampftheit, sondern die gleiche gelöste Stimmung wie damals. Also abgesehen von dem riesigen Krach am Ende ihrer Beziehung, an den wollte sie jedoch lieber gar nicht mehr denken.

Kameradschaftlich schlug Felix ihr nun auf die Schulter. »Ich finde es super, dass wir uns getroffen haben. Würde mich freuen, wenn wir uns mal auf einen Kaffee zusammensetzen …« Bedauernd zuckte er mit den Schultern. »Sorry, aber ein Strickkurs reizt mich im Moment leider gar nicht.«

Verena machte eine abwehrende Handbewegung, dabei kam sie aus dem Lachen gar nicht mehr heraus. »Keine Sorge, ich werde dich nicht zwingen. So etwas mache ich nie.«

»Da bin ich ja froh«, seufzte er gespielt erleichtert, »hatte ja keine Ahnung, wie heutzutage die Uhren in Kitzbühel ticken.« Nun lachten sie beide, bis Felix plötzlich eine besorgte Miene aufsetzte. »He, du zitterst ja. Bei der Kälte solltest du nicht so lange rumstehen.«

»Stimmt«, stellte sie erstaunt fest. Dass sie wie verrückt mit den Zähnen klapperte, fiel ihr erst jetzt auf. »Dann werde ich mal schnell nach Hause laufen.«

»Ja, tu das«, pflichtete Felix ihr bei. »Aber notier dir doch schon mal den 18. Dezember. Da würde ich dich gern zur Eröffnung meines Geschäftes einladen.« Rasch fügte er hinzu: »Natürlich auch deinen Verlobten, den Simon.«

»Schreibe ich mir zu Hause gleich auf«, antwortete sie fröhlich.

Sie freute sich tatsächlich auf das Wiedersehen. Ihre Wut von damals, nachdem Felix sie so schnöde betrogen hatte, war im Laufe der Zeit verraucht. »War ja auch höchste Zeit«, meldete sich eine neunmalkluge Stimme in ihrem Hinterkopf zu Wort. »Ihr wart damals noch halbe Kinder, und irgendwann ist es auch gut.« Wie wahr, wie wahr. Jetzt freute sie sich einfach, dass ein lieber Mensch wieder in ihr Leben getreten war. Womöglich würden sie sich miteinander anfreunden, vielleicht zusammen mit Simon und der Partnerin von Felix gemeinsame Pärchenabende verbringen. Ups, jetzt ging wohl ein wenig die Fantasie mit ihr durch. Sie wusste ja nicht einmal, ob Felix eine Freundin, Verlobte oder Frau hatte. Darüber hatte er vermutlich auch nicht mit Katja gesprochen, denn die hatte ja so getan, als ob sie sogar überlegen würde, sich diesen feschen Mann hier zu schnappen. Plötzlich wurde Verena neugierig. Zugegeben, sie kam sich dabei ein wenig kindisch vor, schob diese Erkenntnis jedoch weit zur Seite. »Vielleicht hast du ja auch mal Lust, gemeinsam mit deiner Frau oder Freundin zu Simon und mir zum Essen zu kommen«, warf sie ihren Köder aus.

Prompt biss Felix an. »Mit einer Frau an meiner Seite kann ich leider nicht dienen. In Innsbruck gab es jemanden, aber das ist vorbei …« Er seufzte auf. »Das ist vielleicht auch ein Grund, warum ich nach Kitzbühel zurückgekommen bin.«

Peinlich berührt verzog Verena das Gesicht. Felix sah plötzlich dermaßen niedergeschlagen aus, dass ihr diese Indiskretion sehr unangenehm war. Unmöglich konnte sie es ertragen, dass ihr sympathisches Gegenüber noch länger dreinschaute wie zweimal vom Blitz getroffen. »Dann werde ich dich gemeinsam mit Katja einladen«, sagte sie einer plötzlichen Eingebung folgend, »ich könnte mir vorstellen, dass es ein sehr netter Abend wird.« Felix' Miene verdüsterte sich für eine Sekunde – oder bildete sie sich das nur ein? Vermutlich ja, denn inzwischen bibberte sie dermaßen vor Kälte, dass sie alles nur noch verwackelt sah. »Darüber sprechen wir ein anderes Mal«, sagte sie, und begann nun, im Stand zu joggen, um sich warm zu machen.

»Ja, das machen wir«, sagte Felix in unbekümmertem Ton, ganz offensichtlich hatte sie nur Gespenster gesehen. Dann umarmte er sie freundschaftlich, eigentlich mehr eine angedeutete Umarmung, bei der sich bloß ihre Arme berührten. Andererseits wäre es auch ein wenig zu dramatisch und unpassend innig gewesen, wenn er sie jetzt fest an seine Brust gezogen hätte. »Ab nach Hause mit dir, bevor du erfrierst!«, raunte er ihr noch zu, dann hoben beide winkend die Hand.

Im nächsten Moment joggten sie in entgegengesetzte Richtungen davon. Verena rannte sogar recht schnell, nicht nur, weil ihr kalt geworden war und sie sich nach einer heißen Dusche sehnte. Sie wollte unbedingt Leni in Augsburg anrufen und von der Begegnung mit Felix erzählen.

Die um ein Jahr jüngere Leni, mit der sich Verena erst nach dem Abitur so richtig angefreundet hatte, kannte Felix auch ein wenig aus der Zeit am Gymnasium. Es hatte sie damals mehr als gewundert, dass der sympathische Bursche eine derart untreue Seele gewesen sein sollte. »Wir waren doch zusammen im Schauspielkurs. Einmal hat er von dir erzählt und dabei dermaßen von innen heraus gestrahlt, wir hätten alle Lichter ausschalten können, es wäre trotzdem hell gewesen. Bis über beide Ohren verliebt war er, sage ich dir«, hatte Leni ihr später erklärt.

Verena hatte Lenis Beobachtungen natürlich nicht ernst richtig genommen. »Ich denke, ihr seid so in eurem Schauspiel aufgegangen, dass bei euch alles recht theatralisch abgegangen ist. Vermutlich habt ihr euch auch mit dramatischer Geste die Schuhbänder zugebunden.«

»Stimmt gar nicht«, hatte Leni gemault. Zumindest war das Thema Felix damit erst einmal erledigt gewesen.

Jetzt spürte Verena, wie ein schlechtes Gewissen in ihr aufstieg. Nicht, weil sie Lenis Erzählung damals keinen rechten Glauben geschenkt hatte, sondern weil sie die Freundin schon längst anrufen wollte. Die letzten Male hatte immer Leni sich gemeldet. Es würde sie absolut nicht wundern, wenn ihre Freundin sie bereits als die abtrünnigste aller treulosen Tomaten dieses Universums ansehen sollte.

Die heiße Dusche hatte unheimlich gutgetan! Nach und nach waren alle ihre eingefrorenen Glieder wieder zum Leben erwacht, oder besser gesagt aufgetaut. Einfach herrlich. Nun, nachdem sie sich schweren Herzens vom warmen Wasser, das so wunderbar angenehm über ihren Körper geronnen war, getrennt hatte, wickelte Verena sich ein Handtuch um ihre nassen Locken. Dann schlüpfte sie in ihren flauschigen Bademantel und griff nach ihrem Handy. Hoffentlich war Leni zu erreichen, gerade jetzt hatte sie unheimlich große Lust, mit ihr zu sprechen. Dreimal klingelte es, dann noch ein viertes Mal. Mit einem leisen Seufzer gab Verena auf und wollte bereits auflegen.

Aber im letzten Moment ging ihre Freundin doch noch ran. »Wie schön, dass du anrufst!«, rief sie mit ihrer hellen Stimme.

Verena atmete erleichtert auf. Zum Glück klang Leni nicht beleidigt, obwohl sie sich in letzter Zeit wirklich öfter hätte melden sollen. »Leni, ich habe so oft an dich gedacht. Aber dann hat es mal zeitlich nicht gepasst, und ich wollte dich nicht im Büro stören. Und ein anderes Mal war ich dann wieder im Alltagstrott versunken. Asche auf mein Haupt!«

»He, das ist doch gar kein Problem«, sagte die Freundin gutmütig. »Ich weiß doch, dass du mit der ›Wollfee‹ mehr als genug zu tun hast.«

Verena musste lächeln, gleichzeitig spürte sie ein dumpfes Gefühl in ihrer Magengegend. Sie vermisste Leni so dermaßen, vor allem auch deren gute Laune, die einen automatisch mitriss. Gleichzeitig war Leni sehr einfühlsam, und man konnte ihr wirklich alles erzählen. Gut, das konnte sie auch jetzt. Aber für ein langes Telefongespräch hatte sie wieder Mal keine Zeit – sie wollte die Hilfsbereitschaft ihrer Eltern auch nicht über Gebühr ausnutzen.

»Verena, bist du noch dran?«, hörte sie nun Lenis amüsiert klingende Stimme an ihrem Ohr. »Oder spreche ich nur mit deiner Mailbox?«

»Nein, ich bin selbst dran«, lachte Verena. »Und ich kann dir gar nicht sagen, wie froh ich bin, mit dir zu reden. Ja, im Laden geht es rund. Es ist aber ein angenehmer Stress. Und es ist schön zu sehen, dass viele Leute gerne bei mir einkaufen und die Strickkurse buchen.«

»Klingt prima«, sagte Leni, »ich wusste doch, dass du es mit dem Geschäft schaffen wirst.«

»Stimmt, du hast mir immer Mut gemacht«, sagte Verena, »wie ein persönlicher Coach.«

Leni lachte laut auf. »Tja, vielleicht sollte ich dann beruflich umsatteln.« Noch immer mit einem Schmunzeln in der Stimme fügte sie hinzu: »Doch du möchtest mir doch sicher etwas Bestimmtes erzählen …«

Fast kam sich Verena ertappt vor. »Aber wie kommst du denn darauf?«

»Ich kenne dich eben und ich habe das Gefühl, als ob du fast platzt.«

Nun musste Verena lachen. »Na, so schlimm ist es auch wieder nicht. Aber du hast schon den richtigen Riecher, es gibt wirklich eine Neuigkeit: Ich wollte dir erzählen, dass Felix Wolters wieder nach Kitzbühel gezogen ist, er wird hier ein Brillengeschäft eröffnen.«

»Oh, wie nett!«, rief Leni, »dann werde ich ihm bei meinem nächsten Heimaturlaub zu Weihnachten gleich mal einen Besuch abstatten. Ich brauche ohnehin eine neue Brille.«

»Wenn du es bis zum 18. Dezember nach Hause schaffst, kannst du mit zu seiner Eröffnungsfeier kommen. Heute Morgen, nachdem ich ihn beim Joggen fast über den Haufen gerannt habe, hat er mich dazu eingeladen.«

»Sehr großmütig von ihm«, kicherte Leni, »obwohl du dich scheinbar ganz schön gemeingefährlich verhalten hast. Aber ich komme leider erst einen Tag vor Heiligabend heim.« Plötzlich fügte sie etwas ernster hinzu: »Und, wie hast du dich dabei gefühlt, ihn nach all den Jahren wiederzusehen?«

Verena runzelte die Stirn. Lenis fast schon dramatischen Ton fand sie ein wenig übertrieben. Sie saßen doch hier nicht in einer seltsamen Talkshow, und Leni spielte die einfühlsame Moderatorin! Was sollte schon dabei sein, wenn man einen Exfreund nach langer Zeit wiedersah? Es hatte sie kein bisschen aus der Bahn geworfen. Nein, es war einfach unglaublich angenehm gewesen, einen sympathischen Menschen aus der Vergangenheit nach Langem wiederzutreffen. Letzteres erklärte sie Leni hoffentlich so locker wie möglich.

»Klar«, sagte Leni, die zum Glück die kleine Verstimmung der anderen nicht zu bemerken schien. »Ist doch prima, wenn ganz offensichtlich die Chemie auch heute noch zwischen euch stimmt. Felix ist wirklich ein netter Kerl.«

»Ja, ist er«, bekräftigte Verena.

Am liebsten hätte sie hinzugefügt, dass sie schon daran gedacht hatte, ihn mit Katja zu verkuppeln. Na ja, besser gesagt, der Liebe ein wenig auf die Sprünge zu helfen. Aber dann schaute sie auf die Uhr, bemerkte erschrocken, dass sie sich wirklich beeilen sollte, und sie verabschiedete sich auf ein baldiges längeres Telefonat von Leni. Während sie sich ihre Haare hektisch trocken föhnte, fiel ihr dann noch ein, dass ihre Freundin ihre Kuppelabsichten sicherlich ohnehin affig gefunden hätte. Schon alleine aus dem Grund, da diese Katja absolut nicht leiden konnte.

Mit eiligen Schritten betrat Verena keine halbe Stunde später ihr Wollgeschäft. Nun plagte sie aufgrund ihrer endlosen Trödelei ein richtig schlechtes Gewissen. Im Grunde hätte sie Leni doch auch am Nachmittag anrufen können! Stattdessen plauderte sie munter zu einer Zeit drauflos, in der sie eigentlich arbeiten sollte. Und ihre Eltern durften Angestellte spielen – ohne Bezahlung versteht sich. Nein, noch einmal durfte sie das nicht machen.

»Hallo, ihr zwei Fleißigen! Tut mir echt leid, dass ich so spät komme!«, sprudelte es dann auch sogleich aus ihr heraus, bevor sie Gerda und Josef nacheinander um den Hals fiel. »Ich möchte eure Gutmütigkeit wirklich nicht überstrapazieren!«

Josef tätschelte ihr liebevoll den Rücken. »Ach, das macht doch nichts. Du kannst doch nicht tagein, tagaus nur im Laden stehen. Ein bisschen Zeit für dich brauchst du auch, sonst kippst du uns noch um, Vreni!«

Nun mischte sich auch Gerda ein. »Und uns beiden macht es wirklich Spaß hier. Nicht wahr, Josef?«

Bei dieser Aussage spielte Verenas Vater jedoch nicht mehr mit. »Die Lampe habe ich gerne montiert. Aber zum Wolle verkaufen bin ich nicht gemacht. Also wirklich! Wolle verkaufen! Wenn das meine ehemaligen Arbeitskollegen wüssten!«, rief er voller Entrüstung aus, während er sich mit der flachen Hand gegen die Stirn schlug.

Verena wusste kurz nicht, ob er es todernst meinte oder zumindest ein wenig Spaß dahinter steckte, aber ihr Vater sah in seiner Empörung so liebenswürdig drollig aus, dass sie hellauf loslachen musste. Ja, für sie war klar: Ihr Papa, der ehemalige Automechaniker, würde wohl nie zu den Männern gehören, die Stricken und Häkeln als neues spannendes Hobby entdeckten. Aber das musste er ja auch nicht. Jedem das seine, solange er den anderen leben ließ.

»Keine Sorge, Papa! Du musst kein Woll- und Garnprofi werden!« Ihr Blick wanderte zu der neu angebrachten Lampe an der Wand. »Aber Lampen montieren, das kannst du, einfach spitze! Danke dir!«

Sie drückte ihm ein Küsschen auf die Wange, registrierte gerührt, wie seine Augen vor Freude aufblitzten. So gut gelaunt hatte sie ihren Vater schon lange nicht mehr gesehen. Ein wenig verwirrt blinzelte sie. Überhaupt kamen ihr die Eltern an diesem Vormittag seltsam harmonisch vor, fast wie ein eingeschworenes Duo mit einem Geheimnis. »Ist alles in Ordnung?«, fragte sie irritiert.

Sowohl ihre Mutter als auch ihr Vater schauten ertappt drein, wie kleine Kinder, die verbotenerweise soeben den letzten Schokoweihnachtsmann aufgefuttert hatten. »Natürlich, alles bestens!«, rief Gerda vielleicht ein wenig zu enthusiastisch aus. »Wir haben viel Wolle verkauft. Zum Beispiel an eine nette schwangere Frau. Außerdem haben sich noch zwei Personen für den Strickkurs nächste Woche angemeldet. Die freuen sich schon wie verrückt und hätten am liebsten sofort begonnen.«

»Schön. Und bloß gut, dass noch zwei Plätze frei waren«, murmelte Verena, der das übertrieben muntere Geplapper ihrer Mutter ein wenig seltsam vorkam. Nicht minder verwirrt beobachtete sie danach ihren Vater, der gerade äußerst konzentriert das Kabel um die Bohrmaschine wickelte. Dabei fixierte er es mit einem derart starren Blick, als ob er eine hochgiftige Schlange vor sich hätte. »Ist hier wirklich alles in Ordnung?«, fragte seine Tochter zweifelnd.

»Und ob«, sagte Josef im Brustton der Überzeugung. »Am Morgen sind wir hergekommen, haben gemütlich aufgeschlossen, alles bestens. Dann ist schon eine Kundin nach der anderen zur Tür hereinspaziert.«

Verena nickte langsam. Die Stimme ihres Vaters klang ziemlich normal – nur passten seine immer röter werdenden Wangen nicht so richtig dazu. Seltsam. Leider kam sie nicht mehr zum Nachfragen, denn Gerda hatte blitzschnell ihren und Josefs Wintermantel aus dem Hinterzimmer geholt, umarmte Verena kurz und trieb dann mit seinem Mantel, der über ihrem Arm hing, ihren Mann geradezu Richtung Ausgang. »Mach es gut, Liebes! Wir telefonieren am besten morgen!« An der Tür drehte sie sich nochmals um. »Und glaub mir, es ist alles in bester Ordnung!«

Josef winkte noch kurz, dann starrte Verena mit offen stehendem Mund auf die Stelle vor der Tür, wo eben noch ihre Eltern gestanden hatten. Die beiden hatten sich eindeutig mehr als seltsam benommen, nur hatte sie keinen blassen Schimmer, weshalb. Plötzlich fröstelte sie und während sie sich mit den Händen über ihre Schultern im selbst gestrickten marineblauen Zopfpulli strich, blinkte es vor ihrem inneren Auge wie mit Leuchtreklame: Ihre Eltern wollten sich womöglich trennen. Vielleicht war es schon beschlossene Sache, nur ihre Tochter wollten sie so spät wie möglich damit belasten.

Verena schnaufte unglücklich auf. Am liebsten wäre sie den beiden auf der Stelle nachgerannt. Aber genau in diesem Moment betrat eine mollige Frau, etwa Mitte fünfzig mit kurzen braunen Löckchen, die »Wollfee«. Ist vielleicht besser so, redete sich Verena im Stillen ein. Erst dann mit ihnen sprechen, wenn du dich halbwegs beruhigt hast. Bestimmt. Außerdem würde es ihr guttun, wenn sie zuerst Simon ihr Herz ausschüttete, womöglich könnte er ihre Bedenken sogar zerstreuen. Mit einem zärtlichen Gefühl in der Brust dachte sie daran, dass sie ihn am Nachmittag, wenn die Skilifte schließen würden, von der Skischule abholen wollte. Aber jetzt, in der letzten Stunde vor der Mittagspause, hatte sie sich gefälligst noch um die Kundschaft zu kümmern.

Mit einem Lächeln auf den Lippen wandte sie sich an die Frau: »Kann ich Ihnen helfen, oder wollen Sie sich noch ein wenig umschauen?«

Die mollige Frau verzog anerkennend das Gesicht, deutete auf die Regale mit der bunten Wolle. »Ein tolles Geschäft haben Sie hier. Wirklich sehr hübsch eingerichtet.« Sie zwinkerte Verena zu. »Und dann auch noch in phänomenaler Lage. Da müssen Sie ja bestimmt ein kleines Vermögen für die Miete zahlen.«

Verena, die keine Lust hatte, mit einer fremden Frau über die Miete für ihren Laden zu sprechen, ja, im Grunde fand sie diese Bemerkung auch ziemlich unpassend, zeigte auf die weiche Mohairwolle, die neben dem Verkaufstresen in einer Schütte lag. »Eben erst geliefert worden und wunderbar weich.«

»Ja, die fasst sich sehr gut an«, stimmte die Frau zu, nachdem sie mit der rechten Hand prüfend über ein Knäuel gestrichen hatte. Doch von ihrem eigentlichen Thema ließ sie sich nicht ablenken. In süffisantem Ton sagte sie: »Vielleicht haben Sie ja auch großes Glück und müssen gar nicht so eine hohe Miete zahlen. Dann könnte man ja direkt neidisch werden.«

»Ich denke, das ist kein Thema für einen kleinen Plausch hier am Ladentisch«, sagte Verena in kühlem Ton. Langsam, aber sicher machte diese seltsame Frau sie wütend. Da sie das aber nicht zeigen wollte, ging sie mit raschen Schritten zur Sitzecke und ordnete die verstreut liegenden Handarbeitszeitschriften auf dem Couchtisch zu einem akkuraten Stapel. In der nächsten Sekunde durchfuhr sie ein Schreck wie ein heißer Blitz. Vielleicht war es ja diese Frau gewesen, die bereits ein paarmal Jauche vor ihre Tür geschüttet hatte. Mit wütendem Blick drehte sie sich um, sah aber nur noch, wie die Frau mit erstaunlich schnellen Schritten durch die Tür hinauseilte. Natürlich hätte Verena ihr nachrennen und sie zur Rede stellen können. Aber dafür fehlte ihr jetzt, wo sie nach Luft schnappte und sich ihre Knie wie Gummi anfühlten, schlichtweg die Energie.

# 4

»Schatz, was ist denn mit dir los? Du schaust drein, als ob dir ein Gespenst begegnet wäre«, fragte Simon, als Verena ihn von der Skischule abholte. Nachdenklich musterte er sie. »Sauer auf mich, weil du alleine joggen gehen musstest?«

Eilig schüttelte Verena den Kopf. »Nein, gar nicht. Alles in bester Ordnung.« Dass sie sich immer noch Gedanken wegen der fremden Frau machte, die in der »Wollfee« so seltsam und ja, da brauchte man gar nichts zu beschönigen, fast bösartig dahergeredet hatte, wollte sie jetzt im Eingangsbereich der Skischule ganz bestimmt nicht thematisieren. Allein schon deshalb nicht, da eben Lennart und Gisela durch die Glastür traten.

»Hallo, Frau Schwägerin!«, rief Lennart und schnitt eine alberne Grimasse. »Was hat denn dir die Petersilie verhagelt?«

Verena zuckte leicht zusammen. Sah sie dermaßen mitgenommen aus, dass es wirklich jedem gleich auffiel? Sie gab sich einen Ruck, brachte nun sogar ein schmales Lächeln zustande. »Danke, mir geht's bestens. Ich war nur heute nach ewigen Zeiten endlich wieder mal eine Runde joggen.«

»Super! Da kannst du doch echt stolz auf dich sein«, sagte Gisela und umarmte sie. Mit einem herzhaften Seufzer fügte sie hinzu: »Ich nehme mir fast jeden Tag vor, mehr Sport zu machen.«

»Und dann stopfst du doch nur Massen von Keksen in dich hinein«, ergänzte Lennart, nicht eben charmant.

Anstatt ihm die Meinung zu sagen, zuckte seine Freundin bloß mit schuldbewusster Miene mit den Schultern. Verena verdrehte insgeheim die Augen. Giselas Gutmütigkeit war bewundernswert, aber hin und wieder täte es ihrer eigenen Meinung nach dem so selbstgefälligen Lennart gar nicht mal schlecht, in die Schranken gewiesen zu werden.

Mit einem Augenzwinkern deutete sie mit dem Finger zuerst auf Gisela, eine schlanke, sportliche Frau, mit den Kurven an den richtigen Stellen. Dann zeigte sie auf Lennarts kleinen Bauchansatz. »Ich bin mir gar nicht so sicher, wer von euch beiden die meisten Vanillekipferl und Zimtsterne verputzt. Bei Gisela ist auf jeden Fall nichts zu sehen.« Im gleichen Moment kam sie sich fies vor. Es war sonst gar nicht ihre Art, sich über andere Menschen lustig zu machen, aber Lennart brachte sie gerade jetzt, wo ihre Nerven ohnehin ein wenig blank lagen, schlicht zur Weißglut. Als sie sein beleidigtes Gesicht registrierte, ruderte sie eilig zurück. »War doch nur ein Spaß.«

Doch Lennart reagierte wie viele Menschen, die gerne austeilen, dann jedoch nicht einstecken können. »Ich möchte gar nicht wissen, wie viel Speck unter deinem Pullover steckt«, schoss er wütend zurück. »Kommst dir wohl sehr wichtig vor. Einmal laufen gehen und gleich alle anderen niedermachen!«

Bevor Verena etwas antworten konnte, mischte sich Fanny, die eben aus dem Büro nach vorn gekommen war, ein. »Was ist denn hier los?«, fragte sie mit strenger Stimme. Unwillkürlich fröstelte es Verena. »Sind wir hier etwa im Kindergarten?«

Als ob er die letzten Worte seiner Mutter bestätigen wollte, zielte Lennart mit dem Zeigefinger direkt auf Verena. »Sie hat angefangen und gemeint, dass ich fett geworden bin!«

Sofort wurde Simons Freundin daraufhin von Fannys vernichtendem Blick wie von einem glühenden Blitz getroffen. Verena schnappte nach Luft, wollte sich verteidigen – und kam sich nun wirklich wie unter Kleinkindern vor. Oder wie in einer schlechten Soap. Gleichzeitig schwirrte der Gedanke durch ihren Kopf, dass doch auch mal Simon etwas sagen könnte.

Stattdessen ergriff Gisela das Wort: »Ach, Lennart, jetzt benimm dich doch nicht so, als ob du erst gestern deinen dritten Geburtstag gefeiert hättest!« Sie sagte das in scherzhaftem Ton und drückte ihrem Freund anschließend ein kleines Küsschen auf die Wange. Dann wandte sie sich grinsend an Fanny: »Verena hat gar nichts Böses gemacht, sondern nur meine Frauenehre verteidigt.«

»Aha, na wenn du das sagst«, erwiderte Fanny mit einem Nicken im Zeitlupentempo. Das war der einzige Kommentar, bevor sie wieder im Büro verschwand.

»Leute, dass ihr es nur wisst, ich bin heute völlig kaputt«, sagte nun Simon mit einem theatralischen Seufzer. »Das Einzige, das ich mir heute noch wünsche, ist eine heiße Dusche und ein spannender Krimi im Fernsehen. Am besten einer, bei dem ich gleich den Täter errate.« Er schaute Verena mit einem treuherzigen Blick an.

Diese zog leicht genervt eine Augenbraue in die Höhe. Aha, ihr Liebster konnte also doch noch sprechen! Offenbar nur dann nicht, wenn es darum ging, sie vor seiner Familie zu verteidigen. Jetzt sei doch nicht so kleinlich, musste sie im nächsten Augenblick denken. War doch gut, dass er sich nicht auf diesen kindischen Hickhack eben mit Lennart eingelassen hat. Daran hätte sie sich eigentlich auch selbst halten können. Es wusste doch schließlich jeder, dass ein Streitgespräch mit Simons Bruder bloß verlorene Zeit bedeutete. Er hielt sich doch immer für den Besten! Ja, wie hatte er es neulich ausgedrückt? »Von Idioten umzingelt.« Tja, wer so dachte, dem war wohl nicht zu helfen. Sie nahm Simons Hand und drückte sie. »Wir haben zu Hause auch noch Speckknödel im Kühlschrank, vielleicht kann ich dich ja mit einem guten Essen aufpäppeln.«

Simon grinste breit. »Das klingt fantastisch, Liebling!«

Die beiden Paare verabschiedeten sich voneinander. Dabei umarmten sich Verena und Lennart ziemlich steif. Als Verena Gisela an sich drückte, kamen ihr vor Rührung fast die Tränen. »Danke, dass du mich eben verteidigt hast«, raunte sie der anderen ins Ohr.

Diese schob Gisela ein Stückchen von sich weg und lächelte sie an. »Ist doch selbstverständlich. Wir Mädels müssen eben zusammenhalten.« Es klang dermaßen verschwörerisch, als ob sie noch Teenager wären, und so musste Verena fast laut auflachen.

Im nächsten Moment wurde Gisela von Lennart weggezogen. Verena hatte fast den Verdacht, dass es ihm nicht besonders gut gefiel, wenn seine Freundin mit seiner zukünftigen Schwägerin Spaß hatte. »Komm, wir wollten doch auch längst daheim sein!«

»Ja, sicher«, sagte Gisela leichthin. »Wir waren eigentlich nur spazieren und sind zufällig vorbeigekommen.« Sie winkte kurz, dann war sie mit Lennart auch schon zur Tür hinaus.

Kurz darauf gingen Simon und Verena durch die Kitzbüheler Innenstadt in Richtung ihrer Wohnung. Eigentlich wollte Verena ihrem Verlobten von der Begegnung mit Felix erzählen, aber er wirkte so geistesabwesend, dass sie sich nicht sicher war, ob er ihr überhaupt zuhören würde. Ganz entgegen seiner Art blieb Simon nacheinander vor zwei Geschenkläden stehen und starrte dort in die Auslagen mit jeder Menge

Souvenirs: Schlüsselanhänger und Untersetzer, alle mit der typischen Kitzbüheler Gams, Tassen und T-Shirts mit Kitzbühel-Schriftzug. Verena sah ihn eine Weile von der Seite an. »Ist alles in Ordnung bei dir?«, fragte sie schließlich leise.

So, als ob sie ihn aufgeschreckt hätte, zuckte er zusammen. »Ja, klar«, rief er aus, schaute sie, ganz der alte Simon, mit einem strahlenden Lächeln an. »Ich bin heute echt fertig. Gerade zum Saisonauftakt habe ich nur Schüler gehabt, die gefühlt alle drei Minuten im Schnee lagen.« Mit einer gespielt dramatischen Leidensmiene fügte er hinzu: »Und ich musste all den verunglückten Schneehasen natürlich jedes Mal aufhelfen!«

Verena lachte, dann hakte sie sich bei ihm unter. »Na, dann komm schnell nach Hause, damit ich dich verwöhnen kann!«

Als sie später nach dem Abendessen, sie hatten bis auf den letzten Speckknödel alles verputzt, zusammengekuschelt auf dem Sofa saßen, erzählte sie endlich von der zufälligen Begegnung mit Felix. Simon runzelte die Stirn. »Und, wie war es für dich, ihn wiederzusehen?«

»Eigentlich recht nett«, sagte sie wahrheitsgemäß. »Wir haben ganz locker miteinander geredet. Fast war es so, als ob wir uns erst gestern das letzte Mal gesehen hätten …«

»Aha. Totale Vertrautheit also«, fiel ihr Simon in spöttischem Ton ins Wort. »Nach dem Motto: Alte Liebe rostet nicht.«

Verena kniff verwundert die Augen zusammen. »Das meinst du jetzt aber nicht wirklich ernst, oder? Felix ist ein alter Bekannter, ganz sicher nicht mehr.« Mit einem seligen Lächeln fügte sie hinzu: »Außerdem liebe ich nur einen Einzigen. Ganz ohne Rost.« Sie hauchte ihm einen zarten Kuss auf die Lippen, den er leidenschaftlich erwiderte. Erst nachdem das Prickeln nachgelassen hatte, konnte sie weiterreden: »Falls es dich interessiert, mein eifersüchtiger Schatz: Nächste Woche kaufe ich mit Katja und meiner Mutter mein Brautkleid. Für die Hochzeit mit meinem Traummann.«

Simon guckte gespielt arrogant, während er sie fest an sich zog. »Und wer soll dieser Traum von einem Mann bitteschön sein?«

»Das würde ich nicht mal unter Folter gestehen«, lachte sie, und sie versuchte dabei, seinen Händen auszuweichen, die sie am Bauch zu kitzeln begannen. »Das ist unfair«, japste sie, »du weißt, wo es für mich am schlimmsten ist!«

»Und das ist gut so!«, sagte er in gespielt grimmigem Ton und kitzelte weiter.

Plötzlich hörte er auf, strich stattdessen sachte über ihren Bauch. Leise stöhnte er: »Wie habe ich nur so eine wunderbare Frau wie dich verdient?«

»Ich weiß es nicht«, gab sie keck zurück, blinzelte ihm dabei zu. Dann wurde sie ernst. Ups, plötzlich stiegen ihr sogar Tränen der Rührung in die Augen. »Ich bin so glücklich, dass wir zusammen sind«, konnte sie bloß flüstern.

Am liebsten hätte sie dieses Glück, das ihr in diesem Augenblick durch den ganzen Körper schoss, festgebunden. Natürlich war das nicht möglich. Es blieb nur die Hoffnung, dass es von sich aus dablieb, wenn man es nicht herausforderte.

Im Bett konnte Verena, eng an Simon gekuschelt, eine ganze Weile nicht einschlafen. In ihrem Kopf schwirrte es wie im sprichwörtlichen Bienenkorb. Schöne Gedanken, wie die über die bevorstehende Hochzeit mit ihrem Schatz, lieferten sich ein Wettrennen mit sorgenvollen Grübeleien über die Jaucheattacken vor der »Wollfee«. Und wenn sie erst an ihre Eltern dachte! Ob die beiden sich bald wieder zusammenraufen würden? Verena stöhnte leise auf. Dann fiel ihr ein, dass sie in irgendeiner Zeitschrift gelesen hatte, dass man quälende Gedanken vor dem Einschlafen wie Wolken davonziehen lassen sollte. »Fliegt weg«, formte sie lautlos mit den Lippen, »fliegt am besten ganz weit weg!«

Es schien zumindest bei ihr zu funktionieren, denn kurz darauf schlief sie tatsächlich ein. Zwei Stunden später wachte sie jedoch auf – und musste ein Déjà-vu erleben. Wieder einmal war Simons Bettseite leer.

Als sie das in einer kurzen Schrecksekunde registrierte, hörte sie glücklicherweise im nächsten Moment, wie die Wohnungstür aufgeschlossen wurde. Wenige Augenblicke später stand Simon vor ihr. »Ein kleines Bier bei Harry. Ich konnte einfach nicht schlafen.« Laut gähnend zuckte er mit den Achseln. »Der Druck in der Skischule macht mir ganz schön zu schaffen. Meine Eltern wollen sich langsam aus dem Geschäft zurückziehen, da wandert die Verantwortung immer mehr zu mir. Bestimmt sollte ich dankbar sein, aber es ist im Moment einfach sehr viel.«

»Armer Liebling«, sagte Verena, deren leichter Ärger, der eben in ihr hochgestiegen war, sich sofort wieder verflüchtigte.

Ein wenig seltsam war es schon, dass er erneut ohne Vorwarnung aus der Wohnung verschwunden war. Aber sie wollte nicht kleinlich sein, sondern mehr Verständnis für ihn zeigen. Einfach war die Situation in der Skischule für ihn ganz bestimmt nicht. Sie streckte die Arme aus und zog ihn zu sich ins Bett. »Komm, schlaf jetzt. Damit du morgen wieder fit bist.«

Simon küsste sie kurz auf die Stirn, entwand sich jedoch ihren Händen. »Gleich, meine Süße. Ich putze mir nur noch rasch die Zähne.«

Ziemlich eilig verließ er das Schlafzimmer, fast kam es Verena so vor, als ob er einen Hauch von einer Parfümwolke hinter sich herzog. Sie kräuselte die Nase, musste jedoch im nächsten Moment über sich selbst schmunzeln. Nach Rauch roch Simon! Von der Bar, in der andere Gäste es offensichtlich ohne Zigaretten gar nicht aushielten. Nun konnte sie es eindeutig festmachen. Den leicht blumigen Duft, den sie eben glaubte, in der Nase zu haben, hatte sie sich wohl eingebildet. Plötzlich überschwemmte sie eine Welle der Müdigkeit. Wie von alleine fielen ihr die Augen zu, sie tauchte so rasch tief in den Schlaf ein, dass sie nicht einmal mehr merkte, wie sich Simon an sie kuschelte.

Am nächsten Morgen konnte Gerda ihr Glück kaum fassen. Anders als sonst in letzter Zeit war Josef vor ihr aufgestanden, hatte sich geduscht und rasiert. Letzteres hatte er in den vergangenen Wochen so selten getan, dass Gerda es nicht gewundert hätte, wenn sein Rasierapparat bereits unter einer dicken Schicht Staub verschwunden gewesen wäre. Gut, das war jetzt natürlich ein dummer Witz, der ihr da eben durch den Kopf geschossen war. Für Staub und Dreck im Haus war sie nämlich gar nicht zu haben, das stand für einen Menschen wie sie, bei dem man dem Ausspruch nach »glatt vom Boden essen konnte«, schon mal fest. Aber sie freute sich, als Josef ihr beim Frühstück gegenübersaß, fesch gekleidet in einem neuen dunkelblauen Pullover und Jeans, die zwar ein wenig stramm saßen, aber dennoch gut aussahen. Besonders wohlwollend registrierte Gerda, dass sie ihren Mann endlich mal wieder anständig rasiert, statt mit grauen Bartstoppeln sehen konnte. Ihrer Meinung nach wirkten ältere unrasierte Männer stets ein wenig ungepflegt und trostlos. So wie Josef sich wohl in letzter Zeit gefühlt hat, schoss es ihr prompt durch den Kopf. Unwillkürlich musste sie schlucken. Doch gleich darauf zwang sie sich zu einem Lächeln. Hoffentlich wirkte es auch so freundlich wie das Strahlen von Josef, welches er ihr zuwarf. Bestimmt wollte er sie gleich fragen, was sie heute an diesem sonnigen Dezembertag miteinander unternehmen wollten. »Ich springe nur schnell unter die Dusche, dann mache ich mich fertig …«, kam sie seiner Frage zuvor, fühlte sich dabei aufgeregt wie ein junges Mädchen.

Josef runzelte die Stirn. »Lass dir ruhig Zeit, heute ist schließlich Sonntag.«

»Ja, schon«, sagte sie eifrig, »aber wer weiß, wann das nächste Mal die Sonne wieder so schön scheint und …«

»Ja, ein Spaziergang wäre sicher eine schöne Idee, für dich«, sagte er, senkte den Blick.

»Aber wir unternehmen doch etwas gemeinsam, oder?«, murmelte sie zunehmend verwirrt. Ihre eben noch so fröhliche Stimme nahm einen scharfen Klang an, als sie weitersprach: »Du wirst dich doch nicht schick gemacht haben, nur um dann wieder vor dem Fernseher zu hocken!«

Begütigend legte er seine Hand auf ihren Unterarm. »Nein, ich muss dringend weg. In zwei, drei Stunden bin ich aber wieder da.«

»Wohin gehst du denn? Darf ich das als deine Frau vielleicht auch erfahren?« Au weia, jetzt überschlug sich ihre Stimme, als ob sie hysterisch geworden wäre.

»Otto, mein ehemaliger Kollege, gibt einen kleinen Herren-Frühschoppen«, erklärte Josef mit ein wenig zu roten Wangen, das Wort »Herren« betonte er dabei übertrieben. »Ist doch eine nette Idee, nicht? Da darf ich ihn nicht hängen lassen.«

»Sicher«, sagte Gerda mit eisiger Stimme und stand ruckartig auf. »Schön, dass ich das auch so früh erfahre.«

Ohne ein weiteres Wort stürmte sie hinüber ins Schlafzimmer und warf laut die Tür hinter sich ins Schloss. Dabei kam sie sich zwar total lächerlich vor, fast wie ein pubertierender Teenager. Aber nach den letzten schlimmen Monaten mit Josef hing ihr Nervenkostüm in Fetzen wie bei einer alten Vogelscheuche. Als sie auf dem Bett kauerte, die Decke fest um sich gezogen, konnte sie sich nicht entscheiden, was sie schlimmer finden sollte: Josefs Dahinvegetieren vor dem Fernsehapparat in letzter Zeit oder sein unangekündigter »Herren-Frühschoppen« heute. Pah! So ein Blödsinn! Abschätzig verzog sie den Mund. Vorhin hätte sie die Augen verbunden haben können und trotzdem gemerkt, dass Josef sie frech angelogen hatte. »Aber was hat er zu verbergen?«, murmelte sie, ließ sich dabei mit einem lauten Seufzer nach hinten fallen. Leider so abrupt, dass sie sich ihren Kopf nicht eben sanft am hölzernen Bettgestell anschlug. »So ein Mist«, jammerte sie mit Tränen in den Augen, als ihr klar wurde, wohin Josef hingegangen sein musste. Keine Frage, hier war eine andere Frau im Spiel! Eine, die es offenbar spielend leicht schaffte, den niedergeschlagenen Josef aus seinem Jammertal zu holen! Gut, all die Jahre hatte Josef ihr nie einen Grund geliefert, eifersüchtig zu sein. Bis jetzt hätte sie für seine Treue sogar die Hand ins Feuer gelegt.

Ihr Mann und Fremdgehen? Niemals! Aber er hatte sich in den letzten Monaten total verändert, war kaum wiederzuerkennen. Auch wenn sie sich nun bei dem Gedanken ein wenig schäbig vorkam: Im Moment traute sie ihm fast jede Schandtat zu.

»Du bist nicht mehr der, der du mal warst!«, sagte sie leise, als sie hörte, wie die Haustür ins Schloss fiel. Instinktiv ballte sie die Fäuste. Falls ihr Mann sie tatsächlich für so naiv hielt, seine dummen Lügen zu glauben, dann hatte sich der Gute gründlich getäuscht.

Nachdem sie die dampfende Kanne Früchtetee auf dem niedrigen Tisch abgestellt hatte, schaute Verena an diesem Dienstagabend lächelnd in die kleine Runde. Zum Strickkurs in der »Wollfee« hatten sich erstaunlich viele Frauen und auch zwei Männer versammelt, um Mützen und Schals für das Kinderheim im Ort zu stricken.

»Am besten, wir fangen gleich an«, sagte die junge Frau nach einer kurzen Pause, in der erwartungsvolle Augenpaare auf sie gerichtet waren. Kurz strich sie sich über ihren schwarzen Pulli, dann griff sie nach ihren Stricknadeln. »Zuerst die Luftmaschen«, sagte sie, während sie das dunkelgrüne Wollknäuel, aus dem sie eine Mütze fabrizieren wollte, zurechtlegte.

Anerkennend nickte sie ihren beiden Vermieterinnen, den Schwestern Adelheid und Josefa zu, die rasch und geschickt strickten. »Es macht wirklich Spaß, jemandem eine kleine Freude zu bereiten«, sagte Josefa und klapperte eifrig mit den Nadeln.

»Stimmt«, sagte die hochschwangere Frau, die letztens Wolle bei Verena gekauft und dabei offensichtlich den Aushang am Schaufenster bemerkt hatte. Vorhin hatte sie sich als Gitti vorgestellt. »Gerade, wenn man sein Kind schon so wahnsinnig lieb hat, bevor es überhaupt auf der Welt ist, möchte man auch an andere Kleine, die es nicht so guthaben, denken.«

Verena nickte und dachte an den Tag einige Wochen zuvor zurück, als sie mit einer Sozialpädagogin gesprochen hatte, die eine der Wohngruppen im Heim leitete. Insgeheim war sie wahnsinnig erleichtert gewesen, dass die Kinder heutzutage nicht mehr in riesigen Schlafsälen untergebracht waren, stattdessen in kleinen, familienähnlichen Wohneinheiten. »Es ist natürlich nicht dasselbe wie eine intakte Familie«, hatte die Pädagogin erklärt, »aber wir tun, was wir können. Und viele Kinder können zum Glück nach einiger Zeit wieder in ihre Familien zurückkehren, wenn sich dort die Situation verbessert hat.«

»Ist es denn dann überhaupt eine gute Idee, wenn wir mit unseren selbst gestrickten Sachen anrücken?«, hatte Verena recht zaghaft gefragt, der die Aktion angesichts der schwierigen Lage der Kinder fast schon lächerlich platt vorkam.

»Auf jeden Fall. Und besonders, wenn Sie im Rahmen der Geschenkübergabe einen schönen Nachmittag mit den Kindern verbringen.«

So, als ob Klara Hell Verenas Gedanken lesen könnte, meldete sie sich nun zu Wort: »Ich habe mir bereits eine Liste für mögliche Spiele gemacht. Und dann können wir noch Engel und Christbaumschmuck basteln.« Sie lachte amüsiert auf, sodass ihre kurzen weißen Löckchen am Kopf geradezu wie unter Strom vibrierten. »Na ja, die Liste muss ich wohl noch abspecken, sonst kommen die Kleinen erst um Mitternacht ins Bett!«

»Ach, Sie werden es genau richtig machen«, sagte Verena mit einem Schmunzeln in der Stimme, im nächsten Moment fiel ihr Blick auf den riesigen Bauch der schwangeren Frau, der sich unter einem weiten T-Shirt wölbte.

Schon wie beim ersten Mal, als sie Gitti kennengelernt hatte, spürte sie ein warmes Gefühl in der Brust. Herrje, sie konnte es wirklich kaum erwarten, selbst ein Baby zu bekommen! In der nächsten Sekunde ließ sie perplex ihre Stricknadeln sinken.

»Na? Keine Kraft mehr, mein junges Fräulein?«, fragte Adelheid Schnorr sie mit freundlich neckendem Ton in der Stimme. »So schnell gibst du doch normal nicht auf, oder?«

»Nein, nein«, beeilte sich Verena zu sagen, klapperte hektisch weiter mit den Nadeln. Dass sie eben entdeckt hatte, für heute ihre Regel erwartet zu haben, aber sich bis jetzt noch kein wohlvertrautes Ziehen im Unterbauch einstellte, würde sie hier sicherlich nicht in der Runde verkünden. Und in ihr zugegeben bestimmt dümmlich wirkendes, seliges Grinsen konnte man hoffentlich nicht zu viel hineininterpretieren. Viel zu früh, um sich Hoffnungen zu machen, wies sie sich selbst in Gedanken zurecht. Sie war ja noch nicht einmal überfällig! Dennoch freute sie sich, das war schließlich nicht verboten.

»Es geht richtig schnell«, sagte Gitti, nachdem alle eine Weile gestrickt und an ihren Teetassen genippt hatten. »Vielleicht schaffe ich heute auch noch einen Schal. Mein Baby wirkt ganz entspannt, wenn ich stricke. Vermutlich schläft es besonders gut, wenn die Nadeln richtig schön klappern.«

Adelheid zwinkerte ihr zu. »Nur nicht übertreiben! Auch die Mama benötigt Schlaf!«

Gitti quiekte beim Lachen auf, dann folgte ein frustriertes Stöhnen. »Mist, jetzt habe ich mich doch verstrickt! Man soll sich wohl nie zu sicher fühlen …«

Sofort war Verena bei ihr und nahm ihr die Rundstricknadel aus der Hand. »Nur ein winziger Fehler, ein Umschlag zu viel … So, jetzt passt es wieder!«

»Danke«, sagte Gitti, bevor sie herzhaft gähnte. »Vielleicht sollte ich doch nach Hause gehen und auf mein Bett zusteuern. Jetzt zum Ende der Schwangerschaft wird doch alles recht anstrengend.«

Verena nickte zustimmend. »Mensch, du hast heute aber einiges geschafft. Dann muss ja auch mal Feierabend sein! Und du darfst bei unserer

Aktion um Himmels willen nicht dein Kleines vergessen. Du wolltest doch eine Decke für das Baby häkeln, nicht wahr?«

Sie schnitt eine gespielt strenge Grimasse, sodass Gitti laut auflachen musste. »Die Decke ist längst fertig, Frau Lehrerin!«

»Die Frau Lehrerin bin immer noch ich! Auch wenn ich bereits in Pension gegangen bin«, meldete sich nun Klara Hell mit empörter Stimme zu Wort, dabei blitzten ihre Augen vor lauter Schalk.

Nun lachte die gesamte Runde, inklusive Verena, die sich inmitten dieser netten Menschen pudelwohl fühlte. Zugegeben war sie nach diesem langen und anstrengenden Arbeitstag jetzt kurz nach acht total müde und sehnte sich wie verrückt nach einem heißen, duftenden Bad. Am besten zusammen mit Simon, der bestimmt schon zu Hause auf sie wartete.

Da kam es wie gerufen, dass Josefa recht resolut ihr Strickzeug in den Schoss legte. Sie nickte ihrer Schwester Adelheid zu. »Wir sollten gehen.« Mit einem Blick zu Verena fügte sie hinzu: »Unsere Cousine, die Resi, ist seit ein paar Tagen bei uns in Kitzbühel zu Besuch. Normalerweise kommt sie ja nie aus ihrem Dorf im Salzburger Land raus, aber jetzt hat sie sich mal überwunden, in die große Stadt Kitzbühel zu fahren.«

Allgemeine Heiterkeit machte sich nun in der Runde breit. Kitzbühel eine »große Stadt«! Auch wenn der Ort jeden Winter beim Hahnenkammrennen von den Promis überrannt wurde, handelte es sich sonst um eine niedliche kleine Gemeinde mit gerade einmal etwas mehr als achttausend Einwohnern. »Tja, es kommt immer auf den Vergleich an«, prustete Josefa los, »wenn man ansonsten als einzige Nachbarn drei Kühe und zwei Hasen hat …«

»Jetzt sei nicht so gehässig!«, fuhr Adelheid ihre Schwester an, es klang jedoch nicht allzu ernst. »Die Resi ist eine ganz Liebe, vielleicht manchmal ein bisschen miesepetrig. Aber sie hat ein gutes Herz …«

»Na ja«, murmelte Josefa, »sie müsste auch mal das Gute sehen, das ihr zufällt. Oft denkt sie halt, sie ist die Ärmste auf der ganzen Welt.«

Erneut sprang Adelheid für die Cousine in die Bresche: »Vielleicht auch, weil ihre Tochter wegziehen möchte. Eben nach Kitzbühel.« Sie wandte sich an Verena: »Die Johanna hat letztes Jahr ihren Friseurmeister gemacht, möchte hier in Kitzbühel einen Friseursalon eröffnen.« Mit einem Augenzwinkern fügte sie hinzu: »Sie würde sich halt freuen, wenn sie mal den Arnold Schwarzenegger oder die Lindsey Vonn stylen dürfte.«

»Warum auch nicht?«, fragte Verena schmunzelnd, die ihrerseits jedoch nicht darauf wartete, dass sich ein Promi in ihr Wollgeschäft verirrte. »Ich wünsche der Johanna auf jeden Fall viel Glück.«

»Schön«, sagte Adelheid und zog ihren Wintermantel an. »Die Resi holt uns gleich ab, dann laden wir sie zum Essen ins Dorfgasthaus ein.

Die letzten Tage hat sie uns andauernd bekocht, da muss sie sich, ob sie will oder nicht, endlich selbst mal verwöhnen lassen.«

Josefa nickte. »Ja, zu der Einladung mussten wir sie regelrecht zwingen …« Sie warf ihrer Schwester einen raschen Blick zu. »Hast ja recht, sie ist schon auf ihre Art eine wirklich Liebe …«

Verena registrierte, dass nun auch die anderen in ihre Mäntel und Jacken schlüpften und sich der Reihe nach verabschiedeten. Nach ein paar Minuten standen nur noch Josefa und Adelheid bei Verena und schauten ungeduldig auf die Uhr.

»Normalerweise ist die Resi doch pünktlich«, brummte Josefa.

Da öffnete sich wie auf Kommando die Eingangstür – und Verena stand auf einmal mit offenem Mund da. Keine andere als die mollige Frau, die letzte Woche so unfreundlich über Verenas vermutlich geringe Miete und ihr daraus resultierendes Glück hergezogen hatte, stand schnaufend in der offenen Tür. »Tut mir leid«, sagte sie zwischen zwei tiefen Atemzügen, »aber ich bin beim Fernsehen eingeschlafen!«

»Passt schon!«, lachte Adelheid, »wir sind gerade erst mit dem Stricken fertig geworden.«

»Aha«, murmelte die andere, registrierte offensichtlich jetzt erst, dass Verena vor ihr stand. Eine leichte Röte legte sich plötzlich über ihre Pausbacken. »Schönen Abend noch!«, nuschelte sie in Verenas Richtung, dann drängte sie ihre beiden etwas erstaunt wirkenden Cousinen zur

Tür hinaus. »Kommt doch endlich, ich sterbe ja vor Hunger!«

»Kann ich mir nicht vorstellen!«, erwiderte die schlanke Josefa, drehte sich in der Tür noch einmal um und zwinkerte Verena zu.

Die bemühte sich um ein Lächeln, bei dem ihr die Mundwinkel wehtaten. »Du siehst ziemlich müde aus«, sagte Josefa in mitleidigem Ton zu ihr. »Husch, husch, ab nach Hause!«

»Keine Sorge, ich gehe ja schon«, musste Verena nun trotz ihres Schreckens auflachen.

»Dann ist es ja gut«, sagte Josefa, die von den anderen beiden Frauen von der Straße her bereits gerufen wurde. »Ich komme morgen Nachmittag noch mal hier vorbei, dann kaufe ich Wolle für meine Freundinnen als Weihnachtsgeschenk.«

»Gern«, sagte Verena, dann fiel ihr jedoch noch ein: »Aber ich habe ausnahmsweise nur bis fünf offen, danach gehe ich mit meiner Mutter und Katja Brautkleider ansehen.« Sie zuckte mit den Schultern. »Vielleicht ist ja was dabei.«

»Kann ich mir gut vorstellen. Bei deiner hübschen Figur steht dir doch alles.« Offenbar einem plötzlichen Impuls folgend, ging Josefa nochmals die wenigen Schritte in den Wollladen zurück und umarmte Verena. »Ich freue mich für dich. Warst immer ein so liebes Mädel, du hast es wirklich verdient, glücklich zu werden.«

»Danke sehr«, hauchte Verena völlig perplex, winkte Josefa, die nun wirklich zur Tür hinauseilte, mit einem dicken Kloß im Hals nach.

Einen solchen Gefühlsausbruch hatte sie jetzt gar nicht erwartet. Und ehrlich gesagt kannte sie sich nun überhaupt nicht mehr aus. War diese seltsame Resi etwa die Verursacherin der gemeinen Jaucheattacken vor ihrer Tür oder nur eine etwas unleidliche Frau, die, wie Josefa es ja vorhin erwähnt hatte, anderen ihr Glück nicht gönnte? Da sie immer der Meinung war, dass alle außer ihr auf der Sonnenseite des Lebens standen? Eigentlich wirkte diese Resi nicht wirklich wie jemand, der bei Nacht und Nebel mit dem Jaucheeimer durch die Stadt ziehen würde. Außerdem ist sie vermutlich noch gar nicht lange genug in Kitzbühel, musste Verena denken. Also kam sie als Täterin ohnehin gar nicht infrage.

Plötzlich fiel ihr jedoch Resis Tochter Johanna ein, die offensichtlich den Plan hegte, Promi-Friseurin in Kitzbühel zu werden. Da lag es doch nahe, dass sie gerne das Ladenlokal der freundlichen Tanten mieten würde. Ein eiskalter Schauer lief ihr den Rücken hinunter. War womöglich doch alles ein wohldurchdachter Plan dieser Familie? Und steckten womöglich auch Josefa und Adelheid dahinter? Nein, gab sie sich sofort selbst die Antwort. Den beiden Frauen traute sie solch eine Gemeinheit einfach nicht zu. Leise seufzte sie auf. Bei dieser schrägen Resi hatte sie jedoch kein gutes Gefühl. Vermutlich hatte die nicht mal ein schlechtes Gewissen, wenn sie ihrer Meinung nach der Gerechtigkeit auf die Sprünge half. Und wenn diese Gerechtigkeit darin bestand, ihrer Tochter einen famosen Start in Kitzbühel zu ermöglichen, war das für diese Frau nur recht und billig. Im nächsten Moment spürte Verena, wie sich ihr Magen vor Scham zusammenzog. Himmel, sie steigerte sich da in etwas hinein, beschuldigte insgeheim eine unbekannte Frau, die einfach nur mal ein bisschen frech dahergeredet hatte, als böse Attentäterin.

»Immer mit der Ruhe!«, sagte sie leise, während sie den Laden abschloss.

Sie würde mit Simon sprechen und dann entscheiden, was sie tun sollte. Außerdem war bereits seit Wochen keine Jauche mehr vor ihrer Ladentür verschüttet worden. Also war die Sache ohnehin längst erledigt. Von diesem Gedanken aufgemuntert, ließ sie den Schlüssel in ihre Handtasche fallen und zog sich die Mütze tiefer in die Stirn. Dann eilte sie mit raschen Schritten zu ihrer Wohnung, denn inzwischen konnte sie es kaum erwarten, bei Simon zu sein.

Als Verena am nächsten Nachmittag, exakt fünfzehn Minuten vor fünf, erneut die »Wollfee« abschloss, um rechtzeitig im Brautmodenladen anzukommen, wirbelten, wie so oft in letzter Zeit, etliche Gedanken durch ihren Kopf.

Am Vorabend hatte Simon nicht wie vereinbart daheim auf sie gewartet. Verena hatte mehrmals versucht, ihn auf dem Handy zu erreichen – jedes Mal war sie jedoch auf seiner Mailbox gelandet. »Simon Gießhübel hier, wer mir eine Nachricht hinterlassen möchte, darf das exakt jetzt tun … piep …«

Verena hatte mehrmals darauf gesprochen und dabei, wie sie selbst bemerkte, immer besorgter geklungen. Schließlich hatte Simon eine gute Stunde nach ihr endlich im Flur gestanden. Abgekämpft und müde, wie er sofort mit zerknirschtem Blick erklärt hatte. »Sorry, aber in der Skischule ist die Hölle los. Nicht nur die vielen Skikurse, auch die neue Werbung macht mich noch verrückt. Meine Mutter möchte alles schon gestern haben – ich bin kurz vorm Durchdrehen.«

»Ach, du Armer. Ist schon okay«, hatte sie, deren Ärger augenblicklich verraucht war, gesagt und ihren müden Schatz in den Arm genommen.

Jetzt bedauerte sie es aber doch ein wenig, dass sie am Vorabend überhaupt nicht mehr von dieser Resi erzählen konnte. Es hätte ihr einfach gutgetan, sich die Gedanken von der Seele zu reden. Aber Simon war sofort im Bad verschwunden, danach regelrecht wie ein nasser Sack ins Bett gefallen. »Heute Abend holen wir das nach«, murmelte sie, im nächsten Moment musste sie an ihre Mutter denken, die am Telefon total komisch gewirkt hatte.

Hoffentlich ging es ihr jetzt wieder besser, denn eigentlich wollten sie doch zu dritt ein, zwei nette Stunden im Brautmodengeschäft verbringen, mit Sekt und Pralinen und jeder Menge Spaß, genau wie in den Liebeskomödien – so stellte sie sich das zumindest vor. Es wird total lustig werden, dachte sie lächelnd, drehte sich zur Straße um, nur um im nächsten Moment einem Mann in die Arme zu fallen.

Nach einem kurzen Augenblick registrierte sie, dass dieser Mann Felix Wolters war. »Huch, begegnen wir uns jetzt immer so?«, fragte er mit einem Augenzwinkern.

Verena, die sofort zurückgesprungen war, merkte, wie ihre Wangen erröteten. Absolut albern, zum Glück hatte sie sich sofort wieder gefasst. »Sieht so aus!«, gab sie ebenfalls mit einem Zwinkern zurück. »Aber nächstes Mal können wir uns auch einfach die Hände schütteln.«

Wie auf Kommando streckte ihr Felix daraufhin die Rechte entgegen, berührte sie mit der anderen Hand locker am Rücken. »Ganz wie du willst!« Mit einem Lächeln fügte er hinzu: »Ich habe dir doch angedroht, mal in deine ›Wollfee‹ zu kommen und mir den Laden anzusehen.«

Sie zuckte, nachdem sie sich wieder gelöst hatten, bedauernd mit den Schultern. »Sonst sehr gerne, aber ich muss jetzt leider dringend weg.«

Als er sie fragend ansah, setzte sie nach: »Heute mache ich früher Schluss. Meine Hochzeit mit Simon ist doch im Mai. Da wird es langsam Zeit, ein Brautkleid auszusuchen.«

»Verstehe. Heute ist der große Tag«, sagte er, lächelte sie dabei herzlich an. »Echt schön, dass du so glücklich bist.«

»Ja, das bin ich! Wirklich!«, sagte sie, ohne nachzudenken, aus tiefster Brust.

Gleich darauf fand sie ihren Gefühlsausbruch ziemlich unpassend. Felix war Single, hatte, seinen Andeutungen bei ihrem letzten Treffen zufolge, eine unglückliche Liebe in Innsbruck hinter sich gelassen. Da bewies sie, wenn sie mit ihrem eigenen Liebesglück auftrumpfte, nun wirklich nicht gerade Feingefühl. »Irgendwann findet einfach jeder Topf seinen Deckel«, sagte sie deshalb rasch. »Bei mir hat es ja auch eine Weile gedauert.«

Felix sah sie aus seinen grüngrauen Augen ernst an. »Ich freue mich wirklich für dich, das kannst du mir glauben.«

»Ja, danke«, sagte sie, blinzelte ein wenig verwirrt. Für eine Sekunde lang fühlte sie sich wieder wie sechzehn, zurückversetzt zu dem Moment, als Felix sie das erste Mal angesehen hatte und ihr dabei schier die Luft weggeblieben war. Sie blinzelte heftiger, landete endlich wieder in der Gegenwart. »Wie gesagt, komm doch gern ein anderes Mal vorbei. Aber jetzt muss ich los.«

»Habe ich kapiert«, lachte er ungezwungen, ganz offensichtlich war er nicht von sentimentalen Erinnerungen eingeholt worden. Gut so. Für sie war doch auch alles längst vorbei und, nun ja, zumindest fast vergessen. Soweit man seine erste große Liebe eben vergessen konnte … »Geh schon los!«, sagte Felix nun gespielt streng. »Ich möchte ganz bestimmt nicht daran schuld sein, wenn du bei deiner Hochzeit einen alten Kartoffelsack tragen musst, weil keine Zeit mehr war, um ein Hochzeitskleid zu kaufen!«

Verena lachte laut auf. »Sehr reizend von dir! Dann mache ich mich mal auf den Weg!«

»Klar. Aber zuerst gebe ich dir noch die Einladung für meine Geschäftseröffnung am 18. Dezember. Dein Simon ist natürlich auch ganz herzlich eingeladen.«

»Danke, sage ich ihm.« Mit hoffentlich leidlich geheimnisvoller Stimme fügte sie hinzu: »Und natürlich bringe ich auch die Katja mit.«

»Mach das!«, sagte Felix rasch, sah sie dabei jedoch nicht an. Er gab ihr die Einladungskarte, umarmte sie flüchtig, bevor er im nächsten Augenblick hinter einer Hausecke verschwunden war.

# 5

»Da bist du ja endlich!«, wurde Verena nur wenige Minuten später im Brautmodenladen von einer augenscheinlich völlig entnervten Katja begrüßt. »Ich dachte, du kommst heute gar nicht mehr!« Hingefläzt auf einem Blümchensofa, nippte sie jetzt an ihrem Sektglas, nicht ohne dabei mit den Augen zu rollen.

Schuldbewusst schaute Verena auf ihre Uhr, kniff gleich darauf verwundert die Augen zusammen. Sie war keine fünf Minuten zu spät gekommen – und Katja machte ein Drama, als ob sie bereits seit Stunden auf sie gewartet hätte. »Hast du irgendwas?«, fragte sie vorsichtig. Nun auch nicht mehr besonders gut gelaunt, pustete Verena sich mit einem tiefen Seufzer eine dunkle Locke aus der Stirn.

»Was soll denn sein?«, fragte Katja immer noch spitz. »Ich mag es einfach nicht, wenn ich warten muss.«

Nun mischte sich die Verkäuferin ein. Eine schicke blonde Frau um die vierzig, die offenbar nichts so rasch erschüttern konnte. Mit einem breiten Lächeln im perfekt geschminkten Gesicht sagte sie: »Ach, so schlimm war das Warten doch gar nicht, oder? Hoffe ich zumindest.« Sie zwinkerte verschwörerisch Katja zu. »Haben

Ihnen die Nougatpralinen geschmeckt? Sie sind von der besten Konditorei am Platz.«

»Ja«, sagte diese knapp, dann setzte sie zwar ein etwas schmallippiges, aber immerhin zumindest ein Lächeln auf. »Ist schon gut, Vreni. Ich bin einfach nur müde von der Arbeit. Bei uns ist es heute zugegangen wie in einem Irrenhaus.«

»Verstehe ich gut«, lenkte nun auch Verena ein, »ich wäre ja auch noch eher hier gewesen. Aber gerade, als ich losgehen wollte, stand Felix Wolters vor meiner Tür.«

»Aha.« Katja zog vielsagend eine Augenbraue in die Höhe. »Der Felix also. Seid Ihr zwei jetzt wieder die allerbesten Freunde? Wie ich dir gesagt habe, fesch ist er ja nach wie vor.«

Sie sagte das in einem anzüglichen Ton – völlig unpassend, wie Verena fand. Was war nur mit Katja los? Sie war hier mit ihr verabredet, um ein Kleid für die Hochzeit mit Simon auszusuchen – und die Freundin tat so, als ob sie für einen anderen Mann schwärmen würde. »Geht's noch?«, fragte sie deshalb rüder, als es normalerweise ihre Art war. »Der Felix ist wegen seiner Einladung zur Geschäftseröffnung gekommen. Er hat mich und Simon eingeladen.«

»Und mich doch sicher auch?«, fragte Katja, und zog einen Mundwinkel schief in die Höhe. Mit einem perlenden Lachen fügte sie hinzu: »Du bist wohl heute ein wenig mimosenhaft. Liege ich da richtig?«

Verena schluckte völlig baff – ihrer Meinung nach war die Sachlage genau umgekehrt, aber bevor sie etwas sagen konnte, meldete sich die Verkäuferin, die erneutes Unheil aufziehen sah, zu Wort: »Ich kann Ihnen versichern, das ist alles nur die Nervosität vor dem großen Tag. Alle, nicht nur die Braut, freuen sich so sehr auf die Hochzeit, da können vorher schon mal die Nerven blank liegen.« Sie musterte Verena mit wohlwollendem Blick von oben bis unten: »Bei Ihrer schlanken Figur können Sie im Übrigen jedes Kleid tragen. Prinzessinnenstil mit engem Oberteil und weitem Rock. Oder alles eng anliegend im Meerjungfrauenstil.« Da Verena sie fragend ansah, fügte sie hinzu: »Erst ab dem Knie springt der Rock mehr oder weniger auf. Das steht nicht jeder Frau, aber sie sind wunderbar zart.«

»Bei deinen breiten Schultern musst du allerdings aufpassen, dass die nicht zu sehr dominieren. Könnte bei so manchem Kleid der Fall sein«, sagte Katja barsch.

Verena schnappte nach Luft. Sie hatte keine übertrieben breiten Schultern, das wusste sie. Umso mehr kränkte sie die offensichtliche Gehässigkeit ihrer Freundin. Und im Augenwinkel hatte sie sehr wohl bemerkt, wie auch die Verkäuferin zusammengezuckt war. Nun wieder völlig gefasst, fügte sie mit einem – wohl für besonders schwierige Kundinnen reservierten Lächeln – hinzu: »Ich mache mir bei Ihnen absolut keine Sorgen, dass wir ein traumhaftes Kleid finden, bei dem Sie sagen: ›Ja, das ist es.‹«

Den letzten Satz sagte sie dermaßen gefühlsbetont, dass Verena spontan lächeln musste. Ja, bestimmt war das alles perfekt einstudiert, als Kalkül für den Verkauf der sündteuren Kleider. Doch Verena spürte geradezu, wie die sympathische Verkäuferin in ihrem Beruf aufging und sich wirklich ehrlich mitfreute, wenn eine Braut ihr Traumkleid fand.

»Wenn Sie wollen, können wir uns schon mal die ersten Modelle, die ich für Sie vorbereitet habe, ansehen.«

»Vielleicht können wir noch ein paar Minuten warten? Meine Mutter wollte auch noch kommen.«

Wie aufs Stichwort öffnete sich da mit zartem Glöckchenklang die Eingangstür des Brautmodengeschäfts – und eine völlig aufgelöst wirkende Gerda stürmte herein. »Tut mir leid, Mädels! Eher habe ich es einfach nicht geschafft!«

»Was ist denn los, Mama?«, fragte Verena erschrocken. »Ist was mit Papa?«

Grimmig verzog ihre Mutter nun das Gesicht. »Deinem Vater geht es gut. Ein bisschen zu gut.«

»Was meinst du denn damit?«

Ihre Mutter unterbrach sie brüsk: »Erzähle ich dir später.« In der nächsten Sekunde legte sie ein gütiges Lächeln – oder das, was sie dafür hielt – auf. Ein wenig erinnerte es Verena an das »gütige« Grinsen eines Haifisches, bevor er sich mit seinen messerscharfen Zähnen in sein Opfer verbiss. »Aber jetzt, mein Schatz, geht es nur um dich. Und ein traumhaftes Brautkleid für den schönsten Tag in deinem Leben«, sagte Gerda.

Ihre Tochter schüttelte leicht den Kopf. Man musste kein Weiser sein, um zu merken, dass dieser Nachmittag wohl nicht der richtige war, um selig die wunderschönsten Brautkleider anzuprobieren. Aber jetzt, wo sie schon einmal hier waren, wollte sie ihre Mutter, Katja und auch die nette Verkäuferin nicht enttäuschen und zumindest zwei, drei Kleider anziehen. Später würde sie dann mit ihrer Mutter unter vier Augen reden und hoffentlich nicht von einem zu schlimmen Ehedrama erfahren. Denn natürlich würde Gerda nichts anderes erzählen, als dass Josef bereits mit der Couch vor dem Fernsehapparat verwachsen war. Ein Jammer! Leise seufzte sie auf, ihre Eltern taten ihr total leid, wie sie sich offenbar in ihrer Krise immer nur im Kreis drehten und keinen Ausweg fanden. Ein wenig kam sich Verena zwar lächerlich bei dem Gedanken vor, der ihr plötzlich durch den Kopf schoss, aber eine bessere Lösung fiel ihr im Moment auch nicht ein: Vielleicht half es ja, wenn sie sich mit Gerda und Josef in nächster Zeit zusammensetzte und als neutrale Person versuchen würde, die Fronten zu klären.

Jetzt verkaufst du also nicht nur Wolle, sondern bietest auch noch Paartherapie an, dachte sie voller Selbstironie. Noch dazu bei den eigenen Eltern.

Andererseits war dieser klägliche Plan immer noch besser, als gar nichts zu tun. Das hoffte sie zumindest. Mit einem warmen Gefühl in der Brust dachte sie an ihren Simon. Sie konnte echt dankbar dafür sein, wie gut sie sich verstanden. Schier undenkbar, dass sie eines Tages nicht mehr aus dem Streiten herauskommen würden. Gut, im Moment hatten sie eindeutig zu wenig Zeit füreinander, beide waren sie beruflich total eingespannt. Aber sie war sich sicher, dass bald wieder ruhigere Momente kommen würden, in denen sie ihre Zweisamkeit so richtig genießen könnten. Und dann stand ja auch ihr großer Tag im Mai an! Als sie ihren Blick im Brautmodengeschäft umherwandern ließ, wurden auf einmal ihre Augen feucht.

Mädel, jetzt reiß dich zusammen!, musste sie innerlich über sich selbst lachen.

Aber es war einfach zu schön! Auch wenn sie es noch immer nicht so richtig fassen konnte, der Traum von der Hochzeit mit Simon würde wahr werden. Und wenn sie sich hier so umsah, würde sie bestimmt in einem Traumkleid zum Altar schreiten. In diesem Augenblick klatschte die Verkäuferin leicht in die Hände. »Was sagen Sie zu diesem Prachtstück?«

Lächelnd hielt sie eine elfenbeinfarbene Prinzessinnenrobe mit einem perlenbestickten engen Oberteil und weitem Rock an einem Kleiderbügel in die Höhe. »Wahnsinnig schön«, murmelte Verena, »das könnte mein Kleid sein.«

Plötzlich fiel ihr etwas ein: Ihre Tage hatte sie auch heute noch nicht bekommen. Vielleicht war sie ja wirklich schwanger, dann würde ein enges Kleid im Mai natürlich nicht passen. Unauffällig drehte sie den Kopf zu einem anderen

Ständer, an dem Kleider im lockeren Empire-Stil hingen. »So eines würde ich auch gerne probieren.«

Gerda nickte zustimmend. »Probier am besten viele Kleider an, dann hast du einen guten Überblick!«

»Mache ich«, sagte ihre Tochter mit einem breiten Grinsen.

Eindeutig, Hochzeitskleider versetzten einen wirklich in eine gute Stimmung, daran konnte auch Katjas immer noch recht angespannte Miene nichts ändern. Und sie selbst würde sich von deren mieser Laune bestimmt nicht runterziehen lassen. Mithilfe der Verkäuferin schlüpfte sie zuerst in das Prinzessinnenkleid, trat darin raus vor den großen Spiegel.

»Ach, ist mein Kind hübsch!«, rief Gerda voll Inbrunst aus, hielt sich dabei die flache Hand vor die bebende Brust. »Mit deinen dunklen Locken siehst du wie ein wunderschönes Schneewittchen aus!«

»Jetzt übertreib mal nicht so, Mama!«, lachte Verena, die von so viel Lob total verlegen wurde. Aber sie musste zugeben, dass ihr das, was sie im Spiegel sah, selbst recht gut gefiel. Sicher, ihre Haut war jetzt im Winter ziemlich blass, aber ansonsten hatte auch sie das Gefühl, dass ihr das eng anliegende Kleid sehr gut stand. Vielleicht waren die Perlen bloß ein wenig zu viel an Bling-Bling …

»Sie sehen wunderschön aus«, sagte nun auch die Verkäuferin. »Wie für Sie gemacht.«

»Danke«, sagte Verena, dann wandte sie sich an Katja, die noch gar nichts gesagt hatte. »Und, was meinst du?«

»Ich weiß nicht so recht«, sagte diese in einem Jammerton. »Deine Schultern sehen schon sehr nackt aus.«

»Die sind ja auch nackt«, musste Verena lachen und deutete auf die dünnen Träger.

»Ja, aber du bist eben sehr … sportlich.«

Katja deutete mit den Händen die Schulterbreite eines Bodybuilders an, was Gerda sofort auf den Plan rief: »Das sehe ich überhaupt nicht so. Verena hat hübsche Schultern, kein bisschen zu breit.«

Statt einer Antwort rümpfte Katja bloß die Nase. Unsicher geworden betrachtete sich Verena kritisch im Spiegel. »Ich probiere ja ohnehin noch andere Kleider an.«

Als nächstes zog Verena ein ähnlich geschnittenes Kleid mit breiteren Trägern an. Das Oberteil war anstelle von Perlen bloß mit einer zarten Stickerei verziert. »Auch sehr schön«, sagte Gerda fast andächtig. »Es sieht fast noch moderner aus.«

Verena schaute zu Katja. »Gar nicht schlecht«, war deren Kommentar, »wirkt nicht so kitschig wie das erste Kleid.«

»Ich finde es wunderhübsch an Ihnen«, sagte keine Sekunde später die Verkäuferin in bewunderndem Ton. Es war nicht zu übersehen, dass Katjas Bemerkungen sie inzwischen nervten. Oder war es reiner Zufall, dass sie jedes Mal die

Lippen fest zusammenpresste, wenn diese einen bissigen Kommentar abgab? Verena vermutete eher nicht. Dennoch fühlte sie sich weiterhin beschwingt, probierte nach einem engen Meerjungfrauenkleid nun auch noch ein langes Kleid aus fließender Seide an, das locker geschnitten war. Durch den tiefen Rückenausschnitt wirkte es dennoch sinnlich und erinnerte Verena an die Kleider der schönen Frauen in französischen Filmen, elegant und gleichzeitig lässig.

»Ich habe das Gefühl, das bist du«, hörte sie Gerda sagen, als sie damit aus der Umkleidekabine kam.

Sie trat vor den Spiegel – und riss vor Überraschung die Augen weit auf. Die Prinzessinnenkleider und auch die Meerjungfrauenrobe eben waren ein Traum gewesen, aber in diesem etwas einfacheren, jedoch edlen Kleid fühlte sie sich noch wohler. Und vor allem wie sie selbst, ganz echt.

»Ihre Mutter hat recht«, sagte die Verkäuferin ehrlich verblüfft, »besser könnte es nicht sein.«

Voller Begeisterung ballte Gerda die Fäuste. »Und wenn du im Mai vielleicht schon schwanger bist, kann man in diesem Kleid selbst ein kleines Bäuchlein herrlich verstecken!«

»Ach, Mama!«, rief Verena peinlich berührt, ihr Intimleben wollte sie nun wirklich nicht hier im Geschäft ausbreiten.

Ein wenig wunderte es sie jedoch, dass auch Katja bei Gerdas Worten merklich zusammengezuckt war. Da hatte sie sich ganz bestimmt nicht geirrt. Langsam, aber sicher festigte sich ihre Meinung, dass Katja kein so glücklicher Single war, wie sie es immer steif und fest behauptete. Vielleicht neidete sie ihr sogar ein wenig ihre Beziehung mit Simon, die einfach rundum passte. So richtig konnte sie ihr da gar nicht böse sein, es stärkte sie jedoch nur noch mehr in ihrem Plan, dem Liebesglück von Katja und Felix auf die Sprünge zu helfen. Die Eröffnungsfeier im Optikergeschäft bot sich da geradezu perfekt an.

Sie musste wohl ziemlich abwesend gewirkt haben, denn jetzt fragte die Verkäuferin sie in einem etwas zaghaften Ton: »Gefällt Ihnen das Kleid doch nicht so gut? Ich kann Ihnen versichern, so toll wie Ihnen, hat es noch keiner Kundin gestanden.«

»Es ist fantastisch«, sagte Verena rasch. Sie freute sich über das Kompliment, auch wenn dieses wohl jede Frau hier im Laden zu hören bekam. Egal, am liebsten würde sie das Kleid sofort kaufen.

Da meinte Gerda: »Ich bin mir sicher, dass das hier dein Kleid ist. Aber du solltest trotzdem ein paar Nächte darüber schlafen. Ist ja eine wichtige Entscheidung.«

»Kein Problem, ich lege es auf die Seite«, flötete die Verkäuferin, »das mache ich meist so.«

Verena strahlte sie an. »Vielen Dank!«

Nachdem sich Verena wieder umgezogen hatte, verabschiedeten sich die Frauen voneinander, und Verena bedauerte es gar nicht, dass Katja gleich nach Hause musste. »Ich bin so erschlagen, ich könnte auf der Stelle einschlafen«, sagte sie, bevor sie Verena ein flüchtiges Küsschen auf die Wange hauchte.

»Gar kein Problem! Schlaf gut«, sagte diese.

Ohnehin wollte sie mit ihrer Mutter unter vier Augen sprechen – und eigentlich hatte sie für diesen Tag auch genug von ihrer griesgrämigen Freundin.

»So, jetzt erzähl endlich, was los ist!«, sagte sie keine zehn Minuten später zu Gerda, als sie, jede mit einem Glas Weißwein, in einer gemütlichen Kitzbüheler Weinstube zusammensaßen.

Gerda blinzelte mehrmals, wirkte so richtig ertappt. »Gar nichts ist los«, sagte sie. »Es ist eben, wie es ist.«

Wäre die Situation nicht so traurig gewesen, hätte Verena fast schmunzeln müssen. Sie kannte ihre Mutter zu gut, konnte ihr von der Nasenspitze ablesen, wie elend diese sich fühlte. Nein, sie brauchte ihr nun wirklich nicht vorzumachen, dass daheim eitel Wonne herrschte.

»Ist es mit Papa noch schlimmer geworden?«, ließ Verena nicht locker.

Ihre Mutter schob mit fahrigen Bewegungen ihr Weinglas über das rot-weiß karierte Tischtuch. »Mädel, du bist jetzt so glücklich, stehst kurz vor deiner Hochzeit. Da solltest du dich wirklich nicht mit den Problemen deiner alten, dummen Eltern rumschlagen.« Mit wackliger Stimme fügte sie hinzu: »Ich habe dich ohnehin schon viel zu sehr mit hineingezogen. Der Josef und ich müssen uns einfach daran gewöhnen, dass wir nun den ganzen Tag zusammenhängen. Das wird schon wieder.«

Nicht nur ihre Stimme, auch ihr trauriger Gesichtsausdruck straften ihre Worte Lügen. Verena seufzte auf. »Mama, ihr seid mein ganzes Leben immer für mich dagewesen. Jetzt lasst euch doch auch mal helfen.«

Da ihre Mutter nun aufmerksam zuzuhören schien, fuhr sie eilig fort: »Ich habe mir ohnehin bereits etwas ausgedacht: Wir setzen uns zu dritt an einen Tisch, und ihr erzählt, was euch gerade am anderen stört. Ich werde mich nicht viel einmischen, nur ein bisschen moderieren. Wie in den Talkshows im Fernsehen.« Sie bemühte sich um einen optimistischen Blick. »Wie findest du den Vorschlag? Besser, als gar nichts zu tun, oder?«

»Ich weiß nicht recht«, murmelte Gerda, die richtiggehend in sich zusammengesackt war. Nun wirkte die ohnehin zierliche Frau so zerbrechlich wie ein kleiner Vogel, den jeder noch so sachte Windstoß aus dem Nest befördern konnte. Verena zog es den Magen zusammen. Plötzlich richtete sich Gerda auf, wirkte nun mit ihrem harten Gesichtsausdruck eher wie ein Adler auf der Jagd. »Ich bin mir sicher, du möchtest bei so einem Gespräch nicht erfahren, dass dein Vater eine andere Frau hat«, sagte sie mit schneidend scharfer Stimme. »Das möchte ich dir eigentlich ersparen.«

Verena riss gleichzeitig Mund und Augen auf, ohne ein einziges Wort herauszubringen. Bestimmt hatte sie sich verhört, denn dass ihr Vater, der doch, seit sie denken konnte, nur Augen für seine Gerda hatte, plötzlich zum Betrüger geworden war, konnte sie sich beim besten Willen nicht vorstellen.

»Aber wenn ich es dir doch sage«, beharrte diese jedoch mit strengem Blick. »Die Indizien sind eindeutig.«

Normalerweise hätte Verena über den letzten Satz einen kleinen Witz gemacht, wie: »Du siehst vermutlich zu viele Gerichtssendungen«, aber ihre Mutter wirkte nicht so, als ob sie im Moment für Humor zugänglich wäre.

»Welche denn?«, fragte Verena deshalb bloß zaghaft – in ängstlicher Erwartung, nun schlimme Dinge über ihren Vater hören zu müssen, die sie lieber gar nicht wissen wollte.

Doch nachdem Gerda mit dem Erzählen fertig war, konnte sie bloß verwirrt den Kopf schütteln. »Und weil er sich jetzt seit ein paar Tagen wieder mit seinem ehemaligen Arbeitskollegen Otto trifft, bist du so misstrauisch?«, fragte sie ungläubig nach.

»Aus deinem Mund klingt es, als ob ich eine Spinnerin wäre!«, empörte sich Gerda mit geröteten Wangen. »Es liegt doch auf der Hand: Erst kurz bevor er aus dem Haus geht, gibt er mir Bescheid. Er überrumpelt mich sozusagen. Und du solltest ihn dabei sehen! Jeder würde merken, dass er wie gedruckt lügt.« Sie spielte den nächsten Trumpf aus: »Und jedes Mal ist er frisch geduscht und rasiert, wenn er wegfährt.«

Auch wenn es angesichts Gerdas Tragik vermutlich unpassend war, konnte sich Verena nun ein Lachen nicht mehr verkneifen. »Du möchtest doch wohl nicht, dass Papa ungewaschen das Haus verlässt!«

»Sehr lustig«, murrte ihre Mutter.

Verena versuchte einzulenken: »Aber das hat dich doch die letzten Monate wahnsinnig gestört, wie sehr Papa sich hat gehen lassen.«

»Er macht sich für eine andere Frau schick«, zischte ihre Mutter, »kapierst du das denn nicht? Das Pensionstief versucht er, mit einer kleinen Affäre zu überwinden, und ich soll dazu wohl noch ›Ja und Amen‹ sagen und seinen dummen Lügen glauben.« Sie redete sich immer mehr in Rage: »Ich weiß zwar nicht, wer dieses Weib ist, aber sie heißt bestimmt nicht Otto! Herren-Frühschoppen! Neu gegründete Tarock-Runde! Für wie bescheuert hält mich dieser Mann eigentlich?«

Die ganze Zeit hatte Gerda ihren Wein unberührt gelassen, aber jetzt nahm sie einen großen Schluck, das Glas war danach halb leer. Verena hingegen war der Appetit auf den Grünen Veltliner längst vergangen. Mutlos stöhnte sie auf. Es war tatsächlich mehr als seltsam, was ihr Vater da veranstaltete. Auch wenn sie sich innerlich dagegen wehrte, musste sie ihrer Mutter doch ein Stück weit recht geben, dass diese Geheimniskrämerei verdächtig wirkte. »Ich denke, wir sollten mit Papa sprechen«, sagte sie nach einer Weile, in der sie hin und her überlegt hatte.

Ihre Mutter gab jedoch bloß einen abfälligen Laut von sich. »Damit er uns nur noch neue Lügen auftischt? Etwas anderes hat er doch in den letzten Tagen auch nicht getan!«

»Aber was willst du denn sonst machen?«

Da legte ihre Mutter die Hand auf Verenas Unterarm und begann zu reden. Es klang so, als ob sich Gerda die Worte bereits sehr genau zurechtgelegt hätte. Für Verena klang der Plan allerdings völlig absurd. Eindeutig! Aber Gerda wirkte so ratlos, dass ihr gar nichts anderes übrig blieb, als der verzweifelten Bitte zuzustimmen, wenn auch mit einem äußerst mulmigen Gefühl im Bauch.

»Himmel, wie soll das denn alles nur passen?«, rief Simon am nächsten Vormittag erschöpft aus, als er sich in seinem Büro in der Skischule den Plan für die kommende Woche ansah.

Sein Vater hatte ihm dermaßen viele Schüler ohne Pause zugeteilt, dass zwischendurch keine Zeit blieb, um auf die Toilette zu gehen, geschweige denn mal einen Schluck Kaffee zu trinken. Gut und schön, dass August kürzer treten wollte, aber ein bisschen mehr konnte sein Vater schon noch tun. Oder sie mussten einen weiteren Skilehrer einstellen, schließlich war es ihm, Simon, noch nicht gelungen, sich zu zerteilen. Und auch die anderen Skilehrer, die bereits bei den Gießhübels angestellt waren, hatten mehr als genug zu tun. Ungeduldig kaute Simon auf seinem Bleistift herum. Dann musste er sich auch noch mit Konrad Nensel, dem Werbegrafiker, in absehbarer Zeit treffen. Seine Mutter lag ihm damit andauernd in den Ohren.

Wie auf Kommando steckte sie ausgerechnet jetzt den Kopf zur Tür herein. »Denkst du an die neuen Werbeflyer?«, fragte sie.

»Na sicher«, gab er mit einem demonstrativen Stöhnen zurück.

Fanny stutzte. »Simon, geht's dir nicht gut? Du schaust ganz schön schmal aus. Die Verena schaut wohl gar nicht darauf, dass du gut zu essen bekommst.«

»Mama, ich bin kein Kind mehr! Ich kann mir selbst Essen besorgen. Die Verena hat gerade selbst genug um die Ohren«, schoss er für seine Verhältnisse relativ scharf zurück.

Prompt reagierte seine Mutter gekränkt: »Da meint man es gut mit dir und kriegt eine auf den Deckel! An mir brauchst du es nicht auslassen, wenn deine Verlobte lieber mit Wollknäueln spielt, als sich um dich zu kümmern!« Bevor er antworten konnte, hatte sie bereits von außen die Bürotür hinter sich zugeworfen.

Erneut stöhnte Simon laut auf. Wie er es auch drehte und wendete, im Moment konnte er es niemandem recht machen. Seine Mutter maulte herum, und Verena war entweder müde oder sie wollte mit ihm über irgendwelche Probleme sprechen, die ihn nicht wirklich interessierten. Sicher, es war schlimm gewesen, dass irgendein

Idiot eine Zeit lang Jauche vor ihrer Tür ausgeschüttet hatte, aber das war ja nun seit Wochen vorbei. Was interessierte ihn da die Cousine von Verenas Vermieterinnen? Und dass Verenas Eltern gerade eine Krise durchlebten … Das war doch nun wirklich das Problem der beiden Alten. Missmutig schüttelte er den Kopf. Ja, er liebte seine Verena, aber manchmal ging sie ihm auch gehörig auf die Nerven. Immer dieser Hickhack mit seiner Mutter und Lennart! Kurz schoss ihm die eigentliche Misere durch den Kopf, die er fairerweise festhalten musste: Im Grunde waren es seine Familienmitglieder, die stets eine Stichelei begannen, Verena wehrte sich dann bloß von Zeit zu Zeit. Aber die Gesamtsituation empfand er dennoch immer öfter als bedrückend. Verena musste einfach lernen, sich bei Fanny und Lennart zurückzuhalten. Dann würden sie friedlicher miteinander auskommen! »Ohne diese blöde ›Wollfee‹ hätte sie auch stärkere Nerven und bessere Laune«, hörte er sich plötzlich selbst murmeln.

Erstaunt hielt er inne. Ja, doch. Ein wenig störte es ihn tatsächlich, dass seiner Verlobten andere Dinge so dermaßen wichtig waren. Ein rasches Lächeln huschte über seine Lippen. Genau, er hatte es auch nicht immer einfach mit ihr. Also brauchte er auch kein schlechtes Gewissen zu haben, weil er ein kleines Geheimnis hütete. Es war ganz harmlos, tat ihm aber richtig gut.

In diesem Augenblick klingelte sein Handy. »Ja, hallo, du«, sagt er zu der wohlbekannten weiblichen Stimme am anderen Ende der Leitung. »Schön, dass du anrufst.«

»Ich habe gerade an dich gedacht. Und mir vorgestellt, dass du sicher totalen Stress hast, du Armer. Wollte nur wissen, wie es dir geht.«

»Jetzt auf jeden Fall viel besser«, antwortete Simon amüsiert.

Die Anruferin lachte perlend. »Ich möchte dich auch gar nicht lange stören.«

Simon lachte ebenfalls. »Du störst mich gar nicht. Im Gegenteil, so eine nette Ablenkung ist doch was Schönes.«

»Wirklich? Ich finde es auch sehr schön, deine Stimme zu hören.« Nach einer kurzen Pause fügte die Anruferin hinzu: »Ich würde dich auch gerne wiedersehen. Aber natürlich nur, wenn du Zeit hast.«

Simon spürte ein leichtes Ziehen in der Magengrube. Er musste wirklich aufpassen, sich da nicht in etwas hineinzumanövrieren, das ihm am Ende noch Probleme bereiten könnte. Andererseits genoss er es, bei dieser attraktiven Frau im Mittelpunkt zu stehen, einfach angehimmelt zu werden, ohne dass sie ein Problem nach dem anderen auf den Tisch packte. »Wir sehen uns bestimmt bald«, sagte er und hörte sie danach erneut lachen.

Diesmal klang es verdammt sinnlich.

»Liebling, es tut mir echt leid, aber ich muss noch mal weg«, sagte Verena am Abend zu ihm, nachdem sie kurz mit ihrer Mutter telefoniert hatte.

Simon lümmelte gerade auf dem Sofa, zog sofort eine Schnute. »Mir sagst du immer, ich nehme mir keine Zeit für dich, und selbst sehe ich dich nur noch von hinten durch die Tür verschwinden.«

Verena verzog reumütig das Gesicht, dann kniete sie sich vor ihm hin. »Tut mir wirklich leid. Bei meinen Eltern ist der Teufel los, und ich habe meiner Mutter versprochen, meinen Vater zu beschatten, wenn er sich mit seinem Kumpel trifft.«

»Zu beschatten?« Simon verzog ungläubig das Gesicht. »Habe ich was verpasst und bin, ohne es zu wissen, in irgendeiner zweitklassigen Detektivserie gelandet?«

Verena, die sich selbst total lächerlich vorkam, strich sich mit einer resignierten Geste über ihre dunklen Locken. »Ich weiß. Es klingt völlig verrückt. Aber ich kann es meiner Mutter nicht ausreden. Und in ihrem Zustand möchte ich sie nicht alleine in der Nacht rumfahren lassen. Stell dir vor, mein Vater trifft sich tatsächlich mit einer anderen Frau – dann würde meine Mutter doch völlig ausflippen.«

»Blödsinn, das traue ich ihm nicht zu«, murmelte ihr Verlobter, räusperte sich einige Male.

Sie sah ihn fragend an. Irrte sie sich oder sah er plötzlich ein wenig zerknirscht drein? Nein, bestimmt war er einfach nur enttäuscht, weil sie noch einmal wegfuhr. Sie schlang ihre Arme um seine Schultern, kuschelte sich eng an ihn ran. »Bitte nicht böse sein, mein Liebling«, flüsterte sie ihm dabei ins Ohr. »Ich komme so rasch wie möglich wieder nach Hause.«

»Okay«, raunte er, dann küssten sie sich.

So schön es auch war, von Simon geküsst zu werden, sie war spät dran und konnte es diesmal nicht so richtig genießen. »Bis bald, Süßer!«, rief sie im Aufstehen und hetzte zur Tür.

»Bis später!«, rief Simon ihr nach. »Sei dann aber bitte nicht sauer, wenn ich noch auf ein Bier zu ›Harry‹ gehe.«

Sie drehte sich noch einmal um. »Nein, nein, kein Problem. Vielleicht hole ich dich ja von dort gleich ab!«

»Lieber nicht!«, sagte er, ein wenig zu schnell. Als sie ihn verwundert ansah, fügte er hinzu: »In letzter Zeit sitzen dort ganz schön betrunkene Typen rum. Ist für eine Frau bestimmt unangenehm.«

Sie hätte jetzt natürlich erwidern können, dass sie ja ihn als edlen Ritter bei sich hatte und so bestens beschützt werden würde. Aber gut, sie kapierte, dass Simon diese Bar als seinen persönlichen Rückzugsort ansah, dann sollte es eben so sein. »Dann treffen wir uns eben daheim!«, rief sie ihm noch zu, dann verließ sie endlich die Wohnung.

Wenig später saß sie neben ihrer Mutter in ihrem alten Golf und fuhr in einigem Abstand dem Wagen ihres Vaters hinterher. Ehrlich gesagt kam sie sich vollkommen bescheuert vor. Ja, sie ärgerte sich unheimlich, auf die Bitte ihrer Mutter überhaupt eingegangen zu sein. War wirklich nur zu hoffen, dass sie auf dieser seltsamen Beschattungsfahrt niemandem begegnete, den sie kannte.

»Danke, dass du mir hilfst«, raunte ihre Mutter ihr von der Seite zu. »Es wird zwar schrecklich wehtun, wenn sich mein Verdacht als wahr herausstellt. Aber es ist immer noch besser, als ewig die Dumme zu sein, die betrogen wird.«

Verena stöhnte laut auf. »Papa betrügt dich nicht. Da bin ich mir hundertprozentig sicher.«

Gerda schnalzte mit der Zunge. »Das werden wir ja sehen.«

Verena warf ihr einen fragenden Blick zu. »Es kommt mir fast so vor, als ob du dich darüber freuen würdest, wenn Papa tatsächlich eine Affäre hätte.« Leise fügte sie hinzu: »Nur damit du recht hast.«

Sofort biss sie sich auf die Unterlippe, jetzt war sie vermutlich zu weit gegangen. Aber Gerda reagierte gar nicht wütend. »Vielleicht stimmt es sogar ein wenig. Die letzten Wochen und Monate haben mich so zermürbt, dass mir ein riesiger Knall sogar ganz gelegen kommen würde. Dann stünde wenigstens eine Entscheidung an, anstatt des ewigen Dahinvegetierens«, sagte sie schulterzuckend.

Verena erstarrte für einen Moment. Dass ihre Mutter die Beziehung mit ihrem Vater quasi als Folter ansehen würde, hätte sie nicht mal im Traum gedacht. Keine Frage, es stand doch viel schlimmer, als sie es jemals vermutet hätte.

»Mama, ich bin mir sicher, ihr beide schafft das. Ihr hattet so viele schöne Jahre zusammen, das darf man doch nicht einfach wegwerfen«, sagte sie in flehentlichem Ton. »Auch, wenn ihr euch im Moment etwas auf die Nerven geht.«

Für sie war es einfach nicht vorstellbar, dass ihre Eltern sich tatsächlich trennen sollten. Alleine beim Gedanken daran blieb ihr glatt die Luft weg. »Wir werden sehen«, sagte Gerda nur, sonst nichts.

Verena berührte sie kurz an der Schulter, was hoffentlich tröstlich herüberkam. Im nächsten Moment stieg sie ein wenig abrupt auf die Bremse. Ups, sie musste wirklich achtgeben, dass sie in ihrer Aufregung nicht zu dicht an Josefs Kombi heranfuhr und sie beide von ihrem Vater entdeckt wurden. Nun zuckelten sie mit größerem Abstand hinter dem meist recht langsam fahrenden Josef her.

»Ha!«, schrie da ihre Mutter so laut auf, dass Verena regelrecht zusammenzuckte. »Am Haus vom Otto bleibt er jedenfalls nicht stehen!« Mit süffisanter Stimme setzte sie nach: »Dabei soll doch dort heute der Tarock-Abend stattfinden. Nur für die Männer, Damen unerwünscht!«

»Vielleicht gibt es ja eine ganz harmlose Erklärung dafür«, stammelte Verena. Da fiel ihr etwas ein: »Bestimmt kauft er noch Bier für die Männerrunde an der Tankstelle.«

Nur zu dumm, dass Josef eben genau an dieser Tankstelle vorbeifuhr. »Es gibt eine andere«, sagte Gerda, eine Träne kullerte dabei über ihre schmale Wange. »Es ist wohl wirklich besser, wenn wir einfach nach Hause fahren.«

»Sicher nicht«, sagte da Verena mit einer nun erstaunlich entschlossenen Stimme, mit ihren Händen umklammerte sie dabei fest das Lenkrad. »Jetzt sind wir so weit gekommen.« Oder so tief gesunken, das könnte auch hinhauen, schoss es ihr durch den Kopf. Aber egal, laut sagte sie: »Wir werden dieses Rätsel lösen, Sherlock Holmes!«

Vermutlich etwas widerwillig lachte ihre Mutter dennoch auf: »Ja, habe verstanden, Doktor Watson! Dann werden wir dem Wagen weiter folgen.«

Sie tauschten einen schnellen Blick aus, und auch wenn die Situation wirklich trist war, musste Verena angesichts der Verbundenheit, die sie mit ihrer Mutter fühlte, lächeln. »Es geht los«, sagte sie mit hoffentlich zuversichtlicher Stimme und gab Gas.

Lange brauchten sie nicht mehr zu fahren, denn auf einem Parkplatz kurz hinter dem Ortsausgang von Kitzbühel stellte Josef seinen Kombi ab. Weiter hinten, sichtgeschützt durch eine Tanne, parkte auch Verena. Sofort schaltete sie die Schweinwerfer aus, sah noch, wie Josef eine große Tasche aus dem Kofferraum holte und auf das Gebäude vor ihm zulief. »He, das ist doch …«, murmelte sie, sprach den Satz jedoch nicht aus.

»Was ist los? Weißt du, wer hier wohnt?«, fragte Gerda mit kratziger Stimme.

»Ich glaube, hier wohnt niemand«, sagte Verena kichernd. Nun war ihr alles klar. Sie deutete auf das beleuchtete Schild an dem Haus. »Fitnesscenter«, las sie laut vor.

Ihre Mutter runzelte die Stirn. »Was macht Josef denn im Fitnesscenter? Die letzten Monate hatte man das Gefühl, dass der Kühlschrank am besten gleich direkt neben dem Sofa stehen sollte, so faul ist er geworden.«

»Vielleicht möchte er gerade das ändern.« Verena stieß ihre Mutter leicht an der Schulter. »Komm, wir schauen mal rein.«

Nach einem kurzen Zögern stieg Gerda aus dem Auto, einen Moment später standen sie am Empfangstresen des Fitnesscenters. »Grüß euch! Wie kann ich euch helfen?«, fragte eine junge Blondine in gelbem Trägertop und enger schwarzer Sporthose.

Verena nickte verhalten. »Guten Abend. Wir suchen jemanden. Einen älteren, grauhaarigen Mann.«

Dabei ließ sie den Blick über den Fitnessbereich wandern, in dem sich etliche Menschen an Fahrrädern, Laufbändern und Kraftgeräten abmühten. Ihren Vater konnte sie hier jedoch nirgends entdecken.

»Was macht ihr denn hier?«, wurden die beiden Schnüffelnasen von einer bekannten Stimme hinter ihnen aufgeschreckt.

Sie fuhren herum und sahen Josef, der eben aus der Tür mit der Aufschrift »Umkleide Herren« in dunkelblauer Sportmontur heraustrat.

Ungläubig schaute er zwischen seiner Frau und seiner Tochter hin und her.

»Wir sind dir gefolgt«, sagte Gerda geradeheraus, »weil ich dachte, dass du eine Affäre hast.«

Verena senkte verlegen den Blick, sah noch im Augenwinkel, wie die Trainerin zuerst neugierig die Augenbrauen hob, sich dann aber, da ihr offensichtlich bewusst wurde, was als höflich galt und was nicht, rasch in Richtung der Trainingsgeräte verkrümelte.

Josef starrte seine Frau mit offenem Mund an. Dabei wirkte er dermaßen entgeistert, dass er wohl jedem Lügentest standgehalten hätte. Nachdem er einige Male den Kopf geschüttelt hatte, ähnlich einem nassen Hund, der sein Fell trocknen wollte, erklärte er: »Wie kommst du denn auf so eine absurde Idee, Gerda?«

»Na ja …« Die ältere Frau wirkte nun tatsächlich nicht mehr so recht überzeugt.

»Du weißt doch, dass ich nie eine andere wollte als dich. Das war früher so und ist heute nicht anders.«

Verena merkte, wie belegt seine Stimme war. Ach, der Papa, am liebsten würde sie ihn auf der Stelle in den Arm nehmen! Doch es war vermutlich besser, wenn sie ihn zunächst weitererklären ließ.

»Ich bin doch immer langweiliger und fetter geworden«, sagte er gerade, »war bestimmt nicht auszuhalten mit mir. Und da habe ich mir gedacht, so ein Training wäre der richtige Anfang, um wieder in Schwung zu kommen.«

Gerda sah ihren Mann streng an, dabei stemmte sie die Hände in die Hüften. »Aber warum hast du denn nicht einfach gesagt, was du tust? Stattdessen erzählst du mir solche dummen Lügen – da musste ich doch misstrauisch werden.« Die ersten Worte hatte sie noch recht wütend gesprochen, doch am Schluss war ihre Stimme ganz weich geworden. »Josef, ich liebe dich doch«, sagte sie und legte nun ihre Arme um seine Schultern.

»Und ich liebe dich«, sagte er leise, »mir war es einfach so schrecklich peinlich, wie sehr ich mich habe gehen lassen. Da wollte ich dann auch nicht groß übers Fitnesstraining sprechen. Hatte wohl selbst Sorge, dass ich es nicht schaffe, ein zweites Mal herzukommen.«

»Bis jetzt waren es fünf Mal«, erklärte seine Frau, »ich habe mitgezählt.«

Josef zwinkerte erst ihr, dann seiner Tochter zu. »Da hat ja jemand gut aufgepasst«, sagte er lachend.

Danach küssten sich die beiden Versöhnten – offensichtlich erstaunlich leidenschaftlich für zwei Exemplare aus der Sechzig-Plus-Generation. Auf jeden Fall zogen sie mit ihrem Kuss zahlreiche Blicke auf sich. Und Verena kam es überhaupt so vor, als ob ihre Eltern für einen Moment wieder zwanzig wären. Sie wollte nichts beschreien, aber sie hatte ein ziemlich gutes Gefühl, dass die größte Krise überwunden war.

Als sie sich eine knappe Stunde später zu Simon ins Bett kuschelte, flüsterte sie ihm ins Ohr: »Mission erfüllt. Die Liebenden haben sich wiedergefunden.«

»Schön«, grunzte Simon, offenbar bereits im Halbschlaf und zog sie an sich.

Sie roch den Rauch aus der Bar und den winzigen Hauch eines Damenparfums, das ihr irgendwie bekannt vorkam. Aber sie war viel zu müde, um länger darüber nachzudenken. »Bin ich froh, dass wir uns haben«, wisperte sie noch, bevor ihr die Augen zufielen.

# 6

Mit einem breiten Lächeln im Gesicht schloss Verena am Abend des 18. Dezember die Eingangstür der »Wollfee« hinter sich ab. Obwohl in letzter Zeit sehr viel los gewesen war, fühlte sie sich leicht und beschwingt wie schon lange nicht mehr.

Am Vortag war sie gemeinsam mit den Damen und Herren der Spenden-Strick-Mannschaft im Kinderheim gewesen, um zwischen Spielrunden und Kekseessen die gestrickten Geschenke abzugeben.

»Bitte kommt bald mal wieder«, hatte ihr ein kleines Mädchen beim Verabschieden mit leuchtenden Augen zugeflüstert. »So schön wie heute ist es hier noch nie gewesen.«

Verena hatte heftig blinzeln müssen, um nicht loszuheulen. »Sicher kommen wir wieder«, hatte sie erklärt. »Mit euch hat es uns auch richtig viel Spaß gemacht!«

»Und das war nicht gelogen«, murmelte Verena jetzt schon wieder mit feuchten Augen, aber es war einfach zu schön gewesen, mit welchen »Kleinigkeiten« man die Kinder hatte begeistern können.

Allerdings hatte Klara Hell auch ganze Arbeit geleistet und lustige Spiele vom altbewährten »Sesseltanz« über »Armer schwarzer Kater« bis zu »Alles was Flügel hat, fliegt« angeboten. Verena seufzte leise auf. Dazu noch die selbst gebackenen Kekse von Adelheid und Josefa, die im Eiltempo weggefuttert wurden – es war ein fantastischer Nachmittag gewesen. Tja, und da im Moment ein nettes Ereignis das nächste jagte, freute sich Verena jetzt auf das Einweihungsfest von Felix' Optikergeschäft.

Während sie nun die kleine Gasse entlanglief, zückte sie ihr Handy, um Simon noch einmal anzurufen. Vorhin war er nicht rangegangen – keine Frage, mit der Skischule hatte er im Moment ebenfalls jede Menge um die Ohren. Fanny konnte es offenbar kaum erwarten, dass die neue Werbung fertig wurde. Verständlich, da auf den frischen Flyern auch neue Skikurse angeboten werden sollten, aber Simon tat ihr ob des vielen Stresses doch leid. Huch, jetzt wäre sie fast auf einer eisigen Stelle auf der Straße ausgerutscht. So knapp vor Weihnachten war es bitterkalt geworden. Gerade noch rechtzeitig fand Verena ihr Gleichgewicht wieder, trippelte vorsichtig von der vereisten Stelle herunter. Nachdem sie ihren Mantelkragen hochgestellt und ihre Mütze tiefer ins Gesicht gezogen hatte, rief sie noch einmal bei Simon an. Es klingelte einmal, zweimal, dreimal ... Mit einem resignierten Seufzer wollte Verena bereits aufgeben, da hörte sie die Stimme ihres Freundes. »Liebling, ich stecke bis zum Hals in Arbeit«, meldete er sich ohne Begrüßung.

»Ja. Ich weiß, Simon«, erwiderte sie, »aber du wolltest doch zur Eröffnungsfeier im Optikergeschäft kommen. Gilt das denn noch?«

»Sorry, aber für solch einen Unfug habe ich echt keine Zeit«, kam es überraschend unwirsch zurück.

Verena stutzte kurz, so aufbrausend kannte sie Simon gar nicht. Offenbar war ihr Schatz tatsächlich völlig überlastet. »Ist ja kein Problem«, lenkte sie ein wenig reserviert ein, »falls du noch Lust hast, kommst du einfach nach.«

»Wird wohl kaum klappen. In ein paar Minuten treffe ich mich mit diesem Konrad, dem Grafiker, er hat im Moment nur am Abend Zeit. Vermutlich werden wir stundenlang über der neuen Werbung brüten.«

Mit sanfter und versöhnlicher Stimme fügte er hinzu: »Sei mir nicht böse, Verena. Ist halt gerade eine intensive Zeit.«

Instinktiv schüttelte sie den Kopf – bis ihr einfiel, dass Simon sie ja gar nicht sehen konnte. Himmel, war sie duselig! Amüsiert über sich selbst, verzog sie das Gesicht. »Nein, Liebling, ich bin nicht böse. Wenn es bei dir spät wird, treffen wir uns einfach daheim.«

Sie strich sich über ihren Bauch. Fast hätte sie noch hinzugefügt, dass sie womöglich später eine wunderschöne Überraschung für ihn parat hatte. Schließlich war ihre Regel nun bereits ziemlich viele Tage überfällig, und daheim im Badezimmer wartete ein neu gekaufter Schwangerschaftstest darauf, ihr endlich Gewissheit zu bringen. Im letzten Moment verkniff sich Verena dann doch jegliche mysteriöse Hinweise. Sie wollte keine Hoffnung in Simon schüren, die sie dann später womöglich doch enttäuschen musste. »Bis nachher«, sagte sie deshalb nur, wollte noch ein »Ich liebe dich« hinzufügen – doch da hatte Simon bereits aufgelegt.

»Wie schön, dass du da bist!«, wurde sie keine fünf Minuten später von Felix in seinem neuen Geschäft begrüßt. »Ich hatte bereits Sorge, du schaffst es nicht.«

»Wäre nicht infrage gekommen«, lachte sie, »den heutigen Termin habe ich mir im Kalender rot angestrichen.«

»Super!«, sagte Felix mit warmherziger Stimme und drückte sie kurz an sich.

Unwillkürlich musste Verena aufseufzen. Sie wusste auch nicht warum, aber Felix strahlte eine herrlich beruhigende Wirkung auf sie aus, fast ein bisschen wie Nachhausekommen. Verwirrt blinzelte sie ein paar Mal. Woher war ihr denn dieser Gedanke plötzlich gekommen? Etwas übertrieben, wo sie ihre alte Jugendliebe jahrelang nicht gesehen hatte. Doch schon im nächsten Moment fiel ihr eine passende Erklärung für ihre fast peinliche Sentimentalität ein: Vermutlich fühlte man sich, wenn man Menschen aus seiner Jugendzeit wiedertraf, tatsächlich ein Stück weit an seine eigenen Wurzeln erinnert. Ja! Das ergab natürlich Sinn. Lächelnd wich sie ein Stück zurück und kramte in ihrer großen

Handtasche nach dem Einstandsgeschenk, das sie für Felix besorgt hatte. Eine große blau-weiß gestreifte Kaffeetasse mit dem Aufdruck »Jetzt mal Pause!«, gefüllt mit einem durchsichtigen Tütchen voll edler Trüffelpralinen.

»Alles Gute zu deiner Geschäftseröffnung!« Sie zwinkerte Felix zu. »Damit du nicht vergisst, zwischendurch deine Batterien auch mal wieder aufzuladen!«

»Danke!«, rief er aus, als er die Tasse entgegennahm und musterte. »Die sieht ja wirklich entzückend aus!«

»Das ist aber noch nicht alles«, lachte Verena, und kramte erneut in ihrer Handtasche, diesmal holte sie eine kleine gestrickte Pudelmütze, ebenfalls weiß-blau gestreift, hervor. »Die kannst du der Tasse aufsetzen, damit dein Kaffee nicht kalt wird!«

»Du hast auch wirklich an alles gedacht«, feixte Felix. An seinem strahlenden Lächeln, das bis zu seinen schönen Augen reichte, war deutlich zu erkennen, wie sehr er sich über diese liebgemeinte Aufmerksamkeit freute.

Auch Verena konnte nicht anders, als glücklich zu grinsen. »Du weißt doch, wie gerne ich stricke. Da kann ich es eben nicht lassen, jedem ein Mützchen zu verpassen.«

Gleichzeitig begannen sie zu lachen, dann schaute sich Verena in dem mit sich angeregt unterhaltenden Menschen gut gefüllten Optikergeschäft um. Einige Stehtische mit Getränken und Appetithäppchen waren im Verkaufsraum aufgestellt, in dem nun alle Gäste dicht gedrängt standen. Beeindruckt registrierte Verena, wie trendig und geschmackvoll das Geschäft mit den vielen Regalen voller Brillen an den Wänden eingerichtet war. Moderne Lampen tauchten den Raum in ein warmes Licht, verliehen dem coolen Ambiente auf diese Weise eine gehörige Portion Behaglichkeit.

»Herzlichen Glückwunsch!«, sagte Verena begeistert. »Hier sieht es ja fantastisch aus!«

»Nicht wahr?«, sagte da eine junge blonde Frau, die sich eben neben Felix gestellt hatte.

»Das ist Silvia, meine Verkaufsleiterin – und das ist meine Jugendfreundin Verena«, stellte Felix die beiden Frauen einander vor.

Verena entging nicht, mit welch schmachtendem Blick diese Silvia ihren Chef bedacht hatte, ja, fast ein wenig besitzergreifend neben ihm stand. Rasch biss sie sich auf die Unterlippe, um sich ein Schmunzeln zu verkneifen. Wenn sie die Sachlage hier richtig einschätzte, würden ihre ursprünglich geplanten Kuppelversuche mit Katja wohl ins Leere laufen. Apropos Katja. Wo blieb die eigentlich? Seit ihrem, wie Verena fand, komischen Verhalten im Brautmodenladen einige Tage zuvor, hatten sich die beiden Frauen nicht mehr gesehen, bloß kurz wegen der Eröffnungsfeier von Felix miteinander telefoniert. Jetzt sah sich Verena suchend im Geschäft um, konnte ihre Freundin, die eigentlich längst da sein wollte, jedoch nirgends entdecken. So viel zu Pünktlichkeit, schoss es ihr ein wenig missmutig durch den Kopf, als sie daran dachte, welchen Terz Katja wegen der kurzen Wartezeit im Brautmodengeschäft veranstaltet hatte. Plötzlich verkrampfte sich ihr Magen. Sie wusste auch nicht, warum ihr dieser Gedanke gerade jetzt kam, aber in ihr erwuchs plötzlich die Erkenntnis, dass ihr die Freundschaft zu Katja nicht wirklich guttat.

»Ein Glas Sekt?«, riss Silvia sie da aus ihren Gedanken.

»Oh danke, gerne«, sagte Verena, und wollte bereits zugreifen. Dann fiel ihr auf einmal ihre, nun ja, »Vielleicht-Schwangerschaft« ein, und plötzlich hatte sie gar keinen Appetit mehr auf Sekt. Sicherlich übertrieben, aber es war ja schließlich auch nicht nötig, sich zum Alkohol trinken zu zwingen. Viel mehr lachte sie doch der Orangensaft, der auf einem Tischchen neben ihr stand, an. »Ich nehme lieber davon ein Glas«, berichtigte sie sich rasch, zuckte bedauernd mit den Schultern.

Silvia, die offenbar einen siebten Sinn besaß, zwinkerte Verena vielsagend zu. »Gut, kein Problem, der Orangensaft schmeckt auch sehr gut.«

»Ja, ganz genau«, beeilte sich Verena, die sich irgendwie durchschaut fühlte, nun noch zu sagen, »mir tut schon den ganzen Tag der Kopf weh, da ist der Saft wohl doch besser für mich.«

Sie stieß mit Felix und Silvia an, nahm dann einen kräftigen Schluck. Da ihr genau in dem Moment jemand kräftig von hinten auf die Schulter klopfte, landete ein Teil in ihrer Luftröhre. Hustend und mit tränenden Augen drehte sie sich um. »Na, du alte Spaßbremse, trinkst du etwa Saft?«, rief Katja, die ihr den Hustenanfall eingebrockt hatte, ungerührt aus.

Von einem etwas zu intensiven Parfümnebel umhüllt, stand sie vor ihr und grinste keck von einem zum anderen. »Sieht hier gar nicht mal so übel aus«, sagte sie in Richtung Felix, zwinkerte ihm zu.

Verena bemerkte hinter ihrem Tränenschleier, dass Felix' Lächeln auf diesen Spruch ziemlich gequält wirkte. Oder bildete sie sich das bloß ein? Bestimmt. Sie hörte im Moment ohnehin scheinbar schon das Gras wachsen. Katjas Parfüm, es musste relativ neu sein, denn bis jetzt war es Verena noch nicht aufgefallen, erinnerte sie nämlich auf einmal an den Duft, der Simon anhaftete, wenn er aus der Bar kam. Bestimmt hat jede zweite Frau dieses Parfüm, sagte sie sich selbst im Stillen, denn wenn Katja es kauft, liegt es sicherlich im Trend.

Sie wischte sich eine Träne mit der Serviette, die Silvia ihr eben gereicht hatte, aus dem Gesicht und umarmte Katja mit der freien Hand. »He, schön, dass du hier bist!«, sagte sie freundlich, fügte, da sie es mit dem Kuppeln nicht so ganz lassen konnte, hinzu: »Felix hat sich auch schon gefragt, wo du bleibst. Er hat sich schon sehr auf dich gefreut.« Im Augenwinkel erkannte sie, wie ihr Jugendfreund das Gesicht verzog, so als ob er in eine Zitrone gebissen hätte, und dadurch ihre Worte Lügen strafte. Ganz toll!

Zum Glück konnte Katja, die mit dem Rücken zu ihm stand, das nicht sehen, im Gegensatz zu ihr. Aber auch Silvia, die nun noch näher an Felix herangerückt war, hatte sie offenbar mit ihrem Geschwafel gegen sich aufgebracht. Denn nun wurde sie von der Blondine nicht mehr ganz so freundlich angesehen. »Wir haben uns alle auf dich gefreut«, ruderte sie ein wenig hektisch zurück. Sie verkniff sich auch, Katja darauf hinzuweisen, dass sie zu spät gekommen war.

»Alles klar, ohne mich geht eben gar nichts«, ulkte diese, schob sich dabei die Strähnen ihres ohnehin perfekt sitzenden Pagenkopfs zurecht. Mit einem gnädigen Nicken nahm sie das von Silvia gereichte Sektglas entgegen und stieß mit den anderen an. »Felix, für dich! Habe ich in der Küchenlade meiner Oma gefunden«, sagte sie dann und fischte ein uraltes und wenig ansehnliches Brillengestell, Marke Krankenkasse, aus ihrer Manteltasche. An einen Brillenbügel war ein hellblaues Schleifchen gebunden. »Falls so etwas wieder modern wird, hast du es dann schon als Erster.«

Alle lachten laut auf, und auch Verena amüsierte sich über Katjas ulkige Aufmerksamkeit. Mit einem Schluck leerte diese ihr Glas, nahm sich mit der freien Hand Erdnüsse aus einer Schale und warf sie sich alle zusammen in den Mund. Während sie kaute, erklärte sie: »Ich kann nicht lange bleiben, hab noch etwas vor.«

Verena zog eine Augenbraue in die Höhe. »Ein Date?«, fragte sie mit gesenkter Stimme.

Ganz kurz hatte sie den Eindruck, als ob Katja leicht zusammengezuckt wäre, aber im nächsten Moment grinste die andere breit. »So ähnlich«, sagte sie leichthin, »ich kann dir ja demnächst mal davon erzählen.«

»Da bin ich aber gespannt«, lachte Verena, nun jedoch ziemlich verblüfft darüber, dass Katja gleich wieder losstarten wollte. »Nicht mal eine halbe Stunde kannst du bleiben?«, fragte sie, während ihre Freundin in den Mantel schlüpfte.

»Ich bin spät dran«, sagte Katja, verteilte Kusshändchen in Richtung Felix, dann war sie bereits zur Tür hinausgestürmt.

»Was war das denn für ein seltsamer Auftritt?«, fragte Felix, der sich zu Verena gestellt hatte, mit gepresster Stimme.

Sofort fühlte sie sich genötigt, die Freundin zu verteidigen. »Sie hat noch etwas vor, wollte dir aber unbedingt vorher noch zu deiner Geschäftseröffnung gratulieren.«

»Wie gnädig von ihr«, entgegnete Felix mit vor Sarkasmus triefender Stimme.

Okay, sie hatte es kapiert. Übertrieben theatralisch seufzte sie nun auf. »Und ich wollte euch beide schon miteinander verkuppeln.«

»Nein! Bitte bloß nicht!«, spielte Felix mit, kreuzte scheinbar panisch die Hände vor seinem Gesicht. »Da würde ich lieber mit verbundenen Augen den Hahnenkamm auf Langlaufskiern hinunterfahren!«

»Tu das bitte nicht«, lachte sie, »ich habe es ja jetzt verstanden.«

Ihre Blicke trafen sich, und sie musste noch mehr lachen. Dann entdeckte sie Silvia, die ganz in der Nähe Sekt eingoss und belegte Brötchen reichte. Es war nicht schwer zu sehen, dass sie nicht ganz bei der Sache war, und immer wieder prüfend zu ihnen rüber sah. Verena nickte ihr freundlich zu. Katja war wohl nicht die Richtige für Felix. Aber diese Silvia schien ihn total gern zu haben. Nur wirkte ihr Jugendfreund nicht eben so, als ob er das bereits gemerkt hätte. Wird schon werden, dachte Verena, merkte dabei, wie sehr sie sich für die beiden freute.

Zwei Stunden später löste sich die Feier langsam auf. Einige Gäste waren schon gegangen, und Verena konnte kaum noch ihr Gähnen unterdrücken. Keine Frage, ihr ganzer Körper sehnte sich nach einer heißen Dusche und ihrem Bett, neben dem auf dem Nachttischchen bereits ein spannender Krimi auf sie wartete.

»Danke für den wirklich schönen Abend«, sagte sie zu Felix, mit dem sie sich eine ganze Weile lang sehr nett unterhalten hatte, »aber, wenn ich jetzt nicht aufpasse, schlafe ich auf der Stelle ein.«

»Ich würde dich natürlich auffangen, solltest du umkippen«, sagte er mit einem Augenzwinkern. Dann sah er sich mit prüfendem Blick um. »Hier ist nicht mehr viel los, Silvia soll abschließen. Dann könnte ich dich im Dunkeln nach Hause begleiten.«

Sie wollte bereits freudig zustimmen, da sah sie Silvias leidenden Blick. »Nein, nicht nötig, kümmere dich bitte noch um deine letzten Gäste. Das gehört sich so als Chef.« Dann setzte sie eine gespielt hochmütige Miene auf. »Außerdem bin ich schon ein großes Mädchen, das alleine nach Hause gehen kann.«

»Sicher«, lachte Felix und umarmte sie zum Abschied.

Als sie bereits wenig später die Wohnungstür aufschloss – es war doppelt abgeschlossen, was sie nur taten, wenn sie beide das Haus verließen – registrierte Verena enttäuscht, dass Simon noch nicht wieder daheim war. Sicher, er hatte sie vorgewarnt, von einer langen Sitzung mit dem Werbegrafiker gesprochen. Da durfte sie einfach nicht zu kleinlich sein. Mit einem kleinen Seufzer fischte sie ihr Handy aus der Manteltasche, betrachtete es einige Sekunden lang in ihrer Hand. Sollte sie Simon anrufen und ihn womöglich mit ihrer Anhänglichkeit nerven? Himmel, gerade jetzt würde sie sich so sehr wünschen, mit ihm zu sprechen und von dem Abend bei der Eröffnungsfeier zu erzählen. Es juckte sie geradezu in den Fingern, seinen Namen auf dem Display anzutippen.

Mach doch zuerst den Schwangerschaftstest!, schoss es ihr durch den Kopf. »Dann hätte ich auf jeden Fall etwas Wichtiges zu erzählen«, sagte sie laut in der einsamen Wohnung.

Sie sprang vom Sofa auf, auf das sie sich eben hatte fallen lassen, und eilte ins Badezimmer. Mit leicht zittriger Hand öffnete sie eine Schublade und holte die in Folie verpackte Schachtel heraus. Würde heute tatsächlich der denkwürdige Tag sein, an dem sie von ihrer Schwangerschaft erfahren sollte? Verena hatte das Gefühl, als ob ihr das Herz aus der Brust springen würde.

Fünf Minuten später schaute sie ernüchtert auf den Schwangerschaftstest, der vor ihr auf dem Rand der Badewanne lag. Nur ein blauer Kontrollstrich, also eindeutig nicht schwanger. Dafür musste sie mittlerweile nach den vielen Tests, die sie im letzten Jahr durchgeführt hatte, nicht einmal mehr den Beipackzettel durchlesen. Herrje, und ausgerechnet jetzt spürte sie natürlich auch das vertraute Ziehen in der Bauchgegend, welches ihre bevorstehende Regel ankündigte. Ehrlich gesagt kam sie sich gerade völlig bescheuert vor. »Mist«, flüsterte sie, blinzelte hektisch die aufsteigenden Tränen weg.

Mit einer resoluten Bewegung straffte sie ihren Rücken. Sie würde sich ganz bestimmt nicht in Selbstmitleid aalen, dazu bestand absolut kein Grund. Simon und sie hatten noch ewig Zeit, ein Kind zu bekommen. Vielleicht war gerade jetzt, in einer Phase, in der sie beide beruflich sehr eingespannt waren, tatsächlich nicht der richtige Zeitpunkt dafür. »So ist es sicher«, murmelte sie, während sie ins Wohnzimmer zurückkehrte.

Nun konnte sie es plötzlich gar nicht mehr erwarten, mit Simon zu sprechen. Und es kam einem Wink des Schicksals gleich, als in der nächsten Sekunde ihr Handy klingelte. Im Eiltempo stürzte sie darauf zu – doch es war nicht

Simon, der anrief, sondern ihre liebe Freundin aus Augsburg.

»Hallo Leni!«, rief sie ein wenig atemlos ins Telefon.

»Hallo, meine Liebe!«, sagte ihre Freundin vergnügt. »Na, bist du wieder mit dem Felix rund um Kitzbühel gejoggt?«

»Blödsinn«, lachte Verena, »erstens jogge ich nicht so spät am Abend, und zweitens sind der Felix und ich noch lange keine Laufkameraden.«

»Als ob das so schlimm wäre!«, kam es von Leni amüsiert zurück.

»Nein, wäre es sicher nicht. Übrigens, ich bin eben von der Einweihungsfeier in Felix' Optikergeschäft zurück. Es war richtig nett.«

»Das glaube ich dir«, sagte Leni, »schade, dass ich nicht dabei sein konnte. Aber in ein paar Tagen bin ich ja in Kitzbühel.«

Verena seufzte lautstark auf. »Ich kann dir gar nicht sagen, wie sehr ich mich darüber freue«, sagte sie aus tiefstem Herzen.

Leni lachte auf. »Das klingt gut. Ich kann es auch kaum erwarten, dass wir endlich mal wieder so richtig schön tratschen können.«

»Stimmt«, sagte Verena leise.

Sie erzählte dann noch ein bisschen von der Einweihungsfeier, erwähnte auch Katjas altes Brillengestell.

»Das sieht ihr ähnlich«, sagte Leni – so richtig konnte Verena nicht heraushören, ob sie es freundlich oder abschätzig meinte. Aber das wollte sie an diesem Abend auch nicht mehr klären. Stattdessen verabschiedete sie sich recht schnell von der Freundin, tippte nun aufgeregt Simons Nummer auf dem Handy an.

Warum ihr Herz so raste und flatterte, konnte sie sich selbst nicht erklären. Dieser Umstand wurde jedoch nicht besser, als sich nach mehrmaligem Klingeln die Mailbox einschaltete. Kurz überlegte sie, etwas draufzusprechen, dann legte sie doch wieder auf. Nur um sofort noch einmal anzurufen. Ihr Verhalten kam ihr selbst ein wenig lächerlich vor, aber sie musste jetzt unbedingt mit Simon sprechen – und sichergehen, dass alles in Ordnung war. Als nach mehrmaligem Klingeln endlich abgehoben wurde, atmete sie erleichtert auf. »Simon, ist alles okay bei dir?«

Nicht ihr Freund, sondern eine fremde Stimme meldete sich: »Hier spricht Schwester Edith vom Krankenhaus Kitzbühel.«

»Um Himmels willen!«, entfuhr es Verena, und plötzlich begann sich der ganze Raum um sie herum zu drehen. »Ich bin Simons Verlobte!«

»Nicht erschrecken, Ihrem Verlobten ist nicht viel passiert. Er hatte auf der eisigen Straße einen Unfall, der Wagen muss weggerutscht sein. Aber er und die andere Person im Auto hatten Glück im Unglück: nur ein paar Kratzer. Ihr Verlobter ist noch etwas benommen von einer leichten Gehirnerschütterung. Aber das wird alles wieder. Wir möchten ihn eine, vielleicht zwei Nächte zur Kontrolle hierbehalten, nur um ganz sicherzugehen.«

»Okay«, flüsterte Verena, während sie versuchte, ganz ruhig zu atmen.

Jetzt durfte sie unmöglich schlappmachen. Plötzlich fiel ihr der Grafiker ein, der mit im Auto gesessen hatte. Ob dessen Angehörige bereits informiert waren? »Wie geht es denn dem Konrad Nensel?«, fragte sie noch rasch, bevor die so herzlich wirkende Schwester Edith das Gespräch beendete. »Soll ich jemanden für ihn verständigen? Seine Nummer kriege ich bestimmt von meiner künftigen Schwiegermutter heraus.«

Kurz hörte Verena nichts, außer einem tiefen Atemzug. Dann sagte Schwester Edith: »Ein Konrad Nensel ist nicht bei uns eingeliefert worden.«

Keine zwanzig Minuten später hetzte Verena bereits durch den Krankenhausflur in Richtung des Zimmers, in dem laut Auskunft des Pflegers Simon lag. Sie hatte vorhin am Telefon nicht nachgefragt, warum Schwester Edith nichts von Konrad wusste, sich einfach nur bedankt und verabschiedet. Wichtiger war es jetzt, bei Simon zu sein. Falls Konrad Hilfe brauchte, würde sie das ohnehin am besten vor Ort regeln können. »Endlich, Zimmer 27«, sagte sie leise, als sie vor der halb geöffneten Zimmertür stand. Sie hatte bereits die rechte Hand gehoben, um mit den Fingerknöcheln gegen die Tür zu klopfen, hielt jedoch in der Bewegung inne. Eine eindringliche Frauenstimme klang aus dem Raum heraus, sie hörte sich keineswegs wie die einer besorgten Krankenschwester an. Eine böse Vorahnung stieg in Verena hoch, die ihr zwar völlig absurd vorkam, die sich aber nicht mehr aus ihrem Kopf vertreiben ließ. Anstatt anzuklopfen, drückte sie die Tür vorsichtig ein kleines Stück weiter auf und horchte in den Raum.

»Simon, ich liebe dich«, hörte Verena die Frau weitersprechen, »für mich ist es wirklich mehr als nur eine Affäre.«

»Blödsinn«, sagte eine Männerstimme matt, die Verena eindeutig als die ihres Verlobten identifizierte. »Es war nur ein kleiner Ausrutscher, nicht mehr. Hast du schon vergessen, dass ich im Frühling die Verena heirate?«

»Ach, die Verena!«, lachte die Frau bissig auf. »Wenn du sie wirklich so gern hättest, wärst du doch nicht mit mir ins Bett gegangen.«

Verena, die nun auch die Frauenstimme erkannt hatte, schnappte stumm nach Luft. Unmöglich brachte sie auch nur ein einziges Wort heraus. Beruhige dich!, ermahnte sie sich dabei im Stillen. Es kann nicht sein! Absolut unmöglich! Ja, bestimmt befand sie sich in einem schlimmen Albtraum, das war die Lösung. Sie brauchte sich nur in den Arm zu zwicken, dann würde sie aufwachen und verwundert den Kopf schütteln. Himmel, was sie da wieder für einen Blödsinn zusammengeträumt hatte! Den Bruchteil einer Sekunde später wurde Verena jedoch klar, dass sie hellwach war – und ein riesiges Monster eben mit Genuss dabei war, ihr Herz zu zerquetschen, bis alles Blut herausgeronnen war. Sie wollte ins Krankenzimmer gehen, sich zu erkennen geben, aber ihre Beine waren wie zwei tote Stöcke, die sich nicht von der Stelle bewegen konnten.

Jetzt hörte sie wieder Simons Stimme: »Bitte geh jetzt, gerade hat mir die Schwester erzählt, dass sie mit Verena gesprochen hat. Die wollte gleich herkommen.« Mit einem Seufzer fügte er hinzu: »Lange wird es nicht mehr dauern, bis sie hier ist.«

»Ich bin sogar jetzt schon da«, sagte plötzlich Verena laut. Sie hatte soeben sowohl die Kontrolle über ihre Beine als auch über ihre Stimme wiedergefunden. Mit schnellen Schritten eilte sie in den halbdunklen Raum, stand gleich darauf vor einem im Bett liegenden, ziemlich blassen Simon. Außerdem stand sie vor keiner anderen als Katja, die mit einem großen Pflaster quer über ihrer Stirn an die Wand zurückgewichen war.

»Es ist nicht so, wie es aussieht«, sagte Katja gleich.

Verena warf ihr einen vernichtenden Blick zu. »Lass die dummen Sprüche! Ich stehe lange genug hier und habe viel Interessantes gehört.«

»Katja, verschwinde endlich!«, meldete sich da Simon zu Wort. »Du machst alles nur noch schlimmer!«

Simons Geliebte baute sich in voller Größe auf, offenbar war der Moment ihrer Scham äußerst kurz gewesen. »Aha, jetzt kann ich gehen.

Vorher im Auto am Waldrand hat das noch ganz anders geklungen. Aber bitte, geh nur zurück zu deiner naiven, kleinen Verlobten!«

Einer Hollywood-Diva ähnlich rauschte sie ohne jegliche Reue aus dem Krankenzimmer. Es fehlte bloß noch, dass sie nicht Jeans und Pulli, sondern ein Abendkleid mit unzähligen Volants getragen hätte. Verena starrte ihr eine Weile fassungslos nach, dabei schien ihr Kopf regelrecht zu kochen. Wie hatte sie sich bloß so sehr in Katja täuschen können? Diese Frau hatte doch bereits in der Schulzeit als egoistisch und skrupellos gegolten – und hatte sich seitdem augenscheinlich kein bisschen zu ihrem Vorteil verändert. Fast unmerklich schüttelte Verena den Kopf, konnte sich über ihre eigene Naivität, ja, damit hatte Katja eindeutig recht gehabt, nur wundern. Ganz offensichtlich rannte sie mit Scheuklappen durchs Leben und war nicht imstande, Menschen, die ihr Böses wollten, zu erkennen.

Langsam wandte Verena ihren Kopf in Richtung Simon, der sie sehr zerknirscht ansah. Tränen rannen über seine zerschrammten Wangen, als er zu sprechen begann: »Bitte, Liebling, verzeih mir! Ich bin der größte Esel in diesem Universum. Ich verstehe mich selbst nicht, warum ich einen solchen Mist gebaut habe.« Ein Schluchzer schüttelte seinen Körper, dann redete er weiter: »Ich liebe nur dich, das musst du mir glauben. Diese blöde Sache mit der Katja ist nur zweimal passiert. Ja, ich bin ein Schwein, ich weiß. Und natürlich habe ich dich nicht verdient, aber bitte verzeih mir. Ich liebe doch nur dich. Wirklich.«

Plötzlich fühlte sich Verena todmüde, so als ob sie eben einen Marathon gelaufen wäre. Erschöpft ließ sie sich auf einen Stuhl, der neben dem Bett stand, fallen. »Warum? Sag mir einfach, warum«, flüsterte sie.

Simon zuckte mit den Schultern. Eine Bewegung, die ihm offensichtlich Schmerzen bereitete, denn kurz verzog er das Gesicht, nahm jedoch gleich darauf wieder Haltung an. »Vielleicht die ganze Arbeit in der Skischule. Und der Stress mit dir und meiner Mutter.«

Verena riss perplex die Augen weit auf. »Was meinst du denn damit?«

»Na, du und meine Mutter müsst immer eure Kämpfe austragen, und ich stehe dazwischen und weiß nicht, was ich tun soll. Das geht mir einfach schrecklich an die Nieren.«

»Also bin ich schuld, dass du fremdgegangen bist?«, fragte Verena jetzt mit bitterer Stimme.

»Nein, gar nicht. So habe ich es nicht gemeint«, unterbrach er sie. »Ich möchte dir doch nur beschreiben, unter welchem Druck ich stehe. Und dann kommt diese Katja und macht mir schöne Augen. Es gibt keine Diskussionen mit ihr, stattdessen erklärt sie mir andauernd, wie toll sie mich findet.«

»Schön für dich«, sagte Verena knapp. Sie stand auf, länger würde sie sich Simons Erklärungen sicher nicht mehr anhören.

Auf einmal fiel ihr ein, dass sie gemeinsam mit Katja ihr Hochzeitskleid ausgesucht hatte. Die Frau, die mit ihrem Verlobten schlief, hatte sich doch tatsächlich erdreistet, ihre angeblich zu breit erscheinenden Schultern zu kritisieren. Als Verena daran dachte, hatte sie kurz das Gefühl, als ob ihr gesamter Mageninhalt, Salzstangen und Oliven von der Eröffnungsfeier vorhin, wieder hochkommen würde. Hastig schluckte sie den sauren, unangenehmen Geschmack wieder hinunter und wollte nur noch eins: Weg von hier!

Aber Simon hielt sie an der Hand fest. »Liebling, ich wollte dir nicht weh tun, das war das Letzte, was ich vorhatte.«

Du hast mein Herz gebrochen!, hätte sie ihn am liebsten angeschrien, stattdessen sagte sie – gar nichts. Er jedoch sprach weiter: »Es war eine riesige Dummheit von mir, das ist mir klar. Und nur ich allein bin daran schuld.« Er warf ihr einen flehenden Blick zu. »Aber du musst mir glauben, dass ich die Sache heute ohnehin beenden wollte. Wirklich. Wäre nicht dieser blöde Unfall dazwischengekommen und dieser dämliche Autofahrer hinter mir, der natürlich sofort einen Krankenwagen rufen musste.«

»Klar, dann hätte ich womöglich nie etwas davon erfahren«, sagte Verena mit belegter Stimme, »hätte mich weiterhin mit Katja getroffen, mit ihr ein Glas Wein getrunken, während sie sich insgeheim darüber halb totlacht, wie duselig ich doch bin.«

»Wie du das sagst, klingt es ganz schrecklich«, warf Simon ein, um sofort hinzuzufügen: »Und es ist auch einfach schrecklich. Da möchte ich gar nichts beschönigen.«

»Was du nicht sagst.«

Wütend versuchte Verena, ihre Finger aus seiner Hand zu befreien, was gar nicht so einfach war. Schließlich ließ er sie los. »Bitte verzeih mir, ich verspreche, dich nie wieder zu verletzen.«

»Ich weiß nicht«, murmelte sie, nun fühlte sie sich fast ebenso benommen wie nach einem Auffahrunfall – oder gleich wie durch den Fleischwolf gedreht.

»Bitte, Verena«, sagte Simon, versuchte sich aufzurichten – nur um gleich darauf mit einem lauten Stöhnen in sein Kissen zurückzusinken. »Bitte verzeih mir.«

Spöttisch zog sie eine Augenbraue in die Höhe. »Wie oft möchtest du diesen Satz noch wiederholen?«

»So oft, bis er Wirkung zeigt«, kam es prompt zurück.

Auf einmal glaubte sie, so etwas wie ein spitzbübisches Funkeln in seinen Augen zu erkennen. Ganz der alte Simon, der seine Umgebung und auch sie doch immer wieder mit seinem Charme um den Finger wickeln konnte. Doch dieses Mal hatte er sich getäuscht. »Ich muss hier raus«, sagte sie noch, bevor sie, ohne ihn nochmals anzusehen, aus dem Zimmer lief.

Auf dem Flur kam ihr eine mollige Krankenschwester Ende fünfzig entgegen. Sofort spürte sie die mütterliche Ausstrahlung der Frau, die ihr mit einem freundlichen Lächeln die Hand entgegenstreckte. »Hallo, ich bin Schwester Edith, ich musste nur kurz in den OP-Bereich. Wir zwei haben doch vorhin telefoniert, nicht wahr?«

Verena schüttelte ihr die Hand, nickte dabei. »Ja. Vielen Dank, dass Sie an das Handy meines Verlobten gegangen sind.«

Verlobter! In diesem Moment klang dieses Wort in ihren Ohren absolut unwirklich. So, als ob sie noch ein kleines Mädchen wäre und mit dem Nachbarsburschen Braut und Bräutigam spielen würde. Nur ein Spiel, nichts dahinter.

»Geht es Ihnen gut? Wollen Sie ein Glas Wasser trinken?«, riss sie Schwester Ediths Stimme aus ihren seltsamen Gedanken.

»Nein, nein. Also ja. Also alles in Ordnung und kein Wasser«, stammelte sie daher, als ob sie nicht mehr ganz richtig im Oberstübchen wäre.

»Ihr Verlobter wird wieder ganz gesund, machen Sie sich da mal keine Sorgen! Sie schauen ja drein wie ein Gespenst um Mitternacht«, sagte Schwester Edith begütigend, jetzt erst merkte Verena, dass sie ihr, während sie sprach, sanft die Hand tätschelte. »Und seine Begleitung hat auch nur eine kleine Platzwunde am Kopf, die wurde mit ein paar Stichen wieder genäht. Im neuen Jahr wird man kaum mehr etwas davon sehen. Sie heißt übrigens Katja Leimhof. Vorhin am Telefon dachten sie ja, ein Konrad wäre mit im Auto gewesen.«

»Danke, ich wusste bereits, dass es Katja gewesen ist«, sagte Verena mit bibbernden Lippen, so als ob sie in Eiswasser getaucht worden wäre.

Die Blicke der beiden Frauen auf dem Flur des Krankenhauses trafen sich, und nun schien die Krankenschwester zu verstehen. »Ach, Mädel«, sagte sie, während sich in Verenas Augen immer mehr Tränen sammelten, »was für eine Gemeinheit.«

Dann zog Schwester Edith die junge Frau an ihre stattliche Brust, strich ihr mit beschwichtigenden Lauten über den Rücken. Normalerweise hätte es Verena mehr als seltsam gefunden, sich von einer wildfremden Frau umarmen zu lassen. Aber jetzt, wo sie an deren üppigem Busen lehnte und leise vor sich hin schluchzte, hatte sie das Gefühl, als ob sie sich niemals mehr von Schwester Edith losmachen könnte.

Auf einmal klopfte Verena jemand von hinten auf die Schulter. Erschrocken drehte sie sich um und schaute geradewegs in Fannys Gesicht. Erkennbar entnervt verdrehte Simons Mutter die Augen. »Verena, ich war eben bei meinem Buben. Die Ärzte haben ihn genau durchgecheckt. Es geht ihm gut, nur eine kleine Gehirnerschütterung.«

»Ja, ich weiß«, murmelte Verena, wischte sich mit dem Handrücken hastig die Tränen weg.

Fanny stöhnte auf. »Und warum bist du dann so dermaßen aufgelöst? Simon hilft es jetzt bestimmt nicht, wenn du hier die Drama-Queen spielst.«

»Da hast du recht«, sagte Verena und gab sich einen Ruck.

Keine einzige Sekunde länger ertrug sie Fannys Anwesenheit. Sie nickte ihr und Schwester Edith kurz zu, dann verließ sie ohne ein weiteres Wort das Krankenhaus.

# 7

»Bist du schmal geworden! Und ich werde immer dicker.«

Die hochschwangere Gitti, die eben ihren kugelrunden Bauch vor sich herschiebend die »Wollfee« betreten hatte, starrte Verena ungläubig an. »Und ein bisschen blass bist du heute auch.« Im nächsten Moment wurde ihr offensichtlich bewusst, dass ihre Äußerungen nicht eben charmant gewesen waren, und sie ruderte zurück. »Aber fesch bist du wie immer! Und dein hübscher hellblauer Pulli ist doch sicher selbst gestrickt.«

»Servus Gitti! Ja, in letzter Zeit ist es mir nicht so gut gegangen«, begrüßte Verena die junge Frau. Sie nahm ihr die Äußerungen wirklich nicht übel, Gitti meinte es ja nicht böse. Vielleicht auch, weil sie solche oder ähnliche Worte in letzter Zeit viel zu oft gehört hatte.

Das neue Jahr war ins Land gezogen, erst ein paar Tage alt, jedoch kam es Verena so vor, als ob zwischen dem 18. Dezember und dem heutigen Tag Jahre vergangen wären.

Kurz schloss sie die Augen, dachte an Simons Flehen zurück, als er aus dem Krankenhaus nach Hause gekommen war. »Bitte, verzeih mir!«, hatte er sie angebettelt. »Dieser eine

Blödsinn von mir wird doch nicht unsere ganze Beziehung zerstören. Das dürfen wir einfach nicht zulassen.«

Verena hatte sich auf die Unterlippe gebissen, wollte mit keiner sarkastischen Bemerkung kontern. Aber was hieß bitteschön ›Das dürfen wir nicht zulassen‹? Diese Worte klangen ja geradezu so, als ob sie ebenso daran schuld wäre, wenn ihre gemeinsame Liebe in Trümmern lag. Verena war hin- und hergerissen. Der Vertrauensbruch tat ihr ja fast körperlich weh. In ihrer Fantasie sah sie es auch jetzt noch geradezu vor sich, wie Simon sie mit Katja betrog, sich die beiden womöglich noch über ihre Gutgläubigkeit amüsierten. Nun kam sich Verena einfach nur trampelhaft dumm vor. Wie sie Simon die viele Arbeit abgenommen hatte, nicht mal stutzig geworden war, als er plötzlich dauernd in »Harry's Bar« verschwunden war.

»Dort ist mir an einem Abend zufällig die Katja begegnet, wir sind ins Reden gekommen«, hatte er die Karten auf den Tisch gelegt. »Zuerst war es wirklich völlig harmlos zwischen uns, aber dann hat sie mit mir zu flirten begonnen. Du weißt ja, wie sie ist.« Als er Verenas entsetzten Blick sah, hatte er schnell hinzugefügt: »Ich weiß, es ist trotzdem meine Schuld. Und ich hasse mich selbst dafür.« Schließlich hatte er mit Tränen in den Augen hinzugefügt: »Ich liebe dich, Verena. Nur dich.«

Jetzt, als Gitti vor ihr im Wollladen stand, blinzelte Verena einige Male. So richtig glauben konnte sie es ja selbst nicht, aber sie hatte Simon tatsächlich verziehen. »Jeder Mensch kann einmal einen Fehler machen«, hatte sie sich wie ein Mantra immer wieder vorgesagt, »und fast jeder hat eine zweite Chance verdient.« Und ja, die letzten Jahre mit Simon waren zu schön gewesen, um sie einfach wegzuwerfen. Auch wenn sowohl Leni als auch ihre Eltern keinen Hehl daraus gemacht hatten, dass sie Verenas Entscheidung nicht unbedingt guthießen, sie blieb dabei.

»Kind, wenn der Simon dich schon vor der Hochzeit betrügt«, hatte Gerda gejammert, »wo soll denn das nur hinführen?«

Auch Leni hatte ihren Standpunkt klipp und klar dargelegt: »Seine Verlobte mit deren Freundin zu betrügen, ist ein absolutes No-Go. Geht gar nicht. Und weißt du, was ich am schlimmsten finde: So richtig überrascht es mich beim Simon gar nicht. Er war doch auch vor dir ein totaler Hallodri.«

Sowohl ihrer Mutter als auch ihrer Freundin gegenüber hatte sich Verena bemüßigt gefühlt, Simon zu verteidigen: »Er weiß selbst, dass er sich total danebenbenommen hat. Aber er wird es nie wieder tun. Und ich möchte mir unser Glück einfach nicht nehmen lassen.«

Jetzt streichelte Gitti ihr sacht über den Oberarm. »Geht's dir denn jetzt wieder gut?«

»Sicher«, sagte Verena, setzte ein rasches Lächeln auf. »Das letzte Jahr hier im Geschäft ist sehr gut zu Ende gegangen, und das neue Jahr läuft vielversprechend an, langsam glaube ich wirklich an den Erfolg der ›Wollfee‹.«

Gitti riss die Augen weit auf. »Hast du etwa auch nur einen Moment daran gezweifelt?«

»Na ja, so ein Anfang ist ja nicht immer ganz einfach.«

Sie musste an die Jaucheattacken denken, die zwar seltener geworden waren, aber nicht ganz aufgehört hatten. Erst am Vortag hatte wieder jemand Kuhdung vor ihrem Eingang abgeladen. Und immer noch hatte sie keine Ahnung, wer dafür infrage kommen konnte. Eigentlich hätte sie es schon längst tun wollen, hatte es immer wieder vor sich hergeschoben, aber sie musste unbedingt mit ihren Vermieterinnen sprechen und ihnen ihren Verdacht gegenüber deren Cousine, der Resi, mitteilen. Auch auf die Gefahr hin, dass Josefa und Adelheid sauer auf sie werden würden. Tja, durch die Sache mit Simon und Katja war sie so dermaßen aus der Bahn geworfen worden, dass sie all ihre Kraft gebraucht hatte, um überhaupt ihren Alltag zu überstehen. Wenn sie nur an das Weihnachtsfest bei ihren Eltern dachte, immer wieder hatte sie schlucken müssen, bloß um nicht in Tränen auszubrechen. Am nächsten Tag war dann die Feier bei Simons Familie gewesen. Obwohl Simon ihr hoch und heilig versichert hatte, dass niemand etwas von Katja und ihm wusste, hatte Verena oft das Gefühl gehabt, als ob mitleidige Blicke auf ihr ruhten. Zumindest von Gisela und ihrem zukünftigen Schwiegervater August. Fanny hingegen war ihr eher wütend erschienen. Aber vielleicht hatte sie sich das auch alles nur eingebildet. Jetzt kam es ihr ohnehin vor, als ob die Feiertage wie im Nebel an ihr vorbeigezogen waren. Sie war zwar anwesend gewesen, hatte aber keine Minute genießen können. Da war es ihr fast als Trost erschienen, dass sie ausgerechnet am 31. Dezember mit schwerem Kopf und Schnupfennase aufwachte. »Geh ruhig auf die Silvesterparty von Lennart und Gisela!«, hatte sie Simon versichert. »Ich bin froh, wenn ich mich ganz in Ruhe auskurieren kann.«

Den Jahreswechsel hatte sie dann glatt verschlafen, was recht genau ihrer Gesamtstimmung entsprach. So entdeckte sie auch erst am nächsten Morgen die SMS von Felix: »Prosit Neujahr, liebe Verena! Dir und Simon und deiner Familie! Bleib gesund und hab viel Erfolg in der Wollfee! Ich freue mich auf ein Wiedersehen. Und damit du es nur weißt: Ein Geschenk von mir zu deinem Einstand kommt natürlich auch noch! Lieben Gruß, Felix.« Sie schrieb, wie sie hoffte, locker-flockig zurück, so als ob es ihr bestens ginge. Dabei hatte ihr Herz in Trümmern dagelegen, zumindest war dies das Gefühl in ihrem Inneren gewesen.

Und langsam beschlich Verena eine Ahnung, als ob der Eindruck, eine schwere Rüstung zu tragen, die ihre Schultern hinabzog, gar nicht mehr vergehen würde. »Warst du krank?«, fragte Gitti jetzt und musterte Verena dabei ehrlich besorgt.

»Ja, eine ganz üble Erkältung zu Silvester«, war Verena froh, nicht lügen zu müssen. Da Gitti sie immer noch betrübt ansah, fügte sie schnell hinzu: »Aber jetzt geht es mir wieder gut.«

»Super!«, freute sich die Schwangere mit Verena, zeigte dann auf sonnengelbe Wolle in einem Regal.

»Davon hätte ich gern zehn Knäuel. Eine liebe Freundin von mir bekommt auch ein Kind und sie wünscht sich zur Babyshower – du weißt schon, so eine Party, die man neuerdings macht, wenn man schwanger ist – schöne Wolle.« Sie zwinkerte Verena zu. »Offensichtlich hat sie gesehen, welche tollen Sachen ich bereits gezaubert habe.«

»Ganz bestimmt«, lachte Verena und zählte die Knäuel ab. Im nächsten Moment zuckte sie zusammen.

Gitti hatte eben gesagt: »Apropos Freundin. Gestern habe ich deine Freundin beim Einkaufen im Supermarkt getroffen. Katja heißt sie, nicht wahr?«

Langsam drehte sich Verena um. Sie spürte, wie ihre Wangen glühten, bestimmt leuchteten sie so rot wie die Bremslichter eines Autos. »Ja, Katja ist schon richtig. Aber sie ist nicht mehr meine Freundin«, versuchte sie, so gelassen und beiläufig wie möglich zu sagen, merkte jedoch selbst, wie ihre Stimme dabei zitterte.

»Oh …« Gitti wusste offenbar nicht, wohin sie schauen sollte. Ihr Blick wanderte unruhig zwischen den Regalen und dem Verkaufspult hin und her. »Dann stimmt es also doch«, sagte sie schlussendlich leise.

»Was soll stimmen?«

Gitti verzog unglücklich das Gesicht. »Ach, bis jetzt habe ich es gar nicht geglaubt. Meine Tante ist kurz vor Weihnachten auf einer Eisplatte ausgerutscht und musste ins Krankenhaus. Zum Glück nichts gebrochen, nur der rechte Knöchel verstaucht. Aber während sie warten musste, hat sie gehört, wie zwei Krankenschwestern miteinander getuschelt haben. So eine komische Geschichte, dass ein Gspusi nur deshalb aufgeflogen ist, weil die beiden Turteltäubchen einen Autounfall gehabt haben.« Am liebsten hätte Verena »Aufhören!« gebrüllt, doch wollte sie kein Wort ihres persönlichen Horrorfilms verpassen und hing wie gebannt an Gittis Lippen. »Er war angeblich Juniorchef einer Skischule. Und die betrogene Verlobte sollte eine ganz Liebe sein und ein Wollgeschäft besitzen. Tja, meine Tante ist zwar ein herzensguter Mensch, aber sie neigt dazu, Geschichten ordentlich auszuschmücken. Deshalb habe ich alles als total übertrieben angesehen.« Mit einem tiefen Seufzer fügte sie hinzu: »Vor allem, weil du und der Simon wie das absolute Traumpaar auf mich wirkt.«

Verena hatte keine Kraft mehr, zu schwindeln. »Ehrlich gesagt hat deine Tante recht genau hingehört. Leider stimmt das alles.«

»So ein Mist«, murmelte Gitti, fügte dann leise hinzu: »Und wie geht es jetzt weiter?«

»Simon und ich haben uns wieder versöhnt. Es ist jetzt alles wieder gut bei uns. Ich vertraue ihm, dass so etwas nie wieder passiert.«

»Sicher«, pflichtete Gitti ihr ein wenig zu schnell bei, »noch einmal wird er bestimmt nicht dermaßen dumm sein und Gefahr laufen, eine so tolle Frau wie dich zu verlieren.«

Sie zahlte ihre Wolle, dann umarmte sie Verena. Diese fand Gittis liebevolle Art zwar rührend, hatte dabei aber auch Sorge, jeden Moment in Tränen auszubrechen. Vorsichtig schob sie die Schwangere von sich weg. »Nicht zu lieb sein, sonst heule ich noch los.«

Gitti zwinkerte ihr aufmunternd zu. »Kenne ich. Seit ich schwanger bin, könntest du auch Frau Rührselig zu mir sagen. Manchmal kommen mir bereits die Tränen, wenn ich nur an der Windelabteilung im Supermarkt vorbeigehe. Weil ich dann an mein Baby denken muss.«

Kichernd setzte sie nach: »Offensichtlich blendet mein Hirn dabei völlig aus, dass diese Windeln später dann nicht mehr ganz so wohlduftend und frisch bleiben.«

Beide lachten, dann verabschiedeten sie sich voneinander. Verena schaute der anderen nach, wie sie mit schwerfälligem, breiten Gang zur Tür lief. Die Klinke in der Hand drehte sie sich noch einmal um. »Da bin ich ja fast froh, dass ich dieser blöden Katja im Supermarkt mit dem Einkaufswagen aus Versehen in die Fersen gefahren bin.« Sie setzte eine verwegene Miene auf. »Das nächste Mal geschieht es mit Absicht.«

»Das hast du gesagt«, entgegnete Verena, die sich trotz ihrer Schwermut nun ein Schmunzeln nicht verkneifen konnte.

Kaum hatte Gitti die »Wollfee« verlassen, klingelte erneut das Glöckchen an der Ladentür. Simon, der einen Topf in der Hand hielt, stemmte sich mit dem Rücken gegen die Tür, um sie zu öffnen. Verena lief ihm mit erstauntem Blick entgegen. »Was bringst du denn mit?«

Er hauchte ihr einen fast schüchternen Kuss auf die Wange. Sie blinzelte, musste plötzlich überlegen, ob sie die Zärtlichkeit als schön oder als unangenehm empfand. Sie konnte die Frage nicht eindeutig beantworten. Einerseits sehnte sie sich nach Simon, wollte in seinen Armen liegen, mit einer leidenschaftlichen Nacht wieder den Zustand herstellen, wie er vor diesem Abend im Dezember gewesen war. Auf der anderen Seite sperrte sich ihr Körper noch gegen seine Berührungen. Seit dem betreffenden Abend hatten sie noch nicht miteinander geschlafen. Auch wenn sich Verena in der letzten Nacht gedanklich bemüht hatte, zu entspannen, rebellierte ihr Körper gegen die intime Berührung. »Ich brauche einfach noch mehr Zeit«, hatte sie Simon vertröstet.

Obwohl er leise »Ja, klar« gemurmelt hatte, bemerkte sie an seinen zusammengekniffenen Augen, dass er sich insgeheim ärgerte. Womöglich unterstellte er ihr sogar, ihn bestrafen zu wollen. Dass sie sozusagen mit den Waffen einer Frau kämpfte und so ihre Macht über ihn demonstrierte – aber das wollte sie gar nicht. So sehr sie Simon all die Jahre zuvor immer begehrt hatte, im Moment löste seine Nähe dermaßen widersprüchliche Gefühle in ihr aus, dass sie lieber noch ein wenig auf Abstand gehen wollte.

»Hallo Liebling, ich bringe dir Suppe mit. Wegen deiner Erkältung«, sagte er jetzt mit einem charmanten Lächeln im Gesicht.

Verwirrt kniff sie die Augen zusammen. »Mir geht es doch schon längst wieder gut. Vielleicht huste ich noch manchmal, aber sonst …«

Wie ein altmodischer Lehrer hob er gespielt streng den Zeigefinger in die Höhe. »Siehst du. Ganz gesund bist du eben noch nicht. Darum tut dir eine selbst gekochte heiße Suppe sicher gut.«

Der Topf stand mittlerweile oben auf der Verkaufstheke, und als Verena den Deckel anhob, drang tatsächlich ein vollmundiger und köstlicher Duft nach Karotten, Sellerie und Rindfleisch in ihre Nase. »Seit wann kannst du denn Suppe kochen?«, fragte sie, während sie weiter schnupperte.

»Seit ich meine kranke Verlobte ganz schnell wieder gesund machen möchte.«

Er nahm sie in die Arme und zog sie an sich heran. Zuerst erschrak sie, wollte instinktiv zurückweichen, doch dann schloss sie die Augen, schmiegte sich an ihn. Auf ihrer Haut begann es leicht zu prickeln. Ja, jetzt fühlte es sich wieder gut an, schön und vertraut wie früher. Auch das Wort »Verlobte« aus Simons Mund ließ sie nicht mehr zusammenzucken, so wie in den Tagen zuvor. Da war sie sich noch unsicher gewesen, ob es überhaupt noch passte. Im Grunde konnten sie beide die Hochzeit im Mai absagen. Als sie das gegenüber Simon erwähnt hatte, war von ihm ein Blick gekommen wie von einem tödlich getroffenen Hirsch. »Bitte nicht! Gib mir bitte Zeit, zu beweisen, wie sehr ich dich liebe!«

Und jetzt stand er da und brachte ihr selbst gekochte Suppe! Er, der Mann, der jahrelang nicht mal gewusst hatte, wo die Töpfe in der Küche standen! Prompt musste sie grinsen, ließ es dann auch zu, als er sie küsste. So richtig küsste. Nun drehte sie auch nicht mehr den Kopf weg, so wie sie es die letzten Male getan hatte. »Liebling, wir beide schaffen das«, flüsterte er ihr ins Ohr, »du wirst sehen, alles wird gut bei uns.«

»Ja«, antwortete sie leise und ließ sich erneut küssen.

Wieder war es die Glocke an der Ladentür, die sie hochschrecken ließ. Verlegen fuhr sie sich mit dem Handrücken über ihre Lippen. Himmel, sie benahm sich ja wie eine Sechzehnjährige, die nichts Besseres zu tun hatte, als mitten am Tag mit ihrem Freund herumzuknutschen! Sie wandte sich mit einem Lächeln in Richtung Eingang, welches jedoch rasch erstarb, als sie sah, wer da zur Tür hereinkam.

Etwa zur gleichen Zeit klopfte Felix Wolters seiner Verkaufsleiterin Silvia anerkennend auf die Schulter. Gerade hatte sie einem nicht eben leicht zu befriedigenden Kunden gleich zwei Brillengestelle edler Marken verkauft. Als der gut gekleidete Endfünfziger vorhin mit energischen Schritten ins Geschäft spazierte, war sich Felix eigentlich sicher gewesen: Dieser Mann kauft hier sicher nichts ein. So hochmütig, wie er seinen Blick über die Regale hatte wandern lassen, hätte wohl auch jemand mit weniger Menschenkenntnis als Felix daraufkommen können, dass dem feinen Herrn hier schon mal prinzipiell nichts gut genug war. Aber manchmal konnte man sich eben auch täuschen. »Das hast du toll gemacht, wie du dem Mann ganz sachlich und gleichzeitig freundlich die verschiedenen Modelle erklärt hast«, lobte Felix Silvia, deren Wangen die Farbe reifer Erdbeeren angenommen hatten.

»Ach, das war doch nichts Besonderes«, wiegelte sie ab, dabei war der Stolz in ihrer Stimme nicht zu überhören.

»Und ob es etwas Besonderes war«, ließ ihr Chef nicht locker und zwinkerte ihr zu.

Gleich darauf bereute er diese kleine Geste, denn Silvias Augen begannen dermaßen zu leuchten, dass es ihm fast ein wenig zu viel wurde. Hoffentlich schwärmt sie nicht für mich, schoss es ihm sogleich durch den Kopf. Die letzten Wochen hatte er immer wieder das Gefühl gehabt, als ob sie ihn bei jedem Blickkontakt ein klein wenig zu lange angesehen hätte. Und so, wie sie oft den Kopf schieflegte, vermittelte sie ihm sehr wohl den Eindruck, als ob sie mit ihm flirten würde. Bitte nicht, musste er nun denken, bitte lass es bloß Einbildung sein! Natürlich war Silvia eine hübsche Frau, die eigentlich nicht der Typ war, um als Single durchs Leben zu streifen, und er war mit der Arbeit der kompetenten Optikerin äußerst zufrieden. Und natürlich konnte er sie auch gut leiden. Aber mehr? Nein, sie interessierte ihn kein bisschen, und er war sich verdammt sicher, dass sich dieser Zustand niemals ändern würde. Kurz kam er ins Grübeln. Interessierte ihn nach seiner Trennung in Innsbruck im Moment überhaupt eine Frau? Nein, gab er sich selbst die Antwort, ich bin heilfroh, erst mal nur für mich zu sein.

Dass Luise, seine inzwischen Exfreundin, ihn eine ganze Weile lang betrogen hatte, bevor sie endlich mit der Wahrheit herausgerückt war, hatte ihm ordentlich zugesetzt. Danach war für ihn klar gewesen: Das hier ist der Schlusspunkt unserer Geschichte. Er änderte seine Meinung auch nicht mehr, als Luise plötzlich zu begreifen schien, dass sie ihn gar nicht verlassen wollte, der andere ihr nichts mehr bedeutete. Nein, die Sache war für ihn vorbei. Und wenn er in sich hineinhorchte, spürte er, dass er die richtige Entscheidung getroffen hatte. Also konnte er es nur perfekt nennen, wie es gerade war. Er lebte als äußerst zufriedener Single, interessierte sich für kein weibliches Wesen.

»So ganz stimmt das aber auch nicht«, meldete sich da eine vorwitzige Stimme in seinem Hinterkopf, »du weißt doch ganz genau, dass es da jemanden gibt … jemanden mit großen braunen Augen …«

In diesem Moment stellte er erleichtert fest, dass Silvia ihn gerade ansprach. Und so konnte er den peinlichen Gedanken, der sich bitte rasch wieder verabschieden sollte, zur Seite schieben.

»Du kannst wirklich zufrieden sein«, sagte Silvia gerade, »seit das Geschäft geöffnet hat, läuft es fantastisch.« Nun zwinkerte sie ihm zu. »Hat sich offenbar schon herumgesprochen, was für ein guter Optiker du bist.«

Felix lachte, zeigte dann übertrieben frech mit dem Zeigefinger auf sie. »Nein, du bist es! Du bist die famose Optikerin!«

Silvia lachte nun auch, und zum Glück hatte sie jetzt keine schmachtende Miene aufgesetzt. Er ließ seinen Blick kurz in seinem Geschäft umherwandern. Sein anderer Verkäufer und das Lehrmädchen befanden sich noch in der Mittagpause, mussten aber jeden Moment zurückkommen. Und viel war im Moment nicht los: Eine ältere Dame probierte Brillengestelle, wollte jedoch erst mal keine Beratung, wie Silvia bereits herausgefunden hatte. Ansonsten stand nur noch eine etwa Zwanzigjährige vor dem Ständer mit den Sonnenbrillen und schaute unschlüssig. Felix wollte eben zu ihr hingehen, da verabschiedete sie sich und schlenderte zur Tür. Im Hinausgehen sagte sie noch: »Ich komme morgen noch mal wieder. Mit meinem Papa.« Auf einmal grinste sie breit. »Ich glaube, es wird eine teure Sonnenbrille werden.«

Silvia verzog spaßig ihren Mund. »Tja, wenn Sie wissen, wie Sie ihren Papa am besten um den Finger wickeln, wird das ja vermutlich kein Problem sein.«

»Keine Sorge, das weiß ich!«, lachte die junge Frau, dann war sie auch schon draußen auf der Straße.

Felix und Silvia warfen sich amüsierte Blicke zu, schließlich meinte er: »Ich bin mal für eine halbe Stunde weg, aber Jonas und Marie müssten eigentlich gleich wieder hier sein.«

»Ja, geh nur! Jetzt ist es eh ruhiger geworden, da kann ich das Kind auch alleine schaukeln.«

Als sie sah, dass er ein in grünes Geschenkpapier gewickeltes Päckchen mit Schleife aus einer Schublade holte und in die Innentasche seines Mantels steckte, fragte sie neugierig: »Na, bist du etwa zu einem Geburtstag eingeladen? Dann kannst du gerne auch länger bleiben.« Scherzhaft ermahnend fügte sie hinzu: »Du arbeitest ohnehin zu viel, Chef!«

»Aber nein«, grinste er, wirklich froh darüber, dass Silvia und er sich gut verstanden. Hoffentlich hatte er sich ihre Schwärmerei bloß eingebildet. Bist halt ein eingebildeter Gockel, der glaubt, jede steht auf dich!, tadelte er sich im Stillen amüsiert, doch dann meldete sich wieder diese vorwitzige Stimme in ihm: »Aber die eine, die du so gern hast, die wirst du niemals kriegen.« Unwirsch schüttelte er den Kopf, bemerkte erst nach einer kleinen Weile, dass Silvia ihn nach wie vor ansah, da er ihre Frage bisher noch nicht beantwortet hatte. »Nein, kein Geburtstagsfest«, sagte er hastig, »ich mache nur einen Abstecher zur Aichinger-Verena in den Wollladen, um ihr endlich eine Kleinigkeit zum Einstand zu schenken. Die Verena ist eine alte Freundin von mir, noch aus der Schulzeit.«

Silvia schaute plötzlich betroffen drein. »Ja, die Verena, das ist wirklich keine schöne Geschichte. Und sie hat bei unserer Einweihungsfeier so nett gewirkt.«

»Was meinst du damit?«, fragte Felix erschrocken, plötzlich war ihm ganz heiß geworden.

Silvia warf ihm einen erstaunten Blick zu. »Weißt du das denn nicht? Inzwischen hat es sich wohl in ganz Kitzbühel rumgesprochen. Simon, ihr Verlobter, hat sie kurz vor Weihnachten mit einer ihrer Freundinnen betrogen. Mit dieser Katja. Weißt du noch, die hatte dir aus Jux doch diese hässliche alte Brille geschenkt?«

Als Felix den Namen hörte, verkrampfte sich automatisch sein Magen. Was für ein Biest. »Sicher kann ich mich erinnern.« Atemlos fragte er nach: »Und, was ist jetzt?«

Silvia zuckte augenscheinlich resigniert mit den Schultern. »Die Verena hat dem Simon verziehen. Also, ich hätte das sicher nicht gemacht. Hoffentlich bereut sie es nicht.«

»Ja, hoffentlich …«, murmelte Felix, der sich gar nicht ausmalen wollte, wie sich Verena gerade fühlte.

Womöglich war es ja in dieser Situation unpassend, wenn er jetzt mit einer CD – er hatte extra bei Verenas Mutter angerufen, um die richtige Musikrichtung herauszufinden – und einem Gutschein für eine Massage in einem Wellnesstempel in Kitzbühel bei ihr auftauchen würde. Als ob sie gerade keine anderen Sorgen hätte, als sich lustig zu entspannen. Kurz überlegte er, seinen Antrittsbesuch erst in ein paar Tagen zu machen, entschied sich aber sofort dagegen. Gerade jetzt, wo es Verena bestimmt nicht gut ging, wollte er seiner Jugendfreundin zumindest zeigen, dass er für sie da war. Auch wenn er absolut nicht wusste, ob und wie er ihr eigentlich helfen konnte oder sollte.

»Hallo, Mama!«, sagte Verena überrascht, ja fast erschrocken, als ihre Mutter die »Wollfee« betreten hatte und nun vor dem Verkaufstresen stand. »Waren wir für heute verabredet?«

Gerda warf einen kühlen Blick in Simons Richtung, der sie eilig begrüßte, dann erklärte sie: »Muss ich mich jetzt etwa anmelden, wenn ich zu dir in den Laden kommen möchte?«

»Nein, natürlich nicht«, sagte Verena schnell, die nicht zugeben wollte, wie unangenehm ihr dieses Zusammentreffen von Simon und ihrer Mutter war.

Als sie ihren Eltern von seinem Betrug erzählt hatte, waren diese schlichtweg entsetzt gewesen – und voller Sorge um ihre verzweifelte Tochter. Ihrer Meinung nach war nach diesem Vorfall klar, dass sie einen besseren Mann als den Simon verdient hatte. Da konnte er noch so charmant und gut aussehend sein, ein wohlhabender Skischulbesitzer in spe noch dazu – wer ihre Tochter kurz vor der Hochzeit so dermaßen verletzte, war in ihren Augen kein optimaler Anwärter als Schwiegersohn. Dennoch respektierten sie Verenas Entscheidung, ihm zu verzeihen. »Bist wohl blind vor Liebe«, hatte ihr Vater nur gemeint, sie aber gleich darauf in seine Arme geschlossen.

Wenn Verena jetzt daran dachte, wie sie noch vor Kurzem um das Liebesglück ihrer Eltern gezittert hatte, während ihr eigenes zu zerbrechen drohte, hätte sie, wenn es nicht so traurig gewesen wäre, fast darüber lachen können. Was für eine Ironie des Schicksals! Zum Glück verstanden sich Gerda und Josef nun wieder besser denn je, bloß Verenas Seelenheil bereitete ihnen Kopfzerbrechen. Und so war es Verena gerade einfach lieber, wenn ihre Eltern und Simon sich in nächster Zeit nicht allzu oft begegneten. Denn bei jedem Treffen hing die schlechte Stimmung wie eine dicke Smogwolke über ihnen. Auch jetzt. »Na, Simon, hast du heute etwa frei?«, fragte Gerda den jungen Mann mit frostiger Stimme.

»Nein«, erwiderte er, »ich muss gleich in die Skischule. Aber vorher wollte ich Verena noch warme Suppe bringen, wegen ihres Hustens.«

»Die hat er selbst gekocht«, sagte Verena, kam sich gleich darauf aber ein bisschen albern vor. Sie redete ja wie eine Mama daher, deren Sprössling einen Kuchen im Sandkasten backen kann.

Prompt zog Gerda spöttisch eine Augenbraue in die Höhe. »Suppe als Allheilmittel, wie schön. Da kann man ja niemandem mehr böse sein.«

»Herrje …«, begann Verena gereizt, doch Simon unterbrach sie: »Alles gut. Aber ich muss jetzt ohnehin los. Tschüss, Gerda! Tschüss, Liebling!« Er hauchte Verena ein Küsschen auf die Wange, dann schlüpfte er rasch in seine Jacke und eilte zur Tür hinaus.

Gerda schaute ihm kurz nach, dann wandte sie sich an ihre Tochter. »Kind, ich habe einfach kein gutes Gefühl beim Simon. Sondern eher große Angst, dass er dich wieder unglücklich macht.«

»Mama, man kann das Unglück aber auch herbeireden!«, sagte Verena aufgebracht. »Und ich wäre dir wirklich dankbar, wenn du nicht weiterhin unken würdest!«

Gleich darauf taten ihr die unfreundlichen Worte leid, normalerweise blaffte sie ihre Mutter nicht so barsch an. Aber im Moment lagen ganz offensichtlich ihre Nerven blank. Zum Glück nahm Gerda ihr nichts krumm. »Vreni, ich wünsche mir doch nur, dass alles gut wird für dich!« Verschwörerisch zwinkerte sie ihrer Tochter zu. »Mir hast du ja schließlich auch schon bei Liebesproblemen beigestanden.«

Als Verena an ihre gemeinsame und überaus peinliche Verfolgungsjagd dachte, die sie schließlich ins Fitnesscenter zu ihrem Vater geführt hatte, musste sie prompt grinsen. Gleich darauf sackten ihre Mundwinkel jedoch wieder herab. Ihr fiel nämlich ein, dass diese Aktion vor dem Auffliegen von Simons Betrug stattgefunden hatte – als noch alles anders gewesen war. Plötzlich fühlte sie einen dumpfen Schmerz in der Brustgegend. Offenbar hatte sich ihr Leben in ein Davor und ein Danach geteilt, diese Erkenntnis traf sie wie ein Schlag. Gleichzeitig hoffte sie, dass irgendwann, wenn Simon und sie wieder rundum glücklich miteinander waren, dieses Davor und Danach keine Rolle mehr spielen würde.

»Vreni, weißt du was?«, meinte ihre Mutter. »Zuerst isst du ein bisschen was von der Suppe, und dann machst du mal zwei Stündchen Pause. Ich halte hier die Stellung.«

»Wäre das wirklich okay?«, fragte Verena, der plötzlich bewusst wurde, wie schrecklich müde sie sich fühlte.

»Aber sicher. Der Papa wird auch jeden Moment hier sein.«

»Na gut, dann hast du ja Unterstützung«, sagte sie erleichtert, nahm ihre Mutter kurz in den Arm.

»Dann gehe ich lieber gleich heim«, entschied sie sich, denn vielmehr als nach Suppe sehnte sie sich nach einer Siesta auf ihrem Sofa. Außerdem wollte sie jetzt nicht unbedingt ihrem Vater begegnen, der ihr womöglich auch noch mit seiner Meinung, dass Simon nicht der Richtige für sie wäre, in den Ohren liegen würde. Jetzt bitte nicht.

Sie schlüpfte in Windeseile in ihren Mantel und band sich den Schal um. Nachdem sie ihre Mutter noch kurz umarmt hatte, war sie auch schon draußen. Erst auf der Straße setzte sie sich ihre Wollmütze auf, hörte noch, wie ihre Mutter ihr verwundert nachrief: »Du hast es aber eilig, Vreni!«

Verena tat so, als ob sie nicht richtig verstanden hätte, drehte sich noch kurz um und winkte. Dann eilte sie mit raschen Schritten quer durch die Kitzbüheler Innenstadt.

Um ein Haar hätte er sie umgelaufen. Natürlich, er hatte ja nicht wirklich auf seine Umgebung geachtet, sondern war tief in Gedanken versunken gewesen. Auch wenn ihn die ganze Sache natürlich gar nichts anging, war er richtiggehend wütend. Auf Simon, der nicht zu schätzen wusste, welch wundervolle Frau er da an seiner Seite hatte. Felix kapierte es einfach nicht! Wie konnte man nur Verena betrügen? Und dazu noch mit diesem dummen Huhn, was seiner Meinung nach die Katja war! Oh, oh, jedoch gerade mit dieser war er an der Straßenecke zusammengestoßen.

Keck und ein wenig verführerisch wie immer grinste sie ihn an. »Da hat es aber jemand eilig. Hallo, junger Mann!«, meinte sie in scherzhaftem Ton.

»Hallo, Katja«, sagte er kühl, wollte bereits weitergehen. Sie machte eine verdutzte Miene, hielt ihn am Ärmel fest. Da ein Gespräch mit ihr so ziemlich das Letzte war, nachdem er sich sehnte, riss er sich ruppig los. »Ich hab's eilig! Tschüss!«

»Was ist denn dir für eine Laus über die Leber gelaufen?«, rief sie aufgebracht und stellte sich ihm dabei in den Weg.

»Lass doch den Blödsinn!«, sagte er mit frostiger Stimme. Er wollte unbedingt von hier weg, sonst bestand die Gefahr, dass er sich nicht mehr länger beherrschen konnte.

»Also, Felix, wirklich. Habe ich dir vielleicht irgendetwas getan?«, fragte sie schmollend, dabei hatte sie die Unterlippe vorgeschoben, was vermutlich sexy aussehen sollte.

»Katja, lass mich einfach vorbei«, sagte er und konnte sich nicht verkneifen, noch hinzuzufügen: »Mir hast du gerade nichts angetan, aber so, wie du durchs Leben gehst, nimmst du ja auf niemanden Rücksicht!«

Augenblicklich färbten sich ihre Wangen daraufhin dunkelrot. »Ich weiß genau, wovon du sprichst. Für alle bin ja nur ich die Böse. Aber hast du dir schon mal überlegt, dass zum Fremdgehen immer zwei gehören? Und dass ich Single bin – während Simon eine Verlobte hat?«

Felix holte tief Luft, lange hielt er diese unmögliche Person nicht mehr aus. »Aber falls du es bereits vergessen hast: Diese Verlobte war zufällig eine gute Freundin von dir!«

Er machte einen Bogen um Katja, die immer noch breitbeinig vor ihm stand und ihm den Weg versperren wollte. Dann hörte er, wie sie ihm nachrief: »Und du, hast du schon vergessen, wie dich Verena damals abserviert hat? So ein Engel war sie vermutlich auch nicht.«

Er schüttelte sich einige Male vor Zorn, schaffte es aber, auf diese Provokation nicht einzugehen. Nein, er drehte sich nicht einmal um, sondern ging mit weit ausholenden Schritten einfach weiter. Gleichzeitig musste er an früher denken, an das Ende seiner Liebe mit Verena. Entsetzt und wütend hatte sie ihn bei ihrem riesigen Streit vor so vielen Jahren angesehen. Damals hatte er es so gedeutet, dass sie schrecklich sauer gewesen war, ertappt worden zu sein. Aber heute, als erwachsener Mann, mit ein bisschen Lebenserfahrung, sah er es doch ein wenig anders. Wenn er jetzt an Verenas Gesichtsausdruck dachte, las er darin vielmehr Bestürzung, wie er ihr überhaupt hatte einen Betrug unterstellen können. Himmel, was war er bloß für ein naiver Idiot gewesen! Statt in Ruhe mit Verena zu sprechen, war er zornig und voll gekränktem Stolz davongerannt. Und je länger er über diese Sache nachgrübelte, desto sicherer wurde er, dass auch in Verenas und seinem damaligen Liebesdesaster Katja eine höchst unrühmliche Rolle gespielt hatte.

»Felix!«, wurde er von der anderen Straßenseite aus gerufen.

Er blickte auf und sah Verena vor einem der Souvenirgeschäfte stehen und winken. Schnell schaute er nach links und rechts, ob ein Auto kam, dann eilte er über die Straße. »Hallo!«

Kurz umarmten sie sich, was ihm seltsamerweise einen fast siedenden Schauer den Rücken hinunterjagte. Fön, bestimmt ein Föneinbruch, redete er sich im Geiste ein, dabei ignorierend, dass er bei der Umarmung um ein Haar einen dicken Eiszapfen vom Vordach des Ladens abgebrochen hätte.

Hektisch löste er sich von Verena und setzte ein möglichst neutrales Lächeln auf. »Eben gerade wollte ich zu dir in die ›Wollfee‹ kommen und dir ein kleines Einstandsgeschenk vorbeibringen.«

»Das ist doch nicht notwendig, aber natürlich total lieb von dir«, sagte sie höflich.

»Nur eine Kleinigkeit«, gab er zurück, dann sah er die dunklen Ringe unter ihren nach wie vor faszinierenden braunen Augen und musste einige Male schlucken. Sogleich verabscheute er Simon noch viel mehr. Dennoch versuchte er, sich nichts anmerken zu lassen, zog die Geschenkpackung, die nun auch noch klemmte, mit einem Ruck aus seiner Manteltasche heraus. Dabei riss das Futter mit einem lauten »Ratsch« leicht ein.

»Ohje, jetzt ist wohl etwas kaputtgegangen«, sagte Verena und schaute erschrocken auf das Loch. Mit einem aufmunternden Lächeln setzte sie nach: »Wenn du möchtest, bring mir den Mantel mal in den Laden, dort habe ich Nadel und Faden, um dir den Riss schnell zu nähen.«

Er nickte ein wenig übereifrig. »Ich komme bestimmt darauf zurück.« Während er ihr das

Päckchen hinhielt, sagte er: »Da ich es offenbar nie schaffe, dich in deinem Geschäft anzutreffen, kriegst du jetzt etwas von mir mitten auf der Straße …«

Er zeigte auf das Schaufenster des Souvenirladens hinter sich, »… direkt vor dieser unglaublichen Vielzahl Kitzbüheler Gämsen aus Holz und Porzellan.«

»Ja, die können ruhig zuschauen«, sagte Verena lächelnd und öffnete das Paket.

»Wow! Ich liebe Michael Bublé!«, rief sie begeistert aus. »Wie bist du denn darauf gekommen?«

Betreten zuckte er mit den Schultern. »Ich könnte jetzt sagen, mein Bauchgefühl hat mich auf den richtigen Weg geführt – aber ehrlich gesagt war es deine Mutter.«

»Ist doch super!«, sagte sie, in seinen Ohren klang es ehrlich erfreut. »Echt süß, danke!«

Weil sie ihn mit ihren schönen, aber irgendwie traurig wirkenden Augen ansah und ihn das zunehmend verwirrte, redete er hastig weiter: »Dann ist noch ein Gutschein für eine Massage dabei. Du weißt schon, so wie du mir mit deinem Geschenk geraten hast, als Geschäftsmann auch mal Pausen einzulegen, rate ich auch dir …«

»… mich mal auf die faule Haut zu legen«, ergänzte Verena.

Erneut schaute sie ihn an. Insgeheim atmete er auf, jetzt wirkte ihr Blick viel strahlender als vorhin. In Gedanken klopfte er sich selbst auf die Schulter. Auch wenn er sich dabei reichlich kindisch vorkam – aber ein wenig war es wohl auch sein Geschenk gewesen, welches ihre Stimmung gehoben hatte.

Einige Tage später wartete am Morgen wieder einmal eine übelriechende Überraschung vor der »Wollfee« auf Verena. »Hört das denn nie auf?«, murmelte sie, während sie mit einem großen Schritt über die verschüttete Jauche vor der Eingangstür hinwegstieg.

Eigentlich wollte sie es dem Täter nicht gönnen, dass sie wegen seiner gemeinen Attacke auch noch heulte, trotzdem konnte sie die aufsteigenden Tränen nicht mehr schlucken, als sie einen Kübel Seifenwasser auf die Straße schüttete und mit einem Besen zu schrubben begann.

»So eine Gemeinheit«, hörte sie eine weibliche Stimme hinter sich rufen. Eine ihrer beiden Vermieterinnen, Josefa, war eben aus dem Tor getreten und betrachtete die Bescherung mit fassungslosem Blick. »Ich verstehe nicht, wer so etwas tut!«, fügte sie in entrüstetem Ton hinzu.

Verena drehte sich zu ihr um. Bis jetzt hatte sie nicht den Mut gefunden, ihre beiden Vermieterinnen auf deren seltsame Cousine, diese Resi, anzusprechen. Aber jetzt ging es wohl nicht anders. »Ich habe da so einen Verdacht«, sagte sie leise.

Josefa horchte auf. »Wirklich?«

»Ja«, sagte Verena seufzend, ihr war die Angelegenheit schrecklich unangenehm, aber da musste sie jetzt eben durch. »Die Resi war im

Dezember bei mir im Geschäft. Sie hat irgendwie wütend gewirkt, dass ich hier eine günstige Miete zahle. Und als ich dann von ihrer Tochter erfahren habe, die ein Ladenlokal für ihren Friseursalon sucht, bin ich stutzig geworden.«

Josefa schien nicht verärgert zu sein, schüttelte jedoch den Kopf. »Ich weiß, die Resi hat manchmal eine pampige Art und vor ein paar Wochen hat sie uns tatsächlich vorgejammert, dass der Laden in unserem Haus doch in der Familie bleiben soll. Aber sie kann es gar nicht gewesen sein.«

»Weil sie nicht mehr in Kitzbühel ist?«, dachte Verena laut. »Aber sie könnte ja heimlich wieder hergekommen sein …«

»Nein«, sagte Josefa, nun hatte ihre Stimme einen traurigen Klang, »erstens würde ich ihr so eine Schandtat wirklich nicht zutrauen, und zweitens liegt sie seit zwei Wochen mit einem gebrochenen Knöchel im Krankenhaus in Salzburg.«

»Oh, dann kann sie es wirklich nicht gewesen sein«, entfuhr es Verena, die sich augenblicklich dafür schämte, eine etwas schrullige, aber völlig unschuldige Frau verdächtigt zu haben. »Bitte, entschuldige!«

Josefa winkte schnell ab. »Ist mir doch auch klar, dass du dir deine Gedanken machst«, erklärte sie, dann blitzten plötzlich ihre Augen auf. »Was hältst du davon, wenn du in nächster Zeit ein paar Mal sehr früh hierherkommst und wir uns zusammen in meiner Wohnung auf die

Lauer legen? Vielleicht erwischen wir den Täter ja in flagranti.«

Kurz stutzte Verena. Auf einen neuerlichen »Detektiveinsatz«, wie die Verfolgung ihres Vaters, hatte sie eigentlich gar keine Lust. Sie kam sich ja bereits beim Gedanken daran verrückt vor. Josefa schien ihre Zweifel zu bemerken. »Ich möchte, dass dieser Spuk endlich vorbeigeht«, sagte sie schließlich mit fester Stimme.

»Du hast recht. Einverstanden! Vielen Dank.«

Mit verschwörerischem Grinsen gaben sich die beiden Frauen die Hand. Nun, da sie womöglich bald dem Täter auf der Spur waren, fühlte sich Verena bereits um einiges leichter.

»Warum gehst du denn heute so früh in den Laden?«, nuschelte Simon am nächsten Morgen unter seiner Decke hervorspähend, als sie bereits kurz vor fünf Uhr aus dem Bett sprang.

»Ich muss Massen von Ware einräumen, das schaffe ich nicht während der Geschäftszeiten«, schwindelte sie aufgeregt, samt einem schlechten Gewissen.

Eigentlich hatte sie ihrem Verlobten noch am Vorabend die Wahrheit sagen wollen, er war jedoch spät nach Hause gekommen – und hatte wieder einmal schlechte Laune gehabt. Ein Umstand, der sich in letzter Zeit häufte, was früher kaum der Fall gewesen war. Natürlich bemühte er sich auch nach wie vor um sie, beteuerte ihr seine Liebe. Aber insgesamt wirkte er abgespannt und oft nicht ganz »geistig anwesend«, wenn sie ihm etwas erzählen wollte. Vermutlich würden seine Eltern nicht darum herumkommen, noch einen weiteren Skilehrer einzustellen.

»Schlaf schön weiter«, flüsterte sie Simon, der die Augen bereits wieder geschlossen hatte, ins Ohr, »wir hören uns später.« Noch ein zarter Kuss auf seine Lippen, danach huschte sie mit leisen Schritten aus dem Schlafzimmer.

Zwei Stunden später war sie nicht mehr aufgeregt, sondern kam sich reichlich blöd vor, als sie unter dem Wohnzimmerfenster, in einem kleinen Erker gelegen, in Josefas Wohnung kauerte und nach draußen linste. Natürlich, sie hatte einen wunderbaren Blick auf den Ladeneingang und die gesamte Straße – aber es passierte so gut wie gar nichts. Abgesehen von einer Frau mit Hund, die eben unten vorbeigegangen war, schien die Straße zu dieser Uhrzeit wie ausgestorben. Josefa, die an der Wand entlangschlich und dabei recht komisch aussah, reichte ihr eine Tasse Kaffee. »Da müssen wir die nächsten Wochen durch.«

»Ich bezweifle, dass ich das überlebe«, murmelte Verena mit einem herzhaften Gähnen.

Die andere tätschelte ihr mütterlich die Schulter. »Doch, doch, Mädel, wir schaffen das.«

Da Josefa mit diesem Spruch auf sie wie Bob, der Baumeister, wirkte, musste Verena auflachen. Im nächsten Moment hielt sie inne. Schritte waren unten auf dem Kopfsteinpflaster zu hören. Energische Schritte wie von einem Mann, der genau wusste, was er wollte. Verstohlen lugte

Verena nach unten. Sie hatte recht gehabt: Es war ein Mann, ein großer, breitschultriger noch dazu. Da es noch dunkel war und der Mann ein Stück weit von der nächsten Laterne entfernt lief, konnte sie kaum etwas erkennen. Außer eines – bei dieser Erkenntnis hielt sie vor Schreck die Luft an. An seiner rechten Hand baumelte ein Eimer, der recht schwer zu sein schien. Soeben schoss der Gedanke durch Verenas Hirn, dass ihr sowohl die Statur des Mannes als auch sein Gang bekannt vorkamen – da erhellte plötzlich die Straßenlaterne sein Gesicht. »Das darf doch wohl nicht wahr sein«, murmelte Verena, die den Mann, der eben den Eimer vor ihrer Geschäftstür ausgoss, eindeutig erkannte.

Geistesgegenwärtig riss sie das Fenster auf und schrie, Josefa an ihrer Seite, hinunter: »Warum tust du das, Lennart?«

Simons Bruder schaute etwas erschrocken nach oben, denn nun war auch noch Josefas Mann ans Fenster getreten. Lennart war es anzusehen, dass er nicht so recht wusste, ob er wegrennen oder stehen bleiben sollte. Offensichtlich entschied er sich für Letzteres. »Weil du eine blöde, verwöhnte Gans bist«, keifte er hinauf, »die im Leben alles geschenkt bekommt!«

Die Angesprochene fühlte sich wie schockgefroren, schaute Lennart, der nun doch mit eiligen Schritten davonlief, völlig fassungslos nach.

# 8

Verena wusste selbst nicht so recht, warum sie sich das hier eigentlich antat. Sicher, Simon hatte sie gebeten, sie geradezu angefleht, nicht zur Polizei zu gehen und Lennart anzuzeigen. Stattdessen hatte er an sie appelliert, an den Ruf seiner Familie zu denken, die schließlich auch bald ihre Familie werden würde.

Tut sie das wirklich?, fragte sich Verena nun, als sie am Esstisch von Simons Eltern saß: zwischen Fanny, August, Gisela und Simon. Lennart saß ebenfalls am Tisch oder vielmehr hockte er wie das sprichwörtliche Elend in sich zusammengeschrumpft auf einem Stuhl.

»Bitte zeig meinen Bruder nicht bei der Polizei an! Der Idiot weiß ja nicht, was er tut!«, flehte ihr Freund mit zittriger Stimme, als Verena, gleich nachdem sie Lennart auf frischer Tat ertappt hatte, mit ihm telefonierte.

Nun ja, ganz so war es auch nicht gewesen. Mindestens eine halbe Stunde lang hatte sie sich erst fangen müssen, hatte geschnauft, als ob sie eben eine Marathonstrecke gerannt wäre. Gleichzeitig waren ihr die Tränen in Sturzbächen die Wangen hinuntergeschossen, während Josefa fortwährend ihre Hand streichelte. »Ach Mädel, manchmal gibt es eben Sachen, die glaubt man gar nicht. Wer weiß, was diesem Menschen durch den Kopf gegangen ist.« Und mit einem Schulterzucken hatte sie hinzugefügt: »Sei mir nicht böse, aber in meinen Augen ist der Gießhübel-Lennart immer schon ein wenig seltsam gewesen.«

Tja, und jetzt saß Verena der »seltsame« Lennart in Fannys Wohnküche gegenüber, schaute ihr jedoch nicht in die Augen. Stattdessen fixierte er das Tischtuch, das womöglich die Antwort auf sein Handeln geben konnte, trommelte immer wieder mit den Fingern darauf rum. Keine Frage, dieser Mann würde lieber ohne Sauerstoff auf dem Mars spazieren gehen, als hier am Pranger zu stehen.

Ich würde mich auch am liebsten in Luft auflösen, schoss es Verena durch den Kopf. Sie fand diese »Familienkonferenz« mit all den betretenen Mienen, die Fanny innerhalb weniger Stunden einberufen hatte, um die schiefe Lage wieder ins rechte Lot zu bringen – wortwörtlich hatte sich Simons Mutter so ausgedrückt –, reichlich merkwürdig. Und schrecklich unangenehm fühlte sie sich hier auch. Wem konnte man eigentlich noch vertrauen, wenn einen all die Menschen, die einem nahestehen, hinters Licht führten und sogar hemmungslos versuchten, einem die berufliche Existenz zu zerstören?

Jäh wurde sie in ihrem Grübeln unterbrochen, als sich Simons Vater August mehrmals hintereinander laut räusperte. »Liebe Verena«, sagte er im nächsten Atemzug in einem seltsam förmlichen Ton, »zuerst möchte ich mich im Namen der ganzen Familie bei dir bedanken, dass du nicht zur Polizei gehen möchtest.«

Ein allgemeines, offensichtlich erleichtertes Aufseufzen am Tisch folgte. Als Verena sich kurz umblickte, sah sie, wie alle eifrig nickten, außer Lennart, der immer noch in seiner gekrümmten Haltung verharrte, ohne sich zu bewegen. Dieser Mann, der ansonsten so heftig gestikulierend erzählen konnte, hatte sich sozusagen in eine Statue verwandelt. Da Verena spürte, wie ihre Zunge schwer am Gaumen klebte, nickte sie ebenfalls nur, statt zu antworten. Offensichtlich war das auch im Sinne von August, der mit seiner Ansprache noch lange nicht fertig war. »Wir alle sind bestürzt über Lennarts feige und hinterhältige Tat«, sprach er weiter.

Da mischte sich auf einmal Fanny ein. »Es war ein Dummejungenstreich«, sagte sie mit gereizter Stimme, »das sollte man auch nicht überdramatisieren.« Wohl, weil sie die entsetzten Blicke von August und Simon wahrnahm, fügte sie rasch hinzu: »Aber natürlich war es nicht in Ordnung.«

»Mama, was redest du denn da für einen Blödsinn?«, rief Simon dennoch empört aus. »Lennart wollte Verenas berufliche Existenz vernichten. Ist dir das eigentlich klar? Du tust ja so, als ob er ihr bloß eine Spinne in die Haare geworfen hätte! Dabei hätte sie alles verlieren können.«

»Jetzt übertreib bitte nicht«, sagte Fanny. Es war aber nicht mehr als nur ein Murmeln, was bei der resoluten Frau immerhin einiges zu bedeuten hatte.

Verena war ihrem Freund dankbar, dass er seiner Mutter erstmals die Meinung sagte. Als sie dann auch noch seine Hand auf ihrer spürte, schien die Wärme durch ihren gesamten Körper zu fließen. Gleichzeitig traf sie eine Erkenntnis wie ein harter Faustschlag. An Simons Seite musste sie jederzeit mit einer Schwiegermutter umzugehen lernen, die ihre eigene Gerechtigkeit besaß. Egal, was in Zukunft geschah, Fanny würde immer eine Ausrede parat haben, warum sich ihre Söhne so oder so falsch verhielten. Diejenigen Menschen, die unter diesem Verhalten zu leiden hatten, sollten sich mal nicht so haben. In Verena brodelte es, und auf einmal hatte sie keine Lust mehr, immer die zu sein, die friedlich und einlenkend handelte. War dieser Frau eigentlich bewusst, was ihr Sohn angerichtet hatte?

»Ein Dummejungenstreich?«, wiederholte sie mit scharfer Stimme. »Lennart hat sich in seiner Firma nicht mehr wohlgefühlt. Deshalb hat er wohl überlegt, sich mit einem Computerladen selbstständig zu machen. Warum eigentlich nicht? Nur hat eben das passende Ladenlokal gefehlt. Und da diese in guter Lage in Kitzbühel rar sind, ist ihm der Gedanke gekommen, mich aus meinem Laden rauszuekeln. Er kennt schließlich die Adelheid und die Josefa ebenfalls gut, hätte sich da sicherlich sehr bemüht, der nächste Mieter zu werden. Und womöglich hätte er mit seiner Überzeugungskraft bei den beiden Damen auch eine gute Miete ausgehandelt. Wenn meine Existenz erst mal den Bach hinuntergegangen wäre und ich das Handtuch geworfen hätte.« Tränen standen in ihren Augen, als sie nachsetzte: »In meinen Augen ist das ganz bestimmt nicht nur ein Dummejungenstreich.«

»Ist es auch nicht«, meldete sich nun Gisela mit aufgebrachter Stimme zu Wort, »die Verharmlosung ist völlig unpassend!«

Verena wusste, dass Lennarts Freundin, als sie erfuhr, welchen Schaden ihr Freund angerichtet hatte, sich sogar von ihm trennen wollte. Nur weil Lennart auf die Knie gesunken war und unter Tränen um eine zweite Chance gebettelt hatte, überlegte sie es sich fürs Erste noch einmal anders. Jedoch hatte sie keinen Zweifel daran gelassen, auf welch wackligen Beinen ihrer Meinung nach die Beziehung stand.

»Lennart weiß genau, dass sein Verhalten im Grunde nicht entschuldbar ist.« Mit einem ehrlich betrübten Blick aus einem sehr blassen Gesicht schaute sie Verena an. »Es tut mir alles so schrecklich leid. Ich hatte wirklich nicht den Funken einer Ahnung, das musst du mir glauben. Wenn ich nur daran denke, wie du in den letzten Monaten gelitten hast, bestimmt viele Nächte lang nicht schlafen konntest …« Sie warf Lennart einen scharfen Blick zu. »Und das alles nur wegen eines Typen, der sich in keiner Firma einordnen kann, der immer denkt, er weiß alles besser. Der lieber in kindischen Träumen schwelgt, in denen er der große Boss ist, der alle anderen in der Hand hat, als endlich sein eigenes Leben in die Hand zu nehmen und einfach mal, so wie alle anderen Menschen auch, zu arbeiten.«

»Da hast du recht, Gisela«, stimmte August ihr zu, ignorierte dabei den entsetzten Blick von Fanny. »Es wird höchste Zeit, dass Lennart endlich lernt, was es heißt, seine Arbeit zu tun, auch wenn sie nicht jeden Tag eine Riesengaudi ist.«

Während all der nicht eben schmeichelhaften Worte über seinen Charakter, war Lennart immer mehr in sich zusammengesunken, nun richtete er sich auf und schaute Verena, wie es ihr schien, das erste Mal an diesem Tag richtig an. »Bitte verzeih mir, ich kann mir heute gar nicht mehr erklären, wie ich auf diese saublöde Idee mit der Jauche gekommen bin. Es war hirnrissig und gemein. Natürlich werde ich dir den Schaden bezahlen oder abarbeiten oder so was.«

Verena war einigermaßen über Lennarts Einsicht erstaunt. Heute Morgen in der Früh hatte er sie noch eine blöde, verwöhnte Gans geheißen, nun war er sich zumindest bewusst, selbst ein Esel zu sein. Wie sie fand, war das durchaus ein Schritt in die richtige Richtung. Verena war zwar selbst verblüfft darüber, aber Lennarts Entschuldigung hatte ihr gutgetan. Ja, insgeheim hatte sie vorhin fast erwartet, dass er sich mit fadenscheinigen Erklärungen aus der Sache herauswinden würde. Nun war sie etwas positiver gestimmt.

Sie setzte gerade an, zu reden, als sich August noch einmal zu Wort meldete: »Verena, wir wollen uns auf jeden Fall mit einer ordentlichen Summe bei dir entschuldigen, alleine schon, um deinen vielen Putzaufwand irgendwie abzugelten.« Mit einem zaghaften Lächeln fügte er hinzu: »Ich hoffe, es wird bald wieder Frieden in unserer Familie einkehren, und du wirst dich in unserer Mitte erneut wohl und willkommen fühlen. Wir haben dich wirklich alle sehr gern.«

»Lasst gut sein. Ich möchte wirklich kein Geld von euch«, erwiderte Verena mit einem bemühten Lächeln, »es ist ja kein richtiger Sachschaden entstanden. Alles andere wird die Zeit bringen.« Plötzlich fühlte sie sich unendlich müde, hatte das Gefühl, auf der Stelle einschlafen zu können. Sie wandte sich an Simon. »Komm, lass uns bitte nach Hause gehen.«

»Ja, Liebling«, sagte er mit sanfter Stimme und stand fast gleichzeitig mit Verena, so als ob sie es vorher gründlich einstudiert hätten, von seinem Stuhl auf.

Normalerweise hätten Verena und er über diese unbeabsichtigt witzige Einlage gelacht oder zumindest geschmunzelt. Aber in dieser Situation war sogar Simon sein sonst so verlässlicher Humor abhandengekommen. Gemeinsam mit seiner Freundin nickte er in die Runde, bevor sie den Raum verließen. Verena registrierte sehr genau Fannys offenkundig enttäuschten Blick. Sie hatte wie immer eine Umarmung von ihrem Sohn erwartet, doch offenbar verstand sie nicht, dass Simon im Moment nicht nach großen Zuneigungsbekundungen zumute war. Aber in dieser Hinsicht konnte ihr Verena, die sich selbst wie durch den Fleischwolf gedreht fühlte, auch nicht weiterhelfen.

Simon war fast ein wenig erleichtert, als Verena sich – kaum daheim angekommen – ins Schlafzimmer zurückzog. Er selbst saß auf dem Sofa im Wohnzimmer, zappte sich mit der Fernbedienung hektisch durch die Fernsehprogramme, ohne sich auch nur auf ein einziges der Geschehen konzentrieren zu können. Kochsendungen, Quizshows, eine Dokumentation über Seevögel in Schweden, ein uralter Western mit wichtigtuerischen Cowboys – alles zog an ihm vorbei, ohne auch nur im Geringsten sein Interesse wecken zu können. Lautstark seufzte er auf. So miserabel wie in den vergangenen Wochen hatte er sich niemals zuvor gefühlt. In letzter Zeit kam er sich vom Schicksal höchst ungerecht behandelt vor. Immer wieder hackte es auf ihn ein, wie ein Schwarm Krähen, die im Müll nach Essbarem suchten. Dabei wollte er doch nichts anderes, als ein friedliches Leben mit einer ordentlichen Portion Spaß führen. War das etwa verboten? Erneut seufzte er auf, zappte noch schneller durch die Programme. Langsam aber sicher gingen ihm alle um ihn herum gewaltig auf die Nerven. Sein depperter Bruder, der immer nur Schwachsinn im Kopf zu haben schien, seine Eltern, die ihm in der Skischule alles abverlangten. Und Verena. Erschrocken kniff er die Augen zusammen. Hatte er das jetzt wirklich gedacht? Schuldbewusst blinzelte er. In Wahrheit sollte ihm seine Freundin natürlich leidtun, sie konnte schließlich rein gar nichts dafür, wenn ihr der missgünstige Lennart Jauche vor die Tür goss. Nur zu gut verständlich, dass sie deshalb außer sich war. Und natürlich hatte sie es mit seiner Mutter nicht immer ganz einfach. Sogar er sah, dass Fanny für ihre eigenen Kinder immer eine besondere Art von Gerechtigkeit walten lassen würde. Aber taten das nicht alle Mütter? »Nicht so extrem wie Fanny«, flüsterte ihm eine lästige Stimme im Hinterkopf zu, die er mit einer hektischen Handbewegung zum Schweigen bringen wollte. Leider ließ die Stimme sich dadurch keineswegs aus der Ruhe bringen. »Du musst mehr zu Verena stehen. Auch wenn das bedeutet, deine Mutter mal tüchtig in die Schranken zu weisen.«

Simon verdrehte die Augen. Was sollte er denn bitteschön noch machen? Er tat doch schon alles oder zumindest viel für Verena. Trotzdem schien es für sie einfach nie genug zu sein. Und seine Freundin sollte seine Mutter gar nicht so ernst nehmen. Ja, manchmal erschien sie ihm einfach übertrieben dramatisch, legte jedes einzelne Wort auf die Goldwaage. Alles wurde zu einem Riesenproblem aufgeblasen! Auch sein kleiner Seitensprung mit Katja. Ja, mein Gott, eine andere Frau hätte sich natürlich auch nicht darüber gefreut, hätte aber sicher gemerkt, dass nichts anderes als ein bisschen kalte Füße vor dem endgültigen Schritt in die Ehe schuld daran waren. Sich einmal noch die Hörner abstoßen oder so, hätte man früher mit einem Schmunzeln gesagt. Aber nein, Verena hätte fast ihre ganze Beziehung hingeschmissen, so, als ob er einen Mord begangen hätte.

Je länger Simon über seine Lebenssituation nachdachte, desto mehr kam er zu der Überzeugung, dass auch Verena sich mehr um ihn bemühen sollte. Ja, sie müsste einfach lieb und lustig sein … gut, lieb und lustig, das klang ein bisschen nach einem Friede-, Freude-, Eierkuchen-Kinderlied, aber so falsch war das gar nicht. Für ihn war das Glas eben stets halb voll, nicht halb leer – und das sollte sich die Verena auch einmal hinter die Ohren schreiben. Immer Probleme, immer Diskussionen. Auf einmal tat er sich unendlich leid.

Ermattet ließ Simon sich in die Sofakissen sinken, als er sein Handy piepen hörte. Eben war eine Nachricht bei ihm eingegangen. Als er nachsah, zuckte er sofort entsetzt zusammen, gleichzeitig durchfuhr eine Spannung seinen Körper wie ein leichter Stromschlag. »Ich vermisse dich«, las er die Worte, die Katja ihm geschrieben hatte. »Nicht so, wie du denkst, sondern einfach nur als Freund, mit dem man so nett plaudern kann. Mit dem man immer was zu lachen hat. Etwas anderes meine ich gar nicht. Du bist einfach ein Mensch, der einen aufbauen kann, auch wenn man gerade total schlechte Laune hat. Dich möchte ich als Freund nicht verlieren.«

Sehr geschmeichelt, da zumindest Katja seine Qualitäten zu schätzen wusste, tippte er rasch eine Antwort: »Hallo, schön, von dir zu lesen! Wer sagt denn, dass wir keine guten Freunde sein können? Wäre ja noch schöner. Bestimmt ergibt sich mal eine Gelegenheit, ein Bier trinken zu gehen. Geht dann auf meine Rechnung.«

Katja antwortete prompt: »Super! Da freue ich mich. Lass es dir gut gehen bis dahin. LG.«

»Ganz liebe Grüße zurück.«

Als Simon sein Telefon nun wieder weglegte, fühlte er sich bereits ein wenig besser. Es war ja wirklich nichts dabei, wenn er mit Katja, die ihm mit ihrer fröhlichen und beschwingten Art einfach guttat, weiter in kumpelhafter Verbindung blieb. Mehr, also irgendetwas Unerlaubtes, kam ihm klarerweise selbst nicht in den Sinn. Darauf, dass Katja ein Herzchen an ihren Text angefügt hatte, war er nicht eingegangen, hatte bloß einen Smiley mitgeschickt. Ja, darauf war er stolz, und niemand konnte ihm auch nur im Geringsten unterstellen, irgendetwas Betrügerisches im Schilde zu führen.

Am nächsten Morgen schloss Verena eben die Ladentür auf, als ihr jemand von hinten leicht auf die Schulter tippte. Erschrocken fuhr sie herum, sah gleich darauf in Josefas erwartungsvolles Gesicht. »Na? Wie ist denn das Gespräch mit Lennart und seiner Familie gelaufen?«

»Gut«, antwortete Verena. »Lennart ist wohl erst jetzt richtig klar geworden, was er angerichtet hat. Natürlich wird es nie wieder vorkommen. Das glaube ich ihm sogar.«

Josefa verzog skeptisch den Mund. »Und du lässt jetzt alles auf sich beruhen?«

»Ja. Und ich würde dich bitten, es auch niemandem weiterzuerzählen. Es bringt doch nur böses Blut und dazu die gesamte Familie Gießhübel in Verruf.«

»Mädel, du warst ja schon immer gutmütig. Manchmal vielleicht etwas zu sehr«, seufzte Josefa, fügte jedoch gleich schulterzuckend hinzu: »Aber ich kann dich natürlich auch gut verstehen. Wenn du den Lennart anzeigst, ist das für euch alle unerfreulich. Auch wenn es dieser Idiot mehr als verdient hätte. Kommt aus einer so wohlhabenden Familie, die Eltern stecken ihm hinten und vorne alles rein. Und was tut er? Der Depp setzt alles in den Sand.« Josefa hatte sich regelrecht in Rage geredet, atmete nun tief ein und aus. »Aber du willst ja auch deinen Frieden mit der Familie, in die du im Mai einheiratest.«

Unwillkürlich zuckte Verena zusammen, was Josefa nicht verborgen blieb.

Liebevoll tätschelte diese ihr nun die Schulter. »Denk gut nach, Vreni. Dann wirst du auf jeden Fall das Richtige tun.« Dann machte sie eine Fingerbewegung vor ihren Lippen, als ob sie ihren Mund abschließen würde. »Und von mir erfährt niemand ein Sterbenswörtchen über den Jauchetäter. Kannst dich auf mich verlassen.«

»Danke dir«, sagte Verena nun beruhigt, »und noch einen schönen Tag!«

»Wünsche ich dir auch, liebe Vreni! Und Kopf hoch!«, antwortete Josefa, bevor sie im Hauseingang verschwand.

Mit einem nachdenklichen Blick betrat Verena die »Wollfee«. Ihre Hochzeit im Mai war weder abgesagt worden noch hatte die junge Frau großartig einen weiteren Gedanken daran verschwendet. Eigentlich hatte sie das anstehende große Ereignis einfach verdrängt, was angesichts von Simons Betrug ja auch verständlich gewesen war. Aber irgendwann in nächster Zeit, am besten möglichst bald, sollte sie zu einer Entscheidung gelangen, ob sie im Mai mit Simon an ihrer Seite in der Kitzbüheler Liebfrauenkirche vor den Altar schreiten wollte. Oder ob es doch besser wäre, die Hochzeit vielleicht um ein Jahr zu verschieben? Während Verena die Lichtschalter betätigte, fiel ihr – mit einer gehörigen Portion schlechtem Gewissen – ein, dass sie es noch nicht einmal geschafft hatte, wieder in den Brautmodenladen zu gehen. Bestimmt war das von ihr ausgewählte Kleid ohnehin nicht mehr reserviert, die Anprobe lag ja bereits eine Ewigkeit zurück. Aber sie wollte nicht so unhöflich sein und sich gar nicht mehr melden.

»Spätestens Ende der Woche gehst du hin«, murmelte sie, »bis dahin hast du dich entschieden, ob du im Mai heiraten möchtest oder nicht.«

Als Bekräftigung nickte sie. Es tat gut, sich selbst ein Ultimatum zu setzen, sich dadurch wieder ein wenig Struktur im Leben zu geben, das in letzter Zeit wie Wackelpudding nicht so richtig zu greifen gewesen war. In diesem Moment wurde recht schwungvoll die Tür geöffnet, gleich darauf erschien Josefas Kopf. »Vreni, ich habe auch schon ein Hirn wie ein Nudelsieb!«, rief sie fröhlich in den Laden rein. »Was ich dir vorhin eigentlich erzählen wollte: Von einer Bekannten habe ich erfahren, dass Gitti vor ein paar Tagen ihr Baby bekommen hat. Ein bisschen zu früh war der kleine Fratz dran, konnte es wohl nicht erwarten, die Welt zu erkunden. Aber Mutter und Kind sind wohlauf.«

»Was für eine wunderbare Nachricht!«, rief Verena aus, dabei strahlte sie übers ganze Gesicht. »Was ist es denn geworden?«

»Ein Maderl«, sagte Josefa, verzog dann den Mund, »aber den Namen habe ich mir nicht gemerkt. Irgendetwas Neumodisches.«

Verena lachte. »Das werde ich schon noch rausbekommen. Ich rufe gleich mal bei der Gitti an! Danke für die Nachricht.«

Nun verabschiedeten sich die beiden Frauen endgültig, und Verena holte ihr Handy aus der Handtasche. Genau in diesem Augenblick klingelte es, und keine Sekunde später hörte sie am anderen Ende der Leitung eine aufgeregt und glücklich klingende Gitti. »Unsere kleine Amelie ist da!«, rief die junge Mutter. »Es ist unglaublich, wie schön es ist, ein Baby zu haben …« Im nächsten Moment hörte Verena Gitti herzhaft gähnen. »Aber anstrengend ist es auch«, fügte diese gleich darauf bestätigend hinzu, »ich weiß gar nicht, wann ich das letzte Mal länger als zwei Stunden am Stück geschlafen habe.«

»Herzlichen Glückwunsch, Neumama!«, rief Verena schmunzelnd aus. »Ich wollte dich eben anrufen. Darf ich die kleine Amelie denn auch mal persönlich in der Welt begrüßen?«

»Ich bestehe darauf«, lachte Gitti. »Komm, wann immer es dir passt.«

Verena überlegte kurz. Am Ende der Woche wollte ihre Mutter in den Laden kommen und sie unterstützen. Da wäre es bestimmt kein Problem, wenn sie sich zwei Stunden freinehmen würde, um Gitti, die nicht weit entfernt wohnte, und das Baby zu besuchen. Rasch hatten die beiden Frauen einen Zeitpunkt vereinbart. Verena würde Kuchen mitbringen und – das erzählte sie Gitti am Telefon nicht – wunderhübsche rosafarbene Wolle, die sie eben erst geliefert bekommen hatte. Auch wenn Gitti im Moment alle Hände voll zu tun hatte, in einiger Zeit würde sie sich, da war sich Verena bei Gittis Handarbeitseuphorie ziemlich sicher, wieder ihrem Hobby widmen.

Die nächsten Stunden vergingen für Verena wie im Flug. Eine Gruppe Kunden löste die nächste im Laden ab, und zeitweise war die kleine »Wollfee« sogar mehr als gut gefüllt. Wie praktisch, dass es sich da so manche Handarbeitsbegeisterte mit einem Strickheft in der Sofaecke gemütlich machen konnte, während andere in der

Zwischenzeit dabei waren, die passende Wolle für ihre geplanten Stücke auszusuchen.

So auch Klara Hell, die pensionierte Lehrerin, die, wie Verena insgeheim fast vermutete, wohl in Lichtgeschwindigkeit stricken und häkeln konnte. Auf jeden Fall jammerte sie gerade – nicht wirklich ernsthaft –, kein einziges Knäuel Wolle mehr daheim finden zu können. »Meine Finger haben gestern Abend gejuckt und gezuckt, aber nichts zu machen. Fast hätte ich schon mit einem alten Knäuel Bindfaden zu stricken begonnen«, erklärte sie in drolligem Ton und brachte damit alle Anwesenden im Geschäft zum Lachen.

Auch Verena amüsierte sich und war für diese Abwechslung wirklich dankbar. Wie schön war es doch, sich mit netten Menschen zu unterhalten, anstatt immer vor sich hin zu grübeln. Das hatte sie in letzter Zeit viel zu oft getan. Und auch jetzt konnte sie kaum damit aufhören. Dummerweise ging ihr Lennart immer noch nicht aus dem Kopf. Je mehr sie über ihn nachdachte, desto weniger kapierte sie, warum er sie mit seinen Attacken wochenlang in Angst und Schrecken versetzt hatte. Hasste er sie tatsächlich so sehr? Obwohl sie die langjährige Freundin seines Bruders war und die Gießhübels oft und gern betonten, wie viel ihnen Familie bedeutete?

Schluss!, wies sie sich nun im Stillen zurecht, es hatte keinen Sinn, sich mit Fragen zu quälen, die sie ohnehin nicht beantworten konnte. Schließlich vermochte sie nicht, in Lennarts Kopf hineinzuschauen, was vielleicht ohnehin besser war. Vielmehr sollte sie sich auf sich selbst konzentrieren. Auf sich und Simon, auf ihre gemeinsame Zukunft. Und auf die Hochzeit.

Während sie von einer Kundin einen Geldschein für ein Handarbeitsheft und Wolle entgegennahm, stand es plötzlich ganz klar vor ihrem inneren Auge, fast wie in Leuchtreklame: Sie liebte Simon und wollte ihn heiraten. Sie beide hingen an ihrer gemeinsamen Zukunft, waren sich da vollkommen einig. Es ergab schließlich auch absolut keinen Sinn, andauernd nach der Vergangenheit zu schielen, alte Fehler nicht loslassen zu können. Einfach kindisch wäre das. Mit einem ausnehmend zufriedenen Lächeln auf den Lippen, da sie nun endlich wusste, was sie zu tun hatte, packte sie Wolle und Heft in eine Papiertüte. Nun konnte sie es kaum erwarten, das wunderschöne Hochzeitskleid, welches wie für sie persönlich genäht worden zu sein schien, endlich zu kaufen.

Am nächsten Tag war es so weit. Gerda kam am Vormittag mit geradezu sonniger Laune in den Laden, um ihre Tochter für die nächste Stunde abzulösen. Bereits an der Tür grinste sie von einem Ohr zum anderen.

»Mama, was ist denn mit dir los?«, fragte Verena amüsiert, als sie ihre Mutter umarmte.

Gerda drückte sie für einen Moment fest an sich, bevor sie sie ein Stück von sich wegschob.

»Vreni! Vor dir steht eine verliebte Frau, die es gar nicht mehr erwarten kann, mit ihrem Liebsten in den Urlaub zu fahren«, trällerte sie. »Im April fahren Josef und ich endlich an den Gardasee! Italien, wir kommen!« Ihre Augen blitzten, als sie weitersprach: »Ehrlich gesagt fühle ich mich wie ein bis über beide Ohren verknalltes junges Mädchen!«

»Klingt fantastisch«, rief Verena aus, »wirklich! Du kannst dir gar nicht vorstellen, wie sehr mich das freut.«

Tatsächlich hätte es nicht schöner sein können! Himmel, wenn Verena nur daran dachte, wie unglücklich ihre Mutter noch vor ein paar Monaten in ihrer Ehe gewesen war. Zu gut konnte sie sich noch an die miserable Stimmung zwischen ihren Eltern erinnern, auch an die lächerliche nächtliche Verfolgungsfahrt. Und jetzt, nach all den Wirren, war alles wieder im Lot. Klar, es gab wohl in jeder Beziehung Schräglagen. Wichtig war bloß, dass man dann nicht zu früh aufgab, sondern immer optimistisch blieb und nichts unversucht ließ, die Beziehung wieder zu kitten. Fast kam ihr das Glück ihrer Eltern wie eine Bestätigung vor, dass es der absolut richtige Weg gewesen war, Simon zu verzeihen.

»Vreni, an was denkst du denn? Du schaust aus, als ob du auf einem anderen Planeten zu Hause wärst«, platzte da ihre Mutter in ihre Gedanken.

»Alles bestens«, lachte sie. »Im Gegenteil: Ich fühle mich auf der Erde ausgesprochen wohl.«

Jetzt tatsächlich gut gelaunt, strahlte sie ihre Mutter an, die zum Glück nicht alles wusste. Und um nicht noch mehr Staub aufzuwirbeln – oder um vielmehr ihre Eltern nicht noch stärker gegen Simon aufzubringen –, hatte sie es ihnen gegenüber verschwiegen, dass Lennart der Übeltäter gewesen war, der regelmäßig Jauche vor ihrem Geschäft ausgekippt hatte. Es würde nichts bringen, bloß noch mehr Unfrieden stiften. Jetzt war dieses Thema abgehakt, allerdings hatte Verena in nächster Zeit kein Verlangen danach, Lennart über den Weg zu laufen. Simon sah das ebenso, fast kam es ihr so vor, als ob ihr Verlobter es im Moment gar nicht schaffte, ohne Zorn an seinen Bruder zu denken. Jetzt schaute ihre Mutter Verena prüfend an.

»Vreni, eines fällt mir aber auf: Du bist unheimlich blass geworden. Auf jeden Fall musst du viel mehr an die frische Luft gehen. Hol dir doch dein Hochzeitskleid und dann gehst du eine Runde spazieren oder joggen. Das, was dir gefällt. Ich bin gerne hier, später kommt auch noch der Papa dazu. Dann kann er sich hier im Laden gleich mal umschauen, ob was zu reparieren ist.«

»Mama, im Moment scheint hier alles heil zu sein«, lachte Verena, stimmte aber dankbar zu, noch eine Runde auf dem Almweg zu joggen. Schnell drückte sie ihrer Mutter noch ein Küsschen auf die Wange, dann eilte sie in ihren warmen Mantel gehüllt auf die Straße.

»Ihr Traumkleid wartet bereits sehnsüchtig!«, erklärte ihr wenig später im Brautmodenladen die gleiche sympathische Verkäuferin wie beim letzten Mal.

Verena lächelte ein wenig zaghaft. »Tut mir leid, dass ich nicht eher gekommen bin«, stammelte sie, »ich hatte einfach zu viel um die Ohren.«

Kurz glaubte sie zu erkennen, wie ihr blondes Gegenüber wissend eine Augenbraue in die Höhe zog. Aber das konnte sie sich auch einfach nur eingebildet haben. Hoffentlich wusste nicht ganz Kitzbühel über ihre Beziehungskrise Bescheid. So interessant ist das auch wieder nicht, schoss es ihr durch den Kopf, die Leute haben genügend eigene Sorgen.

»Möchten Sie vielleicht noch einmal in das Kleid hineinschlüpfen?«, fragte die gepflegte Blondine nun, hielt dabei den seidenen Hochzeitstraum in die Höhe.

»Ja. Sehr gern«, antwortete Verena fast ehrfürchtig.

Wenig später betrachtete sie sich im Spiegel, konnte gar nicht glauben, dass diese elegante Frau in Weiß, die sie vor sich sah, tatsächlich sie selbst war. Bewegt und verzückt zugleich lächelte sie ihr Spiegelbild an. Kein Zweifel, dieses wunderschöne Kleid machte aus jeder völlig normalen Frau eine wahre Prinzessin. Die Verkäuferin schien, deren begeistertem Gesichtsausdruck nach zu urteilen, ganz ihrer Meinung zu sein.

»Einfach nur traumhaft«, hauchte sie, »so gut wie Ihnen hat dieses Kleid wirklich noch keiner anderen Braut gestanden.« Als sie Verenas skeptischen Blick auffing, fügte sie lachend hinzu: »Sie glauben wohl, ich sage das zu jeder Kundin. Nein, ich bleibe schon realistisch. Bringt doch nichts, wenn ich Kleider verkaufe, in denen die Damen wie in einem Sack ausschauen. Das wäre auch nicht gut für den Ruf unseres Geschäftes.« Sie machte eine kurze Pause: »Sie sehen in dem Kleid wunderschön aus. Ihr Bräutigam wird hingerissen sein. Das ist die reine Wahrheit.«

»Danke«, sagte Verena, sie spürte, dass ihre Wangen vor lauter Verlegenheit bereits glühten wie eine heiße Herdplatte. »Dann bin ich mir ja sicher, dass ich hier das richtige Kleid gefunden habe.«

»Das haben Sie«, sagte die Blondine, musterte dann jedoch skeptisch den Sitz des Kleides an der Taille und am Dekolleté. »Allerdings müssen wir das gute Stück enger nähen. Himmel, Sie sind ja in der Zwischenzeit ganz schön schmal geworden.« Aufmunternd zwinkerte sie Verena zu. »Aber keine Sorge! Das ist nur die freudige Aufregung vor der Hochzeit. So geht's den meisten Bräuten.«

»Genau«, sagte Verena einfach, es hatte ja doch keinen Sinn, der Verkäuferin zu erklären, dass ihre Aufregung in der jüngsten Vergangenheit nicht ganz so freudig war. Doch diese Geschichte wollte sie ohnehin endlich hinter sich lassen – und glücklich und wohlgemerkt mit dem bestimmt hübschesten Kleid der Welt in die Zukunft sehen.

Nur wenig später, zwischendurch hatte sie das frisch erstandene Hochzeitskleid nach Hause gebracht und sich zum Laufen umgezogen, trabte sie im strahlenden Sonnenschein ihren altbekannten Almweg entlang. Mit der Verkäuferin hatte sie vereinbart, das Kleid erst zwei Wochen vor der Trauung zum Ändern zu bringen. »Das haben wir schnell gemacht, und dann passt es wie angegossen«, hatte diese erklärt, »jetzt macht es wenig Sinn.« Gespielt streng hatte sie Verena dann gemustert, bevor sie nachsetzte: »Ich denke ja fast, Sie nehmen noch ein wenig ab, dann müssten wir bloß noch einmal umnähen.«

Zumindest durfte sie das Kleid erst mal mit nach Hause nehmen, um sich immer wieder, wenn Simon nicht daheim war, daran zu erfreuen. Dann kam es natürlich wieder ganz weit nach hinten in den Schrank, damit ihr Liebster am Hochzeitstag auch wirklich überrascht sein würde. Jetzt, als sie warme Atemwölkchen in die kalte Winterluft hauchte, musste sie voll Zärtlichkeit an ihn denken. Ja, sie würden miteinander glücklich werden, keine Frage.

»Verena!«, hörte sie plötzlich von hinten eine männliche Stimme ihren Namen rufen.

Sie blieb stehen und drehte sich um. Nicht weit entfernt rannte Felix mit einem Lächeln auf den Lippen auf sie zu, winkte im Laufen mit der rechten Hand.

»Hallo Felix! Na, bist du auch sportlich unterwegs? Hast wohl von deiner Optikerin Silvia freibekommen?«, erwiderte sie erstaunt, als er vor ihr stehen blieb.

»Jawohl, tut mir immer wieder gut, mal an die frische Luft zu kommen, und heute war nicht so viel los im Laden«, sagte er. Verena bemerkte seine roten Wangen, offenbar hatte er sich beim Laufen bereits mächtig angestrengt. »Wunderbares Wetter, nicht wahr? Wie gemacht für eine kleine Runde.« Er deutete auf die Berge ringsum, auf die schneebedeckten Hänge. »Aber Skifahren wäre auch nicht schlecht.«

»Da hast du recht«, pflichtete sie ihm bei, »ist schon ein bisschen komisch bei mir. Mein Freund ist Skilehrer, aber mich findet man fast nie auf der Piste.« Sie zuckte mit den Achseln. »Simon ist halt auch froh, wenn er dann in seiner wenigen Freizeit mal nicht auf Skiern steht, und ich habe im Moment ohnehin wenig Zeit.«

»Was hältst du davon, wenn wir beide mal für einen Tag Skifahren gehen?«, fragte Felix, während seine wirklich schönen grüngrauen Augen sie aufmerksam ansahen.

Erneut wunderte es sie, wie vertraut sich die Nähe ihrer Jugendliebe anfühlte, wie ein Nachhausekommen nach einer langen, mühseligen Wanderung, bei der man sich die Füße wund gelaufen hatte. Schon ein wenig seltsam, da sie Felix jahrelang nicht gesehen hatte. Sie blinzelte einige Male in die Sonne. Vielleicht sah sie ja in Felix den Bruder, den sie nie gehabt hatte. Huch, jetzt wurde sie wohl doch ein wenig zu theatralisch, aber als Einzelkind konnte man schon mal solche komischen Ideen haben ... Wie auch immer, jedenfalls war es jedes Mal unheimlich angenehm, Felix zu begegnen. Da er sie immer noch stumm ansah, zuckte sie wie ertappt zusammen. Sie hatte doch hoffentlich nicht laut nachgedacht? Ging's denn noch ein wenig peinlicher? Aber nichts Schlimmes war passiert. Offenbar wartete er nur darauf, dass sie Schlafmütze endlich antwortete. Wahrheitsgetreu sagte sie nun: »Ja, ein gemeinsamer Skitag wäre wirklich schön. Ich kann aber nicht versprechen, dass Simon mitkommt, so viel, wie der gerade arbeitet. Aber die Silvia, die kann doch sicher Skifahren, nicht wahr?« Ha! Nun zuckte er doch tatsächlich wie ertappt zusammen. Hatte sie es doch gewusst, dass Felix die Silvia auch gern hatte. »Ich finde, sie sieht unheimlich sportlich aus«, beeilte sie sich, etwas Positives über seine durchaus sympathische Angestellte zu sagen.

»Ja, soweit ich weiß, steht sie schon ewig auf den Brettln«, sagte Felix, der sich, so war es Verena zumindest erschienen, kurz wie ein nasser Hund geschüttelt hatte, jetzt wieder recht gelassen. »Ich werde sie einfach fragen, dann verbringen wir zu dritt oder auch zu viert einen zünftigen Tag auf der Piste.«

Während er sprach, sprang er langsam von einem Fuß auf den anderen, um nicht auszukühlen. »Hast du Lust, ein Stück gemeinsam zu laufen?«, fragte sie auf seine Beine deutend.

Er nickte mit einem breiten Grinsen, dann setzten sie sich zusammen wieder in Bewegung. »Schneller kann ich nicht«, sagte Verena entschuldigend nach einer Weile, in der sie schweigend nebeneinander hergetrabt waren.

Ihr kam es so vor, als ob Felix sich richtig anstrengen musste, um nicht in sein gewohntes schnelleres Tempo zu wechseln. Nun warf er ihr einen amüsierten Seitenblick zu. »Haha, es passt super mit dir. Glaub nur ja nicht, dass ich sonst wie der geölte Blitz durch die Berge zische.« Sie lachte kurz auf, dann sagten eine Weile beide nichts. Bis Felix sich umständlich räusperte. »Darf ich dich etwas fragen?«

»Sicher.«

»Hat dir damals eigentlich die Katja diesen Floh ins Ohr gesetzt, dass ich auf dem Volksfest mit einer anderen rumgeknutscht hätte?«

Schlagartig blieb Verena stehen, schaute ihn entsetzt an. »Wie kommst du denn jetzt darauf? Aber, ja. Sie war deshalb ganz aufgebracht.« Nachdem sie einige Male geschluckt hatte, fügte sie hinzu: »Und sie war es wohl auch, die dir erzählt hat, dass ich im Urlaub einen anderen gehabt hätte, nicht wahr?«

Er nickte langsam mit zusammengepressten Lippen, während Verena sich am liebsten selbst geohrfeigt hätte. Herrje, wie dumm war sie damals bloß gewesen, ihrer sogenannten »Freundin« auch nur ein einziges Wort zu glauben?!

Felix schien Verenas Gedanken zu erraten. »Ich Depp habe ihr damals leider auch geglaubt. Und war in meinem lächerlichen Stolz als Halbwüchsiger viel zu verletzt, um mit dir in Ruhe alles zu klären.«

Verena streckte ihm die rechte Hand hin. »Ganz genau wie ich. Es tut mir wirklich leid, dass ich diese Intrigantin nicht schon früher durchschaut habe.« In Gedanken fügte sie noch hinzu: Dann wäre vielleicht auch die Sache mit Simon niemals geschehen …

Mit einem, wie es ihr schien, ein wenig wehmütigen Lächeln schüttelte Felix ihre Rechte. »Mir tut es auch leid. Aber wenn man jung ist, hat man offensichtlich noch nicht so den Durchblick.«

»Wie wahr, wie wahr«, stimmte sie ihm zu und setzte dann mit einem Augenzwinkern nach: »Hoffentlich erlangt man den Durchblick zumindest irgendwann im Leben. Am besten nicht erst fünf Minuten, bevor man für immer seine Augen schließt.«

Felix zwinkerte ihr jetzt ebenfalls zu: »Vielleicht hilft ja für den Durchblick auch die richtige Brille vom Optiker deines Vertrauens. Oder zumindest ein passendes Putztuch.«

Sie schauten sich kurz an, begannen dann gleichzeitig laut zu lachen. Nach einer Weile tippte Felix ihr auf die Schulter. »Weiter geht's, Fräulein! Sonst frieren wir hier noch ein.«

»Stimmt, mein Herr!«, sagte Verena lachend und lief los.

Die nächste Viertelstunde joggten sie in friedlicher Eintracht nebeneinander her, ohne etwas zu sagen. Manchmal warf Verena Felix einen kurzen Blick von der Seite zu. Es hatte echt gutgetan, die alten Dinge zu klären. Nun stand einer Freundschaft ohne Altlasten nichts mehr im Wege. Felix sah das offenbar ähnlich, denn als sie sich an der nächsten Abzweigung voneinander verabschiedeten, umarmte er sie sogar herzlich.

# 9

Am Freitagnachmittag packte Verena zehn kleine Knäuel der rosafarbenen Wolle in eine goldig glitzernde Geschenktüte mit der Aufschrift »Für das süße Baby«. Sie konnte es kaum erwarten, das erst einige Tage alte Kind von Gitti endlich zu sehen.

Gerda, die bereits im Laden war, um die Stellung zu halten, war ebenfalls völlig aus dem Häuschen. »Du musst die kleine Amelie sofort fotografieren und mir schleunigst die Fotos schicken!«, rief sie und wedelte zur Bekräftigung hektisch mit ihrem Telefon in der Luft herum.

»Versprochen, Mama. Mache ich«, sagte Verena amüsiert, um dann mit einem gespielten Seufzer hinzuzufügen: »Hoffentlich drehst du nicht völlig durch, wenn ich erst mal ein Baby bekomme.«

Gerda kniff die Augen zusammen. »Wenn du ein Baby bekommst, wird es für mich kein Halten mehr geben. Da sause ich dann wie eine Rakete durch die Babystation!«

Verena, die sich das sehr wohl bildhaft vorstellen konnte, den Feuerschweif geradezu vor sich sah, lachte herzhaft auf. »Da kann ich mich ja schon auf etwas gefasst machen. Auf jeden Fall wirst du die liebste Oma der Welt sein.«

Gerda lächelte geschmeichelt, während ihre Tochter einen Blick auf ihre Armbanduhr warf. »Ups, ich muss jetzt wirklich los. Ich habe der Gitti doch Kuchen vom Bäcker versprochen, da muss ich mich beeilen.«

»Ja, geh nur Mädel!«, sagte Gerda, stupste ihre Tochter regelrecht zur Tür hinaus, diese tat ihr den Gefallen und lief los.

Auf der Straße rief sie kurz Simon an, der mit einem blöden Husten daheim im Bett liegen musste. »Wie geht's dir, Liebling?«, fragte sie in besorgtem Ton.

»Ach, das wird schon«, gab er zurück, gefolgt von einem mittleren Hustenanfall. »Ich schlafe einfach eine Runde, dann geht's mir sicher bald wieder besser.«

Verena, die froh war, dass sie ihn hatte überzeugen können, mit seiner Erkältung nicht auf die Skipiste zu gehen, sondern seine Stunden an die anderen Skilehrer zu delegieren, stimmte ihm zu. »Dann sehen wir uns am Abend, so gegen halb sieben bin ich bei dir. Ich mache jetzt rasch einen Sprung zur Gitti, um mir ihr Baby anzusehen, dann löse ich meine Mutter wieder ab.« Sie wollte ihm noch gute Besserung wünschen und ihm sagen, dass sie ihn liebte, aber da hatte er bereits aufgelegt. Klar, ihm ging es nicht gut, da war ihm natürlich nicht nach ewig langen Plaudereien zumute.

Mit flinken Schritten steuerte sie auf den Bäcker am Marktplatz zu, kaufte dort vermutlich ein wenig zu viel ein. Sie glaubte, in Erinnerung zu haben, dass Gitti besonders gerne Mohn mochte, deshalb schlug sie bei diesen Stückchen besonders kräftig zu. So, nun konnte sie sich mit ihren Geschenken auf den Weg zu ihrer liebgewonnenen Kundin machen, die inzwischen fast schon eine Freundin geworden war. Die wohnte zwar nicht in ihrem Viertel, jedoch auch nicht weiter als fünfzehn Gehminuten von der »Wollfee« entfernt.

Fast hatte Verena den Weg durch die kleinen Gässchen hinter sich gebracht, da klingelte ihr Handy in der Manteltasche. »Es tut mir so leid, aber ich muss unser Treffen absagen«, jammerte gleich darauf eine schniefende Gitti am anderen Ende der Leitung. »Amelie hat nach ihrem Schläfchen urplötzlich hohes Fieber bekommen. Mein Mann und ich sind völlig fertig und fahren mit ihr sofort zum Kinderarzt. Nicht, dass die Kleine noch etwas Gefährliches ausbrütet!«

»Es ist bestimmt nichts Schlimmes«, versuchte Verena zu trösten – schaffte es jedoch nicht, Gitti auch nur annähernd zu beruhigen.

»Bitte sei mir nicht böse«, sagte Gitti mit zittriger Stimme, »aber ich habe mir das Buch über Kinderkrankheiten ganz genau durchgelesen. Ein Fieber kann auf alles Mögliche hinweisen.«

»Klar, das muss man abklären«, versuchte Verena sachlich zu klingen, obwohl sie selbst, womöglich durch Gittis helle Aufregung, in Sorge geraten war. »Aber hoffentlich ist es nur eine Kleinigkeit. Und kein Problem, meinen Besuch verschieben wir einfach.«

»Na klar, das machen wir«, sagte Gitti, bevor sie sich hektisch verabschiedete.

Als Verena ihr Telefon zurückgepackt hatte, betrachtete sie die große, volle Kuchenpackung in ihrer Hand. Am besten war es wohl, wenn sie damit in die »Wollfee« zurücklief und ihrer Mutter etwas für zu Hause mitgab. Doch dann musste sie an Simon denken, der alleine daheim lag und sich bestimmt zu Tode langweilte. Da konnte sie doch kurz mit dem Kuchen bei ihm vorbeihuschen. Beim Gedanken daran, wie sehr er sich über ihren Besuch und ein leckeres Kuchenstück freuen würde, musste sie selbst breit lächeln.

Kurz bevor sie den Wohnungsschlüssel ins Türschloss steckte, zögerte sie. Womöglich schlief ihr Freund, würde durch sie unsanft geweckt. »Ich werde ganz leise sein«, murmelte sie zur Ermahnung an sich selbst, öffnete sachte die Tür und huschte in den Flur. Überraschenderweise hörte sie gedämpftes Lachen und leise Stimmen. Eine Frau und ein Mann unterhielten sich offenbar miteinander. Verena verzog das Gesicht. Simon hatte also den Fernseher angeschaltet und ließ sich vermutlich von einer der unzähligen Serien berieseln. Vielleicht hatte ihn solch eine auch sanft in den Schlaf hinübergleiten lassen, also sollte Verena besser leise sein. Vorsichtig schlüpfte sie aus ihren Stiefeln, bewegte sich auf Zehenspitzen Richtung Wohnzimmer. Belustigt über ihr eigenes Verhalten – sie benahm sich ja fast wie ein Indianer auf dem Kriegspfad – musste sie ein Lachen unterdrücken. Geradeso gelang es ihr, halbwegs ernst zu bleiben, als sie beim Wohnzimmer angelangt war und – niemanden darin vorfand. Auch der Fernsehapparat war ausgeschaltet. Da merkte sie, dass die Stimmen und Geräusche aus dem Schlafzimmer drangen, auch dort hatten sie einen Fernsehapparat stehen. Es klingt total echt, musste sie noch denken, als sie die angelehnte Tür sachte aufschob.

Dann dachte sie für einen Moment lang gar nichts mehr. Ihr Hirn schien sich in Sekundenschnelle in Watte zu verwandeln, als sie mit offenem Mund auf das Bett starrte.

Sie brauchte tatsächlich eine Weile, um zu realisieren, was dort vor sich ging: Katja saß nackt auf einem ebenso nackten Simon, der seinen Kopf zur Tür gewandt hatte und seine Verlobte völlig perplex anstarrte. Nun hustete er tatsächlich, was das Ungeheuerliche dieser Situation jedoch nicht kleiner machte.

»Ich dachte, du besuchst das Baby«, stammelte Simon dümmlich, dabei schubste er Katja von sich herunter.

»He!«, erdreistete sich diese sogar noch zu protestieren, während sie Verena einen scharfen Blick zuwarf.

»Himmel, es tut mir leid!«, brüllte währenddessen Simon fast hysterisch. »Die Situation ist völlig aus dem Ruder gelaufen. Katja wollte nur auf einen Sprung vorbeikommen, weil ich krank bin. Und dann ist es eben passiert.«

»Feigling!«, zischte Katja böse und verzog abschätzig den Mund.

Verena atmete tief durch, zumindest in diesem Punkt war sie sich mit der anderen einig. Ansonsten kam sie sich wie in einem Film vor. Da gab es doch diese Szenen zuhauf: Ehemann kommt nach Hause, die Frau liegt mit dem Geliebten im Bett. Gut, manchmal schafft der es noch, rechtzeitig in den Schrank zu springen. Verena warf Katja einen kurzen Blick zu. Diese wirkte zwar nicht gerade glücklich, aber schien nicht zu der Sorte Menschen zu gehören, die sich verschämt irgendwo versteckten. Hektisch wischte sich Verena über die Stirn. Ihre Fantasien halfen ihr hier nun wirklich nicht weiter. Dummerweise befand sie sich in keinem Film, sondern alles war echt – und ihr Freund, der ihr vor Kurzem hoch und heilig versprochen hatte, ihr ein Leben lang treu zu bleiben, hatte nichts anderes zu tun, als bei der erstbesten Gelegenheit mit seinem Gspusi ins Bett zu springen.

»Ich wollte das wirklich nicht«, sagte er nun in quengelndem Ton. »Bitte mach jetzt nicht Schluss!«

Katja, die ihre Unterwäsche und den Rest der Kleidung eingesammelt hatte und an ihren nackten Körper gepresst hielt, stand in der Schlafzimmertür. Mit funkelnden Augen starrte sie Verena an. »Ich kriege immer das, was ich möchte.«

Verena lachte bitter auf. »Aber das, was du möchtest, ist das, was ich mit Sicherheit jetzt nicht mehr will. Mit Simon und mir ist es aus und vorbei.«

Dann geriet endlich Bewegung in Verena. Sie schnappte die schimpfende Katja am nackten Oberarm und zog sie zur Wohnungstür hinaus. »Aber hallo! Du kannst mich doch nicht so vor die Tür stellen!«, keifte diese durch das Holz, nachdem die Tür ins Schloss gefallen war.

»Und ob ich das kann«, sagte Verena leise zu sich selbst.

Ihr Mitleid gegenüber Katja, die sich nun im Treppenhaus anziehen musste, hielt sich in Grenzen.

Diesmal war alles eindeutig. Auch wenn Verena das Gefühl hatte, ihr Herz würde wie in einem Mörser langsam, jedoch unaufhaltsam zerbröselt, gab es für sie keine Zweifel mehr. Kein einziges Mal überlegte sie hin und her, ob sie Simon verlassen sollte oder nicht. Die Entscheidung stand sofort fest: Für sie war die Beziehung mit Simon ein für alle Mal zu Ende. Nachdem Katja weg war, ging sie mit unendlich müden Schritten ins Schlafzimmer zurück.

Simon, inzwischen angezogen, saß auf der Bettkante und hatte sein Gesicht in den Händen vergraben. Als er sie hörte, schaute er auf, sah sie mit trauriger Miene an. »Das war's dann wohl, oder?«

»Ja«, erwiderte Verena mit zitternder Stimme. »Lass uns bitte so rasch wie möglich darüber reden, wie wir es mit der Wohnung regeln, wer die Hochzeit absagt …«

Als sie Tränen in Simons Augen glitzern sah, sah sie rasch weg, sonst müsste sie womöglich auch noch weinen. Obwohl ja er ihr das Herz gebrochen hatte, fand sie es fast unerträglich, zu sehen, wie schlecht es ihm ging. Dummerweise fiel ihr Blick auch noch auf den Kleiderschrank neben dem Bett. Aus der geschlossenen Tür hing der Zipfel einer Plastikhülle. Exakt die Hülle, in der ihr Brautkleid verpackt war, damit es nicht einstauben würde. Erst wenige Tage zuvor hatte sie es mit einem immensen Glücksgefühl an die Kleiderstange gehängt. Bildete sie sich das jetzt ein oder winkte ihr der Plastikzipfel höhnisch zu? »Hast du wirklich gedacht, du wirst eine glückliche Braut sein? Und Simon mausert sich zum treuen Ehemann?«, schien er zu rufen.

Rasch schaute Verena woanders hin. »Wir sollten nicht aufgeben«, sagte Simon in ihre Gedanken hinein. Er war inzwischen aufgestanden, fasste nach ihrer Hand und sah sie mit einem flehenden Blick an. »Ich kann eben nicht immer stark sein. Aber bin ich deswegen gleich ein schlechter Mensch?«

Fassungslos schüttelte sie seine Hand ab wie ein lästiges Insekt. Sie selbst hatte bestimmt seltsame Anwandlungen, wenn sie sich bereits einbildete, dass Plastikfolien sich über ihre Lebensträume lustig machten. Aber das, was Simon ganz realistisch von sich gab, schlug dem Fass nun wirklich den Boden aus.

»Meinst du, ich soll geduldig warten, bis du dich irgendwann entschließt, doch noch treu zu sein?«, fragte sie mit vor Spott triefender Stimme. »Vielleicht so etwa mit achtzig Jahren? Dann bleibt deine Hose bei anderen Frauen zu?«

»So, wie du das sagst, klingt es einfach nur schäbig«, protestierte Simon. Offenbar wollte er sich noch nicht geschlagen geben. »Wir haben doch auch so viel Schönes zusammen!«

Verena zitterte förmlich vor Wut. Ihr seltsames Mitleid, als sie Simon weinen gesehen hatte, hatte sich vollkommen in Luft aufgelöst. »Kapierst du es nicht? Du zerstörst alles! Und ich habe keine Lust, dir immer und immer wieder zu verzeihen.«

»Verena, jetzt sei doch nicht so«, sagte er, es klang allerdings bereits sehr resigniert. »Es bringt doch nichts.«

Verena deutete nur auf den Kleiderschrank. Schließlich sagte sie leise: »Übernachtest du in nächster Zeit woanders, oder soll ich erst mal zu meinen Eltern ziehen?«

Simon blinzelte mehrmals. »Wir können doch noch zusammen wohnen bleiben. Sei doch nicht gleich so dramatisch!«

»Also dann gehe ich fürs Erste«, sagte sie, ohne auf seine, für sie nicht nachvollziehbaren Worte überhaupt einzugehen.

Was dachte er sich eigentlich dabei? Hatte sie ihn eben mit einer anderen Frau im Bett erwischt oder nicht? War das alles nicht Grund genug, um »dramatisch« zu sein? Dabei fand sie sich noch überraschend ruhig. Ja, im Grunde war sie sogar ziemlich erstaunt darüber, dass sie nicht brüllte und kreischte, oder wie von Sinnen Gegenstände durch die Luft schleuderte, wie man es manchmal in Filmen sah. Insgeheim wusste sie sogar, warum sie das nicht tat: Dafür brauchte man trotz allen Schmerzes ein Gefühl von Lebendigkeit in sich. Sie aber kam sich wie ein Roboter vor, der automatisch wusste, was zu tun war. Allerdings schien die Batterie schon fast leer zu sein. In Kürze würde die Maschine wohl oder übel den Geist aufgeben.

»Mama, kannst du nachher bitte den Laden abschließen?«, fragte Verena ein wenig später ihre Mutter am Telefon.

»Sicher, Vreni«, entgegnete Gerda, ihre Stimme klang jedoch besorgt. »Ist alles in Ordnung bei dir? Du klingst nicht gut. War mit dem Baby alles okay?«, fügte ihre Mutter hinzu.

Im Moment hatte Verena wirklich keine Nerven, zu erklären, dass sie gar nicht bei Gitti und der kleinen Amelie zu Besuch gewesen war, sondern stattdessen, was ihre Beziehung betraf, eine aufschlussreiche Entdeckung gemacht hatte. »Ich erzähle dir später alles, ja?«, sagte sie. »Und wenn es euch recht ist, würde ich heute gerne bei euch übernachten.«

»Himmel, Vreni«, rief ihre Mutter bestürzt aus, »ist was mit dir und Simon?«

Verena schloss kurz die Augen. So viel zu, sie würde alles später erklären. »Mama, zwischen mir und Simon ist es aus und vorbei. Endgültig«, sagte sie noch, bevor ihre Stimme brach.

Dann legte sie schnell auf, um sich nicht noch die bestürzte Antwort ihrer Mutter anhören zu müssen. Während ihr das Handy aus der Hand auf den Teppich rutschte, sank Verena zusammen und schluchzte so heftig, als ob sie nie wieder damit würde aufhören können. »Es tut mir so leid«, hörte sie Simon ehrlich betroffen ganz nahe an ihrem Ohr murmeln, »es tut mir wirklich unsagbar leid.«

Er hatte sich vor sie auf den Boden gehockt, weinte ebenfalls. Sie ließ sich sogar von ihm umarmen. Womöglich, weil sie sich einfach zu schwach fühlte, um sich gegen seine Berührung zu wehren. Zumindest einige Sekunden lang. Dann nahm sie ihre ganze Kraft zusammen und stieß ihn unsanft von sich. »Du bist erkältet und kannst heute Nacht hierbleiben. Ich schlafe bei meinen Eltern.«

»Aber … aber …«, begann Simon, stoppte jedoch mitten im Satz, als er ihren Blick auffing.

Wie ein getretener Hund trollte er sich aus dem Zimmer, während sie sich bemühte, tief durchzuatmen. Einfach ein- und ausatmen. Und gleich noch einmal. »Geht doch«, flüsterte sie, »einfach weiteratmen.«

Später am Abendbrottisch bei Gerda und Josef herrschte die meiste Zeit eine beklemmende Stille. Verena war ihrer Mutter dankbar dafür, dass diese bereits den Vater instruiert hatte – keiner der beiden stellte Fragen an sie. Verständlicherweise wollte Verena ihre Eltern auch mit den peinlichen Einzelheiten ihrer Trennung verschonen. »Noch Butter?«, fragte nun Josef bemüht gelassen in die kleine Runde, hielt dabei den Buttertiegel hoch.

»Nein, danke«, murmelte Verena, die ihre von Gerda liebevoll mit Bergkäse und Radieschen belegte Brotschnitte noch gar nicht angerührt hatte.

Stattdessen starrte sie Löcher in die Luft. So richtig konnte sie noch gar nicht glauben, was sie nur wenige Stunden zuvor erlebt hatte. Hatte sie tatsächlich Simon und Katja zusammen im Bett erwischt? Sozusagen der wahr gewordene deftige Tiroler Bauernschwank? Alleine beim Gedanken an diese unsägliche Situation spürte sie, wie ihre Wangen zu glühen anfingen.

»Vreni, so iss doch wenigstens ein paar Happen!«, jammerte ihre Mutter, vermutlich, weil sie zumindest irgendwas sagen wollte.

»Vielleicht später«, wich Verena ihr aus, auch wenn ihr vor Hunger bereits ein wenig schwindelig war, im Augenblick konnte sie unmöglich auch nur einen einzigen Bissen runterbringen.

»Vielleicht telefonierst du mal mit der Leni«, sagte da ihr Vater, »das tut dir bestimmt gut.«

»Mache ich demnächst«, erwiderte sie leise.

Ihre Mutter nickte dazu eifrig. Dann sagte sie: »Übrigens, der Felix Wolters war vorhin im Laden. Ein sehr netter Mensch. Ich habe ihn gleich wiedererkannt, obwohl natürlich einige Jahre vergangen sind, seit ich ihn das letzte Mal gesehen habe. Telefoniert hatten wir ja schon mal wegen der CD. Aber seine Augen haben ja eine wirklich faszinierende Farbe. Na ja, warum es mit dem Burschen damals aus und vorbei war, das verstehe ich bis heute nicht. Die Katja hat ihn dir ja damals ausgeredet, nicht wahr?« Verena war beim Namen ihrer ehemaligen Freundin heftig zusammengezuckt, was Gerda jedoch nicht zu merken schien. Josef warf seiner Frau einen warnenden Blick zu, doch die plapperte munter weiter: »Auf jeden Fall ist der Felix in der ›Wollfee‹ gewesen, um sich seinen Mantel nähen zu lassen. Eine kleine Innentasche ist eingerissen. Du weißt anscheinend, wie es passiert ist.« Sie lachte leise auf. »Ich hätte es ja auch gemacht, aber er möchte demnächst noch mal vorbeikommen.« Sie nickte ihrer Tochter, die sie jedoch nicht mal ansah, zu. »Auf jeden Fall ist er ein sehr sympathischer Typ. Demnächst werde ich mir eine neue Brille bei ihm kaufen.«

Verena, die, nachdem Katjas Name in der Erzählung gefallen war, nur noch auf Durchzug geschaltet hatte, stand abrupt auf. »Mama, sei mir bitte nicht böse. Aber heute ist mir nicht nach Plaudern zumute.«

Gerda verzog niedergeschlagen den Mund. »Tut mir leid, Vreni. Ich wollte dich nur aufheitern.«

»Ich weiß«, sagte Verena leise, strich ihrer Mutter kurz über den Handrücken. »Aber jetzt möchte ich mich einfach nur hinlegen.«

»Tu das«, sagte Josef, stand jetzt ebenfalls auf. Er umarmte seine Tochter kurz und flüsterte ihr noch ins Ohr: »Auch, wenn du es dir jetzt nicht vorstellen kannst, es wird alles gut werden.«

Dann ließ er sie gehen, hielt auch noch Gerda zurück, die ihrer Tochter nacheilen wollte. »Manchmal muss man einfach alleine sein und kann nicht reden«, sagte er zu seiner Frau.

»Du hast wahrscheinlich recht«, gab diese zu und ließ sich wieder auf den Stuhl sinken.

Verena war fast eingeschlafen, als sie ihr Handy klingeln hörte. Noch im Halbschlaf griff sie danach und nahm das Gespräch an.

»Hallo, du! Ich habe eine supergute Nachricht!«, nahm sie, langsam wach werdend, die Stimme ihrer Freundin Leni wahr. »Vor deiner Hochzeit kann ich mir noch ein paar Tage in der Werbeagentur freinehmen. Mein Chef hat es endlich genehmigt.«

Verena hörte ein lautes Aufseufzen am anderen Ende der Leitung, während sie – nun schlagartig hellwach – spürte, wie sich ihr Magen immer mehr verknotete.

»Ist doch ideal, nicht wahr? Dann kann ich dir bei den vielen Hochzeitsvorbereitungen helfen!« Mit spaßig verstellter Stimme, so als ob sie eine alte Lehrerin mit erhobenem Zeigefinger wäre, fügte sie hinzu: »Mit vereinten Kräften geht alles leichter, junges Fräulein!«

Leni wirkte so fröhlich – es tat Verena fast leid, deren gute Stimmung zu erschüttern. Aber länger ertrug sie es einfach nicht, sich die unbeschwerten Pläne der anderen anzuhören.

»Leni«, sagte sie vorsichtig.

»Ist alles in Ordnung bei dir?«, gab die Freundin sofort alarmiert zurück. »Habe ich dich etwa aufgeweckt?«

»Ja, aber darum geht es nicht«, flüsterte Verena, »sondern darum, dass plötzlich alles anders geworden ist.«

»Oh Gott, bitte erzähl«, sagte Leni offensichtlich schockiert, bevor sie sich schweigend, bloß hin und wieder aufstöhnend, Verenas Schilderungen anhörte.

»Was ist diese Katja doch für ein gemeines Biest!«, kreischte sie schließlich auf. »Ich könnte sie eigenhändig und augenblicklich erwürgen.«

Die andere lachte bitter auf. »Tu das bitte lieber nicht!«

Doch sie musste ihrer Freundin zustimmen: »Katja verhält sich wirklich charakterlos, aber du darfst nicht vergessen: Es war immer noch mein Freund Simon, der für unsere Beziehung verantwortlich war.«

»Ja, da hast du leider recht«, sagte Leni, »aber ich kann es trotzdem nicht fassen, warum die Katja alles kaputtmachen muss, was ihr in die Quere kommt. Bei ihr hat man das Gefühl, dass sie es nicht ausstehen kann, wenn andere Menschen glücklich sind.«

»Ja. Vielleicht«, sagte Verena, die keine Lust dazu hatte, sich mit Katjas psychischer Befindlichkeit auseinanderzusetzen, vage. »Wichtiger ist es aber jetzt, wie Simon und ich alles auseinanderdröseln. Die Wohnung, unsere Möbel.«

»Es ist zunächst mal immer noch deine Wohnung. Simon soll gefälligst ausziehen! Könntest du dir die Miete denn allein leisten? Die Wohnung ist doch so schön. Und du hast auch schon einmal allein dort gewohnt, bevor du mit Simon zusammengekommen bist«, erläuterte ihr Leni, die rasch in einen pragmatischen Modus umgeschaltet hatte.

»Das stimmt. Und ich denke, für eine Weile sollte ich schon so über die Runden kommen«, überlegte Verena laut, »kommt natürlich darauf an, wie die ›Wollfee‹ weiterläuft.«

»Du wirst das schaffen«, baute ihre Freundin sie auf, »und wenn eine Durststrecke kommt, kann ich dir auch gerne Geld leihen.«

»Das ist sehr lieb von dir«, musste Verena gerührt über Lenis hilfsbereite Art schmunzeln. »Aber das wird nicht nötig sein. Wenn es hart auf hart kommt, helfen mir ganz bestimmt meine Eltern.«

»Sicher«, pflichtete Leni ihr bei und fügte hinzu: »Ich werde mal schauen, dass ich in nächster Zeit ein paar Tage freikriege, dann komme ich zu dir nach Kitzbühel.«

»Du bist ein Schatz«, flüsterte Verena, dabei blinzelte sie heftig ihre aufsteigenden Tränen weg. Und um nicht ins Telefon zu schluchzen, verabschiedete sie sich rasch und legte auf.

Vier Wochen waren seit dem fürchterlichen Nachmittag im Januar, als Verenas Glück endgültig zerbrach, bereits vergangen. Simon war aus der Wohnung ausgezogen. Diese fühlte sich für Verena nun schrecklich kalt und leer an, obwohl ihr Exfreund nur wenige Möbelstücke mitgenommen hatte. Nun stand sie neben Leni im Flur und starrte auf die Stelle an der Wand, an der bis vor Kurzem noch eine alte bäuerliche Anrichte aus Simons Familie als Garderobenschrank gestanden hatte. Leni, die tatsächlich für eine Woche nach Kitzbühel gekommen war, allerdings erst später als erhofft, stupste die Freundin in die Seite. »Da besorgst du dir demnächst etwas Schickes. Wirst sehen, das schaut dann richtig gut aus.«

»Ja, irgendwann«, erwiderte Verena lustlos. Sie zuckte mit den Schultern. »Ist im Moment ja auch nicht so wichtig.«

Huch, schon wieder stiegen ihr die Tränen in die Augen. Das passierte ihr in letzter Zeit andauernd – und es geschah oft in den unmöglichsten Momenten. Wenn sie ein Lied im Radio hörte, das Simon mochte, zum Beispiel. Letztens hatte sie sogar losgeheult, als sie hinten im Schrank uralte Socken von ihm gefunden hatte. Es tat einfach alles in ihr weh, und die Wunden drohten bei jeder Gelegenheit aufzureißen und heftig zu bluten – tja, sogar bei alten Socken. Eigentlich dumm, wo sie doch nach wie vor der festen Überzeugung war, dass sie mit Simon nicht zusammenbleiben wollte. Nein, sie konnte es drehen und wenden, wie sie wollte, mit einem Mann, der einfach nicht treu sein konnte, mit dem würde sie immer unglücklich sein.

Dennoch fühlte sie sich wie zerrissen. Und an diesem Tag sogar besonders aufgewühlt.

Gemeinsam mit Leni hatte sie das Hochzeitskleid in den Brautmodenladen zurückgebracht. Leni hatte zwar alleine losgehen wollen, um Verena den Schmerz zu ersparen. Diese wollte sich jedoch auf keinen Fall davon abbringen lassen. »Ich glaube, das gehört für mich dazu, um richtig abschließen zu können.«

Sie hatte dann auch noch Glück im Unglück, denn die nette Verkäuferin nahm das Kleid anstandslos zurück, stellte keine einzige unangenehme oder persönliche Frage. Vielmehr benahm sie sich so, als ob es für sie zum alltäglichen Geschäft gehörte, wenn Hochzeiten abgeblasen wurden. So hielt sich auch Verena wacker – bis die Verkäuferin sie beim Verabschieden plötzlich in den Arm nahm. »Sie können es mir ruhig glauben, es geht wieder bergauf«, flüsterte sie ihr ins Ohr. Tja, und zu diesem Zeitpunkt öffneten sich alle Schleusen in ihr – und Leni kehrte mit einer völlig aufgelösten Freundin in die Wohnung zurück. Die sich nun aber wieder gefangen hatte.

»Es muss einfach noch Zeit vergehen, dann wird alles besser«, sagte jetzt auch noch Leni leise und legte ihr den Arm um die Schultern. »Und irgendwann wirst du dich auch wieder verlieben.«

Den letzten Satz fand Verena so befremdend, dass sie die Stirn runzelte. »Das kann ich mir in diesem Leben eigentlich nicht mehr vorstellen.«

»Na klar!«, sagte ihre Freundin, die sich ein Schmunzeln jetzt nicht mehr verkneifen konnte. »Jetzt denk doch einfach mal positiv!«

»Mache ich doch«, warf Verena ein, »aber zum Glücklichsein will ich keinen Mann mehr. Man kann auch als Single zufrieden leben.«

Die andere grinste immer noch. »Wenn du meinst. Aber ich darf mir ja schon mal Gedanken machen, wer zu dir passen könnte …«

Nun musste auch Verena lachen. Natürlich redete Leni einen ziemlichen Unsinn daher, aber die wohl liebste Freundin der Welt machte es, um sie aufzuheitern. Und das tat ihr unheimlich gut. Spontan umarmte sie die andere. »Ach du«, flüsterte sie, »am liebsten würde ich dich morgen gar nicht mehr nach Augsburg zurückfahren lassen.«

»Ich würde auch am liebsten bleiben«, sagte Leni, um mit einem Augenzwinkern hinzuzufügen: »aber ich werde schon dafür sorgen, dass dir nicht langweilig wird.«

Verena hatte nicht so recht herausfinden können, was Leni damit gemeint hatte. Aber schon drei Tage später fand sie eine Antwort darauf. Felix rief sie im Wollladen an und fragte, was denn nun aus ihrem geplanten Skiausflug werden sollte. Natürlich war er von Leni darauf angesetzt worden, sich um die Jugendfreundin zu kümmern.

»Na ja, der Simon fällt jetzt ja definitiv aus«, gab Verena unumwunden zu.

»Ich weiß«, sagte er in mitfühlendem Ton, »Leni hat es mir erzählt.«

Sie hatte also mit ihrer Vermutung richtig gelegen – fast hätte sich Verena selbst auf die Schulter geklopft.

»Wie geht's dir denn?«, fragte er nun. »Ich würde mich auf jeden Fall freuen, wenn wir uns öfter sehen könnten.«

»Das ist lieb von dir! Fast habe ich das Gefühl, als ob du ganz wunderbar mein großer Bruder sein könntest«, rutschte es ihr heraus.

»Großer Bruder?« Er klang nicht so recht überzeugt.

Peinlich berührt räusperte sich Verena mehrmals. Jetzt war sie wohl zu persönlich geworden. Nicht, dass er noch dachte, er hätte irgendeine Verpflichtung, sich um sie zu kümmern! Also wirklich! In Sekundenschnelle färbten sich ihre Wangen tiefrot wie überreife Tomaten, sie war heilfroh, dass Felix sie so nicht sehen konnte. »Vergiss das mit dem Bruder«, rief sie hektisch und fügte, da er nichts antwortete, nach einer Pause, die ihr endlos lange erschien, hinzu: »Skifahren würde ich auf jeden Fall sehr gerne mit dir und der Silvia!«

»Silvia?«, kam es, so wie es ihr schien, in ziemlich verwirrtem Tonfall von Felix zurück.

Sie biss sich auf die Unterlippe, um nicht laut aufzulachen. Mensch, hatte Felix denn noch immer nicht kapiert, dass seine hübsche Geschäftsführerin in ihn verliebt war? Aber offenbar hing er noch so sehr seinen alten Gefühlen für seine ehemalige Freundin in Innsbruck nach und sah so den sprichwörtlichen Wald vor lauter Bäumen nicht!

»Okay, dann werde ich eben auch Silvia fragen, ob sie mit zum Skifahren möchte«, erklärte Felix in fast mürrischem Ton. »Würde es dir am nächsten Sonntag passen?«

»Ja, das wäre perfekt!«, rief sie aus, merkte erstaunt, dass sie sich tatsächlich auf den gemeinsamen Skiausflug freute.

Da eine junge Frau mit einem Kinderwagen eben die »Wollfee« betrat, verabschiedete sie sich von Felix. Um im nächsten Moment einer etwas erschöpften, jedoch nichts desto weniger überaus glücklich wirkenden Gitti um den Hals zu fallen. »Was für eine tolle Überraschung!«, rief Verena aus.

Dann versank sie in den Anblick des goldigen Babys, das zufrieden an seinem Schnuller saugte. »Darf ich vorstellen: Amelie Sarah«, sagte Gitti mit stolzer Stimme.

»Ein allerliebster Name für ein allerliebstes süßes Mädchen«, erwiderte Verena ehrlich entzückt.

Rasch holte sie die Tüte mit der rosafarbenen Wolle unter dem Verkaufspult hervor. Nach der Trennung von Simon hatte sie es tatsächlich noch nicht geschafft, Gitti zu besuchen. Womöglich hatte sie, wenn sie genauer darüber nachdachte, auch ein wenig Angst gehabt, dass dieses Happy-Family-Glück sie in ihrem Liebeskummer noch mehr erschüttern würde. Völlig unbegründet, wie sie nun feststellte, denn Gitti und ihr Baby zu sehen, hob ihre Stimmung immens. »Tut mir leid«, sagte sie jetzt aber nun doch ein wenig zerknirscht«, »ich wollte eigentlich bereits vor Wochen bei euch vorbeikommen.«

»Gar kein Problem«, sagte Gitti in etwas übertrieben fröhlichem Tonfall – ihr mitleidiger Blick strafte ihre Worte ohnehin Lügen.

Natürlich, auch sie hatte wohl inzwischen erfahren, was geschehen war. Rasch schaute Verena auf die Tüte und drückte sie der stolzen Mama in die Hand. »Alles Liebe für euch!«

»Oh, wie süß! Die Wolle ist ein Traum!«, jubelte Gitti entzückt, als sie ein Wollknäuel herausholte. »Das hier schreit ja geradezu danach, recht schnell in ein niedliches Jäckchen verzaubert zu werden.«

»Da bin ich mir absolut sicher«, lächelte Verena erfreut.

Doch als Gitti sie erneut in den Arm nahm und sie fest an sich drückte, spürte sie wieder einen dicken Kloß im Hals. Alles klar, dass sie so gut wie jeden Tag heulte, gehörte im Moment wohl genauso zu ihrem Leben dazu wie das tägliche Zähneputzen. Würde das eigentlich jemals aufhören? Schnell wich sie zurück, deutete auf die kleine Amelie. »Darf ich sie denn kurz mal halten?«

»Klar, nur leider weint sie meist bei anderen Leuten«, sagte Gitti und fügte mit einem Augenzwinkern hinzu: »Du darfst das also nicht persönlich nehmen.«

»Keine Sorge, tue ich nicht«, versprach Verena und machte sich bereits auf lautes Gebrüll gefasst. Doch der kleinen Amelie schien es in ihren Armen zu gefallen, ganz ruhig lag sie da und schaute sie mit großen Augen interessiert an. Okay, jetzt spürte Verena doch einen winzigen Stich in der Magengegend. Aber es war kein reiner Kummer, vielmehr eine Mischung verschiedenster Gefühle: Trauer, weil sie sich im Moment gar nicht vorstellen konnte, jemals selbst glückliche Mutter zu werden, auch tatsächlich etwas Glück darüber, dass sie nicht schwanger und nun allein war, und andererseits eine so große Ehrfurcht vor diesem wunderbaren Leben in ihren Händen. Erneut wurde ihr Hals eng, nun musste sie auch noch wie verrückt blinzeln.

Zum Glück fiel ihr da noch etwas ein. »Bevor ich es vergesse«, sagte sie und legte das Baby vorsichtig in Gittis Arme. Dann holte sie ihr Smartphone und fotografierte die Kleine einige Male. Am liebsten hätte sie angesichts dieses niedlichen Motivs gar nicht mehr damit aufgehört. »Meine Mutter würde es mir nie verzeihen, wenn ich ihr keine Fotos von der süßen Amelie präsentieren kann!« Gitti lachte amüsiert und stolz zugleich, dann wurde sie wieder ernst, und erneut trat der sorgenvolle Ausdruck in ihr Gesicht. Verena stieß sie leicht in die Seite. »Für mich ist es am besten, wenn man mich völlig normal behandelt.«

»Klar«, sagte Gitti mit leicht geröteten Wangen, fügte dann aber in forschem Ton hinzu: »Er hat dich wirklich nicht verdient. Kein bisschen. Ich bin mir ganz sicher, dass du bald deinen wahren Traumprinzen findest.«

»Aber sicher doch«, erklärte Verena voller Ironie in der Stimme, »gleich kommt er in den Laden geritten und kauft sich ein paar Knäuel Wolle. An der Tür muss er mit seinem Pferd allerdings den Kopf einziehen.«

»Wer weiß?«, kicherte Gitti so mädchenhaft ansteckend, dass Verena tatsächlich mitkichern musste.

Keine Frage, sie vermisste Simon jeden Tag. Aber dennoch ging das Leben irgendwie weiter. Und manchmal, wenn auch nur in einzelnen Momenten, fühlte es sich gar nicht mal so schlecht an. Nachdem Gitti noch weitere Wolle zu der geschenkten dazugekauft hatte, verabschiedete sie sich mit einem Küsschen auf die Wange. »Morgen Abend komme ich wieder zum Strickkurs, meine bessere Hälfte bleibt bei Amelie.«

»Das ist ja eine schöne Überraschung!«, antwortete Verena und half Gitti dabei, den Kinderwagen die beiden Treppen vor der Tür hinunterzubugsieren.

Bis Mutter und Kind an der nächsten Ecke verschwanden, winkte sie den beiden lächelnd nach. Ja, so übel fühlte sie sich gerade gar nicht. Sie freute sich auf den Strickkurs am nächsten Tag inmitten einer netten Runde. Und wenn sie an den geplanten Skiausflug mit Felix und Silvia am Sonntag dachte, freute sie sich gleich noch mal mehr. Sicher, sie wollte sich nichts vormachen. Es würde sicher auch wieder Stunden geben, in denen sie schluchzend unter der Bettdecke vergraben lag. Aber jetzt gerade schien ihr die Sonne nicht nur mit erstaunlicher Kraft ins Gesicht, sondern sogar ein kleines bisschen ins Herz hinein. Sofort musste sie über ihre eigenen kitschigen Gedanken lachen und huschte rasch wieder in ihr Geschäft hinein.

Am Sonntagmorgen kurz nach neun, sie hatte sich leicht verspätet, suchte Verena an der Talstation der Hahnenkammbahn inmitten der Menschenmenge nach Felix und Silvia. Ihr Jugendfreund hatte sich angeboten, sie mit dem Auto abzuholen, aber das wäre ihrer Meinung nach viel zu umständlich gewesen. Von ihrer Wohnung aus brauchte sie schließlich nur eine Viertelstunde zur Gondelstation, was auch in ihrer Skikleidung leicht zu bewerkstelligen war. Die Skier hatte sie geschultert, die Skischuhe baumelten ebenfalls an ihren Schultern. Und ihre Sportschuhe, die sie noch anhatte, würde sie gleich in einem Rucksack verstauen. Voilà! Und fertig war sie für die Piste! Nun hielt sie aber doch ein wenig nervös Ausschau nach einem roten Anorak, wie Felix ihr seinen beschrieben hatte. Bis jetzt vergeblich. Nachdenklich kniff sie die Augen zusammen.

Gut, sie hatte sich ein wenig verspätet, weil just in dem Moment, als sie zur Tür hinauswollte, Simon angerufen hatte. »Können wir noch einmal miteinander reden?«, hatte er gleich nach der Begrüßung gefragt. »Ich vermisse dich einfach schrecklich.«

»Lassen wir das lieber«, hatte sie unmissverständlich erwidert, frei von jeglichem Zweifel.

Dennoch ärgerte sie sich nun darüber, dass Simons Anruf sie doch sehr aufgewühlt hatte. Erneut fühlte es sich an, als ob die zart verheilten Wunden wieder aufbrachen. Leise stöhnte sie auf. Und wenn jetzt, da sie zu spät dran war, Felix und Silvia sie auch noch versetzen würden, wäre ihr Tag schon mal gelaufen. In dem Augenblick tippte ihr jemand von hinten auf die Schulter. »Verena, wie schön!«, rief Felix mit einem strahlenden Lächeln aus, als sie sich umdrehte.

Neben ihm stand eine schicke Silvia im weißen Overall – leider strahlte sie nicht ganz so intensiv. In Wahrheit lag nur ein äußerst schmallippiges Lächeln auf ihren Zügen, ihre zusammengepressten Lippen konnten jedoch auch einfach der Kälte geschuldet sein. Oh, oh, das fing ja schon mal gut an. Innerlich stöhnte Verena auf. Auf ihrem Wunschzettel stand bestimmt nicht ganz oben, das sprichwörtliche fünfte Rad am Wagen zu sein. Dennoch wollte sie sich ihre gute Laune nicht verderben lassen. Sie zwinkerte Silvia, die immer noch ziemlich geknickt dreinschaute, gutmütig zu. Gleichzeitig nahm sie sich vor, die beiden anderen so viel wie möglich in Frieden zu lassen, dann konnten die ihre Zweisamkeit genießen – und womöglich kapierte Felix dann endlich, wie es um seine Angestellte stand.

Wie geplant, so getan. Oben am Ausstieg der Gondel ließ Verena die beiden bei strahlendem Sonnenschein vorfahren, hielt sich, obwohl sie im Grunde ziemlich gut fahren konnte, mit Absicht zurück. Nur dumm, dass Felix und Silvia bloß ein Stückchen weiter unten an einer Pistenkante auf sie warteten. »Alles in Ordnung bei dir?«, rief Felix ihr zu, als sie endlich in ihrer Nähe abbremste, dass der Schnee nur so staubte.

»Alles bestens!«, gab sie zurück, deutete dann auf das beeindruckende Bergpanorama.

»Ich war schon so lange nicht mehr hier oben, da möchte ich das alles hier doppelt genießen. Schaut euch nur den glitzernden Schnee an! Sieht so aus, als ob jemand Millionen von Diamanten hingestreut hätte.«

»Aha«, gab Felix offensichtlich ein wenig verwirrt zurück, »ich dachte nur, wir bleiben alle zusammen ...«

»Verena hat doch gesagt, dass sie lieber alleine fahren möchte, um sich ganz auf die Gegend zu konzentrieren«, meinte da Silvia mit ein wenig scharfer Stimme. »Da sollten wir nicht so aufdringlich sein.«

»Das seid ihr natürlich nicht«, sagte Verena rasch, fügte jedoch hinzu: »Aber mir tut es wirklich gut, wenn ich einfach mal ein bisschen für mich bin.«

Silvia warf Felix einen triumphierenden Blick zu, dieser wirkte jedoch noch immer nicht so recht überzeugt. »Meinst du wirklich? Ich finde Skifahren in der Gruppe echt viel netter.«

Diesmal sagte Silvia nichts, warf ihm nur einen Blick zu, der für Verena Bände sprach. Verärgerung und Enttäuschung lagen darin und eine gehörige Portion von »du kapierst ja rein gar nichts«. Das wollte Verena einfach nicht länger mitansehen. »So, ihr beiden, ich weiß ja nicht, was ihr jetzt macht. Ich nehme jetzt jedenfalls die Familienabfahrt und sause los.«

Da Felix jetzt richtig niedergeschlagen wirkte, setzte sie noch nach: »Wir können uns in zwei Stunden ja oben auf der Tirol-Hütte zum Essen treffen. Was sagt Ihr dazu?«

»Super Idee!«, rief Felix – gleichzeitig mit Silvia, die jedoch grummelte: »Ob ich da überhaupt schon Hunger habe?«

Verena wollte, dass die beiden das unter sich klärten, winkte ihnen noch einmal zu, dann schwang sie sich mit einem breiten Grinsen im Gesicht die Piste hinunter. Einfach herrlich! Fast tat es ihr leid, dass sie den Großteil des Winters wegen der »Wollfee« – und anderen Aufregungen, an die sie jetzt lieber nicht denken wollte – gar nicht zum Skifahren gekommen war. Nun würde bald der Frühling da sein, aber vielleicht schaffte sie es ja noch ein- oder zweimal auf die Piste.

»Verena!«, wurde da von der Seite ihr Name gerufen.

Sie wandte den Kopf in die Richtung und erkannte Simon im knallroten Skianzug seiner Skischule. Zum Glück war er nicht alleine, sondern fuhr zwei älteren Damen voraus, die sich voll und ganz auf ihn konzentrierten. Ein scharfer Stich fuhr durch Verenas Brust, wie eine dünne Klinge, die ihr Herz durchbohrte. Dennoch schaffte sie es, freundlich zu lächeln, während sie ihrem Exfreund zuwinkte. Ganz normal, dass es noch wehtut, musste sie denken – und hoffte so sehr darauf, dass der Schmerz mit der Zeit nachlassen würde.

# 10

Fünf Monate später, der frühe Sommer in Kitzbühel zeigte sich von seiner schönsten Seite, hatte sich Verenas Liebeskummer tatsächlich gelegt. Natürlich, die große Enttäuschung war nicht völlig verschwunden, und immer wieder gab es auch Momente, in denen sie mit einem dumpfen Gefühl im Bauch an die vergangene Zeit mit Simon dachte. »Aber es ist tatsächlich schon viel, viel besser geworden«, erklärte sie eines Morgens Felix, mit dem sie, wie so oft in den letzten Wochen, den altbekannten Almweg entlanglief.

»Da bin ich echt erleichtert«, sagte er, warf ihr einen schnellen Seitenblick zu. »Im Winter hast du mir so schrecklich leidgetan und du sahst ehrlich gesagt auch furchtbar aus!«

»Herzlichen Dank auch!«, rief Verena gespielt empört, aber natürlich wusste sie, was er meinte, sie war jetzt nicht auf der Jagd nach Komplimenten gewesen.

Dennoch kam es postwendend zurück: »Du warst natürlich wunderhübsch wie immer, aber man hat es dir jede Sekunde angesehen, wie unsagbar traurig du warst«, erklärte er mit einer Stimme, die so liebevoll und besorgt klang, dass es Verena geradezu rührte.

»Du bist ja wirklich so was wie mein großer Bruder«, sagte sie gedankenverloren. Sofort verdüsterte sich Felix' eben noch so aufgeschlossen wirkende Miene. »Ja, ja, ich sag's nie wieder«, rief sie lachend, »vermutlich wäre es die Pest für dich, eine kleine Schwester wie mich zu haben! Ich muss wohl wirklich eine ziemliche Nervensäge sein.«

Er sagte nichts, musterte sie nur kurz mit seinen auffälligen grüngrauen Augen, dann beschleunigte er ohne Vorwarnung sein Tempo. »He, das ist total gemein von dir!«, rief Verena, die ihm keuchend zu folgen versuchte. Keine Chance, Felix wurde nicht langsamer, sprintete nun richtig über die Kieselsteine. »Also gut«, murmelte sie und legte ebenfalls einen Zahn zu.

So, jetzt war sie richtig gut unterwegs, so sehr auf das Laufen konzentriert, dass Felix, von ihr unbemerkt, nach einer Wegbiegung ein Stück weiter vorn stehen geblieben war. Schnurstracks stolperte sie ihm in die Arme. »Aua!«, rief sie mehr aus Schreck, denn aus Schmerz. Sie hatte sich nur ganz leicht den Kopf an seiner – war ihr das bislang eigentlich gar nicht aufgefallen? – ziemlich muskulösen Brust gestoßen.

»Ich Depp!«, schimpfte Felix über sich selbst, und strich Verena sanft über ihre braunen Locken, die jetzt im Sommer mit helleren Strähnen in der Sonne glänzten. »Ist noch alles dran an dir?«

»Denke schon«, musste sie lachen und rückte ein Stück von ihm weg. Dann fiel ihr etwas ein, was sie ihn eigentlich bereits vorhin hatte fragen wollen. »Wie geht es eigentlich der Silvia?«

»Gut«, sagte er achselzuckend, »der Job in meinem Geschäft scheint ihr wirklich Spaß zu machen, sie führt den Laden tipptopp, hat alles im Griff, super Angestellte.«

Im Geiste rollte Verena mit den Augen. Seit dem einen Skitag im Februar hatten sie nichts mehr zu dritt unternommen. Was Verena auch gut fand, denn ehrlich gesagt hatte sie die Stimmung auf der Skihütte, auf der sie sich nach den ersten Skistunden getroffen hatten, nicht so prickelnd gefunden. Bestens hatte sie noch in Erinnerung, wie Silvia zwischen den Bissen ihres Kaiserschmarrns immer wieder eindeutig schmachtende Blicke in Richtung Felix geworfen hatte, der davon ganz offensichtlich nichts mitbekommen wollte. Wohl als Einziger in der gut besuchten Hütte.

Gleichzeitig war Verena klar geworden, dass sich die blonde Optikerin ihre »Nebenbuhlerin« eindeutig am liebsten auf den Mond, oder besser noch in ein anderes Sonnensystem, gewünscht hätte. Und jetzt, als Felix vor ihr auf der Alm stand, schien er immer noch nicht zu kapieren, dass Silvia womöglich genau die Richtige für ihn war! Himmel, war dieser Mann denn blind? Aber da sie genau diesen Mann, der ihr in den letzten Monaten als lieber und verlässlicher Freund zur Seite gestanden hatte, richtig gern mochte, würde sie noch einen Versuch wagen, um seinem Liebesglück auf die Sprünge zu helfen. Und Katja, die zu Verenas Erleichterung aus Kitzbühel weggezogen war und in Seefeld eine neue Stelle angenommen hatte, kam für einen Verkupplungsversuch zum Glück nicht mehr infrage. Aber schließlich musste nicht jeder Single bleiben, so wie sie es für sich selbst, zumindest für die nächsten Jahre, entschieden hatte.

Später in der »Wollfee« war, wie fast immer in den letzten Monaten, viel zu tun. Und trotz des warmen Sommertages, der Touristen und Ausflügler sonst stets in die Natur und nicht zum Einkaufen lockte, machten etliche Kunden einen Abstecher in den kleinen Laden. Vielleicht lag es auch an den frisch gelieferten Garnen in Pastelltönen, wie gemacht für leichte Sommerpullis, dass der Andrang recht groß war. Also jede Menge Arbeit, die Verena Spaß machte.

Dennoch grübelte sie immer wieder darüber nach, wie sie es mit Silvia und Felix anstellen sollte. Ihrer Meinung nach war Felix nicht nur blind für Silvias eindeutige Gefühle, sondern wohl auch noch wahnsinnig schüchtern. Vermutlich war es ihm peinlich, den ersten Schritt zu tun, er hatte wohl Sorge, einen Korb zu bekommen. Natürlich war Verena auch klar, dass sie sich das alles in ihrem Kopf zusammenspann und womöglich kilometerweit mit ihrer Einschätzung danebenliegen konnte. Aber daran hätte der Felix selbst Schuld, dachte sie, zugegeben ein wenig selbstgefällig. Wenn er kein einziges Sterbenswörtchen über sich und Silvia erzählt, kann ich ja nicht riechen, wie es um ihn steht.

Eigentlich komisch, denn über andere Themen, auch sehr persönliche, konnten sie sich stundenlang miteinander unterhalten. Aber gut, das Thema Liebe war Felix offensichtlich unangenehm, was wiederum ihre These stützte, dass sich ihr sonst recht selbstbewusst wirkender Jugendfreund in dieser Sache äußerst zurückhaltend gab. Und vermutlich war Felix noch immer verletzt, weil ihn diese Luise damals in Innsbruck betrogen und hintergangen hatte. Und wie lange ein gebrochenes Herz braucht, um zu heilen, das wusste Verena ja nun einmal sehr gut selbst. Vielleicht wollte er auch gar keine neue Beziehung, sondern zog das Leben als Single, so wie sie selbst, vor? Hm. So recht konnte sie sich auf sein Verhalten keinen Reim machen. Doch auf jeden Fall wollte sie versuchen, den Liebesengel bei Felix und Silvia zu spielen. Ein kleiner Schubs – den Rest mussten die beiden dann selbst erledigen. Nur wie sie es anstellen sollte, war ihr immer noch nicht klar.

Verena war dermaßen in Gedanken versunken, dass sie nicht einmal die Glocke ihrer Ladentür wahrnahm. Erst als Klara Hell, die ehemalige Lehrerin, vor dem Regal stand, in welches sie eben Wollknäuel einordnete, schreckte sie auf. »Hallo, Klara! Schön, dass du bei mir vorbeischaust!«, rief sie, steckte sich dabei verlegen eine Locke hinters Ohr.

»Grüß dich, Verena!« Die ältere Dame musterte sie eine Weile, dann nickte sie offensichtlich hochzufrieden. »Gut siehst du aus, Mädel! Im Winter hatte ich Angst, dass du bald zu dünn wirst und dich hinter einer Stricknadel verstecken kannst! Oder du wärst zu schwach geworden, um überhaupt noch ein kleines Wollknäuel hochzuheben.«

»Danke«, erwiderte Verena lachend, angesichts des ulkigen Bildes, das eben vor ihrem inneren Auge entstanden war, »ist total rührend von dir, dass du dich um mich sorgst!« Sie zuckte mit den Schultern. »Vermutlich geht es mir auch deshalb wieder viel besser, weil ich so liebe Menschen um mich habe.«

Die ältere Frau tätschelte ihr den Arm. »Das ist doch selbstverständlich. Und es tut uns doch allen gut, wenn wir zusammenhalten.« Offenbar, weil sie sah, dass Verena Tränen wegblinzeln musste, sie hatte immer noch recht nah am Wasser gebaut, aber es war kein Vergleich mehr zu den trüben Winter- und Frühlingsmonaten, wandte sich Klara Hell der Wolle vor ihr zu. »Himmlisch!«, rief sie entzückt aus, »diese hübschen Farben schreien förmlich danach, mir auf die Stricknadeln zu springen!« Aufgeregt erzählte sie Verena, dass sie mit einigen Mädchen und Jungen im Kinderheim, welches sie nach wie vor häufig zu Spielenachmittagen besuchte, eine kleine Strickrunde gegründet hatte. »Die jungen Leute sind mit Begeisterung dabei«, sagte sie.

Verena, die sich noch gut an den gemeinsamen Osterbesuch mit Klara in der betreuten Wohngruppe, bei dem sie Osterstriezel gebacken, Eier bemalt und Puppenkleider gehäkelt hatten, erinnern konnte, lächelte versonnen. »Vielleicht darf ich ja demnächst auch mal dabei sein.«

»Auf jeden Fall!«, erwiderte die ehemalige Lehrerin in gespielt bestimmtem Ton, »aber nur, wenn du dort auf mein Kommando hörst.« Mit einem Augenzwinkern fügte sie hinzu: »Hier in deinen Strickkursen würde ich auch gern den Ton angeben. Dann würde vielleicht nicht so viel getratscht, sondern mehr gearbeitet.«

Verena, die sehr wohl wusste, wie gern Klara Hell die Plaudereien in den Strickkursen mochte und deshalb die Ironie der Aussage sehr gut verstand, grinste von einem Ohr zum anderen. »Am nächsten Strickabend bist du der Chef!«, versprach sie, dann holte sie fünf große Wollknäuel in Grün und Blau aus dem Regal. »Und die hier sind mit einem lieben Gruß für deine Kids. Kleines Geschenk von der ›Wollfee‹!«

»Kommt gar nicht infrage!«, begehrte Klara Hell auf, »soweit kommt es noch, dass du alles verschenkst! Hast eh genug Kosten mit deiner Wohnung und so.«

»Ach, das klappt schon alles«, sagte Verena, was tatsächlich der Wahrheit entsprach. Gut, kurz nachdem Simon ausgezogen war, hatte sie zunächst eisern gespart, um alleine die Miete für die Wohnung zu stemmen. Aber die Geschäfte in der »Wollfee« waren von Woche zu Woche besser gelaufen, und nun konnte sich Verena ohne Bauchschmerzen die Kontoauszüge der Bank anschauen. So hatte sie weder ihre Eltern, noch Leni um Hilfe fragen müssen.

Doch Klara Hell ließ sich nicht abhalten, nun die gesamte Wolle zu bezahlen. »Nur über meine Leiche!«, kreischte sie wie eine tatsächlich grausam dahinscheidende Bühnendiva auf, als Verena ihr heimlich doch noch ein paar Wollknäuel in die Tüte stecken wollte.

»Ist ja gut«, gab sich Verena amüsiert geschlagen, bevor sich die beiden Frauen herzlich voneinander verabschiedeten.

Nachdem Klara Hell gegangen war, überlegte Verena weiter, wie sie Felix am besten mit Silvia verkuppeln sollte. Doch ihr wollte einfach nichts einfallen, was nur annähernd erwachsen war. Denn den beiden je ein Liebesbriefchen zuzustecken, welches angeblich der jeweils andere geschrieben hatte, war doch eher etwas für die große Pause am Schulhof. Seufzend beschloss sie, einfach Leni in Augsburg anzurufen. Schon zückte sie ihr Handy.

Doch genau in diesem Moment betrat in einem zitronengelben Sommerkleid mit flotten Schritten eine strahlende Gitti den Laden. Überrascht registrierte Verena, dass die kleine Amelie gar nicht dabei war. Sehr ungewöhnlich.

»Hallo«, grüßte sie fröhlich. »Na, fällt dir etwas an mir auf?«

»Du siehst sehr fesch aus!«, erwiderte Verena grinsend. »Das Kleid steht dir wahnsinnig gut.«

»Danke«, sagte Gitti mit einem verschämten Lächeln, drehte sich dann aber doch stolz um die eigene Achse, so dass sich der weit schwingende Rock wie ein Teller emporhob. »Aber das habe ich eigentlich gar nicht gemeint. Sondern, hast du schon gemerkt, dass ich heute mal ohne Amelie unterwegs bin.«

»Natürlich, das ist mir doch gleich aufgefallen«, antwortete Verena. »Wo ist denn die Süße?«

Gitti seufzte genießerisch auf. »Sie schläft heute das erste Mal bei meinen Eltern. Ist das nicht herrlich? Bis jetzt war ich ja wahnsinnig gluckig und wollte sie nicht hergeben, aber jetzt, wo ich es getan habe, fühle ich mich einfach saugut.« Mit einem verträumten Glanz in den Augen fügte sie hinzu: »Heute Abend werden Martin und ich das erste Mal seit Ewigkeiten fein Abendessen gehen – kaum zu glauben, endlich mal ohne Spuckflecken auf der Schulter. In den ›Blauen Enzian‹. Die haben eine neue Terrasse mit herrlichem Ausblick auf die Berge, am Abend ist alles mit Kerzen beleuchtet ...« Abrupt stoppte Gitti im Satz. »Klingt schrecklich kitschig, nicht wahr?«

»Gar nicht«, sagte Verena, die ihr fasziniert zugehört hatte – und der dabei ein, wie sie hoffte, genialer Einfall gekommen war.

Kaum war Gitti wieder gegangen, rief Verena im »Blauen Enzian« an. »Wäre heute Abend, 19 Uhr, noch ein Tisch auf der Terrasse für zwei Personen frei?« Nach einer kurzen Pause, in der sie am anderen Ende der Leitung hörte, wie in einem Buch geblättert wurde, kam die erlösende Antwort. »Perfekt«, rief sie erfreut auf, »bitte reservieren Sie auf Wolters.«

»Hätten Sie auch gern Rosenblätter auf dem Tischtuch?«, fragte der zuvorkommende Angestellte des »Blauen Enzians«.

Nur her damit!, hätte sie am liebsten begeistert ausgerufen, entschied sich dann aber doch für ein schlichtes: »Ja, bitte!«

Kaum hatte sie aufgelegt, rüstete sie sich für den zweiten Schritt. Sie rief Felix an und fragte ihn, ob er noch am selben Abend in den »Blauen Enzian« kommen wolle. »Total gerne«, antwortete er, dabei klang er zwar etwas überrascht, jedoch durchaus angetan.

Siegessicher ballte Verena die Faust. »Klasse, der Tisch ist auf deinen Namen für sieben Uhr reserviert. Ich freue mich.«

Gut, das war nicht mal geschwindelt. Denn natürlich freute sie sich darüber, wenn ihr kleiner Amordienst erfolgreich sein würde. Rasch legte sie auf und rief bei Silvia an. Die war nicht ganz so einfach zu begeistern. »Warum fragt mich Felix denn nicht selbst?«, wollte sie mit skeptischer Stimme wissen.

»Männer!«, rief Verena in bester Schauspielmanier dramatisch aus.

Dabei machte sie eine wegwerfende Handbewegung – natürlich ein völliger Unsinn, wie ihr gleich darauf klar wurde, Silvia konnte sie schließlich nicht sehen. Also musste sie ihre gesamte Überzeugungskraft in ihre Stimme legen. »Felix ist einfach schrecklich schüchtern und hat Angst, etwas falsch zu machen. Deshalb hat er mich gebeten, mit dir zu reden. Am besten du sprichst ihn auch vorher gar nicht darauf an.«

»Wenn du meinst«, sagte Silvia schließlich, in ihrer Stimme lag auf einmal ein erwartungsvoller Klang. »Dann kannst du ihm ja auch sagen, dass ich gerne kommen werde.«

»Wunderbar!«, rief Verena aus und verabschiedete sich schnell, bevor sie sich noch irgendwie verplapperte.

Den Rest des Tages freute sie sich wie ein Schneekönig über ihre kleine Intrige. In vor Schmalz nur so triefenden Bildern stellte sie sich vor, wie wunderbar das gemeinsame Abendessen von Felix und Silvia ablaufen würde. Geheimnisvoller Kerzenschein, der sanfte Schatten auf die seligen Gesichter warf. Ein feines Klirren der Sektgläser, wenn die zwei auf ihr junges Glück miteinander anstießen. Hach, und erst die tiefen Blicke, die sich die beiden zuwarfen. Herrlich!

Plötzlich aber, gerade als sie die Ladentür abschloss, erschienen Verena vor ihrem geistigen Auge die schönen Augen von Felix – und sie musste heftig schlucken. Gleich hatte sie sich wieder gefangen. Ja klar, sie freute sich irrsinnig für die beiden, besonders für Felix, der für sie zu einem sehr lieben und brüderlichen Freund geworden war. Erneut spürte sie ein Kratzen im Hals. Echt seltsam. Du hast bestimmt bloß

Angst, dass der geplante romantische Abend in die Hose geht!, gab sie sich in Gedanken selbst eine Erklärung für die seltsamen Gefühle, die auf einmal durch ihren Körper schossen. Natürlich, das war es. Die ganze Sache konnte ja schließlich auch ein absoluter Reinfall werden. Gut eingefädelt, aber dann völlig danebengegangen. »Das wäre echt schlimm«, murmelte Verena, als sie mit eiligen Schritten durch die Innenstadt von Kitzbühel auf ihre Wohnung zusteuerte, »das wäre die reinste Katastrophe!«

Ihre Stimme war lauter geworden, und Verena ignorierte dabei die erstaunten Blicke einer Fußgängerin, die ihr entgegenkam. Egal. Nochmals wiederholte sie den letzten Satz mit Nachdruck, musste jedoch mit Entsetzen feststellen, dass sie sich dabei selbst nicht glaubte. Himmel, war sie jetzt völlig verrückt geworden? Denn wenn sie ganz ehrlich zu sich selbst war: Sie wünschte sich keineswegs, dass Felix und Silvia einen romantischen Abend miteinander verbrachten …

Zu Hause warf sie ihre Schlüssel auf die neue Kommode im Flur – welche dort tatsächlich viel besser hinpasste als Simons alter Bauernschrank. Danach lief sie in die Küche, blieb kurz stehen, nur um gleich darauf ins Wohnzimmer zu hetzen. Von dort ging sie ins Bad, dann ins Schlafzimmer und erneut in die Küche. Nach ihrem ersten »Wohnungsrundgang« im Eilschritt blieb sie vor dem Herd stehen und fragte sich, ob sie jetzt womöglich völlig durchdrehte. Vielleicht ein Nervenzusammenbruch nach der Trennung von Simon. Viel zu lange hatte sie sich nun bereits über Wasser gehalten, hatte trotz ihrer vielen vergossenen Tränen weiterhin einfach funktioniert. Aber das musste sie ja auch, als selbstständige Unternehmerin konnte sie nicht einfach das Handtuch werfen und sich krankschreiben lassen. »Es geht gar nicht um Simon«, raunte ihr da eine vorwitzige Stimme in ihrem Kopf zu, »es geht um Felix.«

»Jawohl, es geht um Felix und Silvia«, sagte Verena laut und mit Nachdruck. Dennoch ging es ihr kein bisschen besser, vielmehr schlug ihr das Herz bis zum Hals, als ob es ihr gleich aus dem Mund springen würde.

Leni!, schoss es ihr da durch den Kopf. Ja, das war die Lösung. Sie würde mit ihrer besten Freundin telefonieren, bestimmt konnte diese ihre gerade völlig wirre Welt wieder geraderücken. Zum Glück ging Leni gleich ans Telefon, hörte sich die bestimmt total schräg klingenden Schilderungen geduldig an.

»Nur, damit ich es richtig verstehe«, sagte sie am Schluss, »du hast für Felix und Silvia ein geheimes romantisches Abendessen organisiert, sozusagen ein gut gemeintes Liebeskomplott, damit die beiden zusammenkommen.«

»Ja, so war das«, seufzte Verena, die immer noch hektisch in ihrer Wohnung hin und her lief. »Ich habe es wirklich gut gemeint.«

»Das glaube ich dir gerne«, sagte Leni in einem Ton, als ob sie mit einem Kleinkind, das gerade heimlich Gummibärchen stibitzt hatte, sprechen würde, »aber jetzt hast du das Gefühl, einen Fehler begangen zu haben.«

Ein wenig irritierte sie ihre Freundin damit schon. Gut, es war eine durchgeknallte Idee gewesen, Felix und Silvia heimlich in den »Blauen Enzian« zu lotsen. So nach dem Motto »gut gemeint ist nicht immer gut getan«. Aber Leni tat ja so, als ob hinter der ganzen Sache noch etwas viel Tiefsinnigeres stecken würde. Was natürlich absoluter Unsinn war. »Ich hätte es nicht tun sollen«, räumte sie ein, »denn vielleicht funkt es ja gar nicht zwischen den beiden. Sie sitzen einfach da und plaudern miteinander – wie immer. Aber mehr wird nicht daraus.« Hilfe, sie hörte selbst, wie ihre Stimme immer hoffnungsvoller und berauschter klang! Das durfte doch nicht wahr sein! Bestimmt war das auch Leni nicht entgangen.

»Also wünschst du dir sogar, dass Felix und Silvia nicht zusammenkommen?«, fragte diese prompt.

Verena versuchte, es gar nicht erst zu leugnen. »Ja, irgendwie schon. Und andererseits habe ich es mir doch gewünscht. Ich bin doch kein Unmensch, der andere absichtlich in peinliche Situationen bringen möchte.«

»Bist du nicht, Vreni«, beruhigte Leni sie. »Ich glaube, du bist einfach nur ziemlich durcheinander, weil du eine Tatsache, die mir beispielsweise schon lange klar ist, partout nicht wahrhaben möchtest.«

Verena runzelte die Stirn. Konnte denn eigentlich irgendjemand verstehen, was ihre Freundin da gerade vor sich hin faselte. »Und was soll das bitte für eine Tatsache sein?«, gab sie zugegeben recht patzig zurück.

Leni lachte leise auf. »Felix ist der Mann, der dich glücklich machen könnte. Ich wette, er ist bereits seit einer Ewigkeit in dich verliebt. Und jetzt bin ich mir ziemlich sicher, dass du die gleichen Gefühle für ihn hast.«

»Stimmt doch gar nicht«, rief die andere empört aus – oh, oh, langsam aber sicher mutierte sie tatsächlich zum Kindergartenkind. Ruhiger fuhr sie fort: »Wir sind einfach Freunde geworden, verstehen uns richtig gut. Irgendwie sehe ich ihn als lieben Bruder, der auf mich achtgibt.« Noch während sie das sagte, wusste sie, dass sie gerade einen riesigen Blödsinn daherredete. Zumindest teilweise. Denn natürlich verstanden Felix und sie sich gut, hatten ein vertrautes Verhältnis zueinander. Aber geschwisterlich waren die heißen Blitze, die peinlicherweise gerade durch ihren Körper zuckten, nun wirklich nicht zu verstehen. »Himmel, ich bin wirklich verliebt in ihn!«, sagte sie laut.

»Mädel, jetzt hast du es!«, hörte sie Leni am anderen Ende der Leitung juchzen. »Jetzt musst du nur noch losgehen und dein Glück packen!«

»Und Silvia?«, fragte Verena zaghaft. Dass sie die nette Optikerin mit ihrem blöden Verkupplungsversuch vor den Kopf stoßen würde, tat ihr unendlich leid.

»Silvia ist ja nicht dumm«, erklärte da Leni, »sie weiß doch ganz genau, dass man Liebe nicht erzwingen kann.«

»Stimmt.«

Doch Leni fuhr unbarmherzig fort: »Trotzdem wird sie stinksauer sein, und du musst zu Kreuze kriechen.«

»Mache ich«, sagte Verena, die sich auf einmal leicht wie eine Feder fühlte.

Sie verabschiedete sich von Leni und legte auf. Was sollte sie als Nächstes tun? Auf morgen warten, wenn Felix und sie sich zum Joggen trafen? Oder sollte sie ihn sofort anrufen? Lieber nicht, sicherlich wirkte ihr Liebesarrangement im »Blauen Enzian« zumindest befremdend auf ihn, da war nun bestimmt nicht der ideale Zeitpunkt, um miteinander zu sprechen.

Oder Leni irrt sich, und er und Silvia sind bereits ein Paar, schoss es ihr entsetzt durch den Kopf, bei diesem Gedanken zog sich ihr Magen zusammen.

Nach einer schlaflosen Nacht, in der sie sich abwechselnd im Bett hin und her geworfen hatte oder ziellos durch die Wohnung getigert war, stand sie am nächsten Morgen in ihren Laufsachen am Beginn des kleinen Almweges, dort, wo sie sich immer mit Felix traf. Fröstelnd hatte sie die Arme um sich geschlungen und sprang dabei von einem Bein auf das andere. Zwar war es bereits angenehm warm, doch offensichtlich machte sich nun der fehlende Schlaf bemerkbar. Allerdings fühlte sich Verena kein bisschen müde. Im Gegenteil, ihr Herz hämmerte auf Hochtouren, und auch ihr Kopf war hellwach. Vermutlich zu wach, denn ein wenig wirr tanzten die Gedanken in ihrem Hirn im Kreis herum. Was soll ich zuerst sagen?, überlegte sie fieberhaft. Zuerst eine Entschuldigung wegen gestern? Oder eine Liebeserklärung? Oder beides gleichzeitig? Na klar, am besten ein: Sorry, ich liebe dich!

Verärgert über sich selbst, schüttelte sie den Kopf. Nach einer Nacht ohne Schlaf war sie offenbar doch nicht fähig, irgendeinen klaren Gedanken zu fassen. Vielleicht wäre es besser gewesen, wenn ich Felix gestern noch angerufen hätte, musste sie denken. Gleich darauf war sie froh darüber, dass sie das eben nicht getan hatte. Herrje, sie war wirklich verwirrt. Sehr verwirrt. Sie konnte nur hoffen, dass sie gleich alles richtigmachen würde. Auf einmal durchfuhr sie ein heftiger Schreck. Ein kurzer Blick auf die Uhr sagte ihr, dass es fast halb neun war, Felix war also bereits zwanzig Minuten zu spät. Das war sonst gar nicht seine Art. Keine Spur von ihm, bloß ein paar braun gescheckte Kühe grasten friedlich ein Stückchen über ihr auf der Alm. Resigniert ließ sie die Schultern hängen, denn natürlich musste diese Verspätung bedeuten, dass Felix nicht mehr kommen würde. Vermutlich kuschelten er und Silvia nach einer leidenschaftlichen Liebesnacht noch zusammen im Bett, hatten völlig die Zeit vergessen.

Verena schluckte mehrmals. Es stand außer Frage, mit ihrer dummen Aktion hatte sie ihr eigenes Glück verspielt. »Schwachsinn«, meinte da diese freche Stimme in ihrem Kopf, »bei einem einzigen Abendessen verliert doch niemand sein Herz, wenn nicht schon vorher Gefühle da gewesen sind.« Stimmte auch wieder. Vermutlich hatte sie der Liebe der beiden Turteltäubchen nur die Tür geöffnet, aber das hätte sie im Gegenzug auf Dauer ja dann auch nicht verhindern können. Auch wenn sich ihr dummes Herz das im Moment leider sehr wünschen würde. Mit einem dumpfen Gefühl in der Magengrube trabte Verena los, um jetzt nicht völlig durchzudrehen.

Da hörte sie von hinten eine bekannte männliche Stimme. »Verena! Hallo! Warte doch! Oder bist du etwa auf der Flucht?«

Abrupt blieb sie stehen und drehte sich um. Da war er. Zu beobachten, wie Felix auf sie zugelaufen kam, traf sie mit einer immensen Wucht. Herrje, war sie denn vorher blind gewesen, um nicht zu sehen, dass dieser Mann einfach umwerfend aussah? Und dass sein Blick aus diesen faszinierenden Augen bis auf den Grund ihrer Seele schauen konnte?

»Alles okay bei dir?«, fragte Felix, offensichtlich verwirrt. »Habe ich irgendwo einen Fleck auf dem T-Shirt?«

Sie schüttelte rasch den Kopf und sagte, da ihr spontan nichts Besseres einfiel: »Du bist aber spät dran.«

Mit verwunderter Miene schaute er auf seine Uhr. »Gleich halb neun. So, wie wir es ausgemacht hatten.«

»Stimmt!«, rief Verena aus, schlug sich dabei mit der flachen Hand gegen die Stirn. Ganz offensichtlich war sie dermaßen durch den Wind, dass sie bereits Uhrzeiten verwechselte. »Tut mir leid, ich habe heute Nacht schlecht geschlafen«, murmelte sie.

Felix schaute sie ein wenig spöttisch an. »Warum? Hattest du ein schlechtes Gewissen, weil du Silvia und mich so plump miteinander verkuppeln wolltest?«

»Äh«, stammelte sie, wand sich unter seinem intensiven Blick. »Ja, eigentlich schon. Ich habe es nur gut gemeint, aber vermutlich war es einfach etwas übertrieben.« ... Und hat hoffentlich auch nichts gebracht, weil ich dich nämlich liebe, fügte sie in Gedanken hinzu – zum Glück hatte sie sich im letzten Moment noch auf die Unterlippe beißen können.

»Ja, es war schon ziemlich schräg«, sagte er mit einem leichten Nicken, »all die Kerzen, die Blütenblätter auf dem Tischtuch, dann noch leise italienische Musik ...«

»Das auch noch!«, rutschte es ihr heraus, während sich ihre Nackenhaare sträubten.

Felix musste angesichts ihres peinlich berührten Entsetzens grinsen. »Ja, ein bisschen viel war es schon.«

Er deutete auf eine kleine Holzbank in der Sonne, von der man einen wunderschönen Blick auf das morgendliche Kitzbühel hatte. Verena setzte sich neben ihn und seufzte leise auf. Im Augenblick konnte sie sich einfach nichts Schöneres vorstellen, als neben diesem Mann zu verweilen. Den sie sicher auch dann noch lieben würde, wenn sie ihre Chance mit der gestrigen Aktion vertan hätte. Trotzdem musste sie wissen, was am Vorabend passiert war. »Und, hatte mein Verkupplungsspielchen wenigstens Erfolg?«, fragte sie leise.

Felix war ein Stück näher an sie rangerutscht. »Zuerst würde ich eigentlich gern wissen, warum du das getan hast?«

»Weil ich dachte, Silvia und du, ihr würdet gut zusammenpassen. Und weil doch jeder gesehen hat, wie gern sie dich hat.«

Felix sagte nichts, sah sie nur schweigend an. Nun konnte sie sich nicht länger zurückhalten. Egal, ob er sie für völlig bescheuert halten würde oder nicht. Ein warmes Gefühl breitete sich in ihrer Brustgegend aus, zeigte ihr, dass es nichts ausmachen würde, wenn sie ihm gleich ihre Liebe offenbarte und sich damit zum Depp machte, falls er nicht so für sie empfand. Er würde dennoch ihr Freund bleiben, dem sie vertrauen konnte. »Felix«, versuchte sie, mit fester Stimme zu sagen, hörte jedoch selbst, wie diese zitterte. Egal. Sie setzte nochmals an: »Ich habe das Abendessen mit Silvia arrangiert, weil ich blind war für meine eigenen Gefühle. Offenbar konnte ich es selbst nicht glauben, aber es ist so, ich …«

»… liebe dich«, vollendete Felix den Satz, so einfach war das.

Verwirrt blinzelte sie. »Du liebst mich? Wie? Was? Aber ich …« Die Gedanken in Verenas Kopf begannen lustige Kreiseltänze aufzuführen. Jetzt verstand sie gar nichts mehr.

»Ja, ehrlich gesagt schon seit unserer ersten Begegnung hier am Almweg. Aber lieber hätte ich mir einen Finger abhacken lassen, als es einzugestehen, sogar nur mir selbst.«

Sanft strich sie über seine Hände, musste schmunzeln. »Zum Glück hast du das nicht gemacht.«

Beide lachten, dann wurde Verena wieder ernst: »Wann es bei mir angefangen hat, weiß ich gar nicht. Zuerst war Simon da, dann war lange ein großes Nichts. Und dann wiederum war ich unendlich froh, dass wir gute Freunde geworden sind.« Noch immer verblüfft über ihre eigenen Gefühle, die sie im Moment förmlich umzuwerfen drohten – zum Glück saß sie sicher – fügte sie hinzu: »Und dann ist es wohl nach und nach um mich geschehen. Dummerweise habe ich erst gestern Abend kapiert, wie sehr ich dich liebe.«

»Himmel, klingt das gut!«, rief Felix aus und legte einen Arm um sie. »Von mir aus könntest du ewig so weiterreden.« Er schaute ihr liebevoll in die Augen, mit einem Blick, der sie fast betrunken machte.

Und das schon am Morgen!, musste sie insgeheim schmunzeln.

Ihre Gesichter näherten sich, Felix' Lippen waren nur noch wenige Zentimeter von ihrem Mund entfernt. Gleich, gleich würde es passieren – ausgerechnet jetzt fiel ihr jedoch etwas ein, das sie sofort klären musste. Sie schreckte zurück und fragte mit erhitzten Wangen den erstaunt blickenden Felix: »Was ist eigentlich mit Silvia? Wie geht es ihr?«

»Ihr geht es gut. Im Grunde ist sie bloß aus Neugier ins Restaurant gekommen, denn ihr war ohnehin klar, dass zwischen ihr und mir nichts passieren würde.« Er lachte leise auf. »Dann hat sie mir zwischen Eros Ramazzotti und Zucchero ordentlich die Leviten gelesen. Ich solle nicht länger so feige sein und dir endlich sagen, was ich für dich empfinde.«

»Ja, wo sie recht hat, hat sie recht«, flüsterte Verena mit einem glücklichen Lächeln.

Und dann konnte sie nichts mehr davon abhalten, den wohl wundervollsten Mann auf der Welt, ihre alte und gleichzeitig neue Liebe, bei der sie sich völlig angekommen fühlte, zu küssen. Ihre Lippen schienen miteinander zu verschmelzen, ein traumhaftes Gefühl schoss durch ihren Körper, bis hinein in ihre Zehenspitzen kribbelte es. Verena konnte sich nicht erinnern, jemals so glücklich gewesen zu sein wie hier auf der Alm mit Felix – zwischen all den gefleckten Kühen, von denen hin und wieder ein zufriedenes »Muh!« zu hören war.

◯ Der Fluch der Altbäuerin
€ 12,95 [D]

◯ Großmutters Leibspeisen
€ 14,95 [D]

◯ Faszination Tracht
€ 19,95 [D]

◯ Lady Death
€ 19,95 [D]

◯ Die Letzten der Kompanie
€ 12,95 [D]

◯ Die russische Agentin
€ 12,95 [D]

◯ Mondschein über Seewinkel
€ 14,95 [D]

◯ Seppis Tagebuch Hammermäßig!
€ 12,95 [D]

◯ Tiere kommen in den Himmel
€ 12,95 [D]

info@rosenheimer.com · www.rosenheimer.com · Tel: 08031 2838 0 · Fax: 08031 2838 44

**Name** ______________________

**Straße/Hausnummer** ______________________

**PLZ/Wohnort** ______________________

**Telefon** ______________________

**E-Mail** ______________________

- ◯ Senden Sie mir **halbjährlich** kostenfrei und unverbindlich – bis auf Widerruf – Ihren Verlagskatalog.
- ◯ Ich möchte die rückseitig angekreuzten Bücher **kaufen** und **portofrei** (innerhalb Deutschlands) zugesandt bekommen. Meine Bezahlung erfolgt auf Rechnung. Ich habe **14 Tage Zeit,** um den Auftrag zu **widerrufen.** Meine Daten werden nicht an Dritte weitergegeben.

rosenheimer

www.rosenheimer.com

Bitte ausreichend freimachen

**Rosenheimer Verlagshaus**

**Am Stocket 12**

**D-83022 Rosenheim**

## Von Andrea Eichhorn bereits erschienen

**Traum einer Sommernacht**
272 Seiten
ISBN 978-3-475-54520-7

Die junge Köchin Hanna ist unzufrieden in ihrer langjährigen Beziehung mit Emil. Nach einem überraschenden Heiratsantrag fährt sie überstürzt nach München. Dort lernt sie Moritz kennen, kehrt aber bald nach Kitzbühel zurück. Auf Wunsch ihrer kranken Mutter versöhnt sie sich mit Emil. Als Moritz der neue Arzt im Dorf wird, ist Hanna hin und her gerissen.

**Im Zauber der Berge**
272 Seiten
ISBN 978-3-475-54464-3

Sophie durchlebt einen Albtraum – sie wird von ihrem Exfreund Sven bedroht. Da eröffnet sich eine Chance: Ein verwitweter Bauer aus Tirol sucht eine Kinderbetreuung. Sophie verliebt sich in die Kinder, und auch zwischen ihr und Michael knistert es – zum Leidwesen seiner Verlobten. Sophie steckt im Gefühlschaos und lebt mit der Angst, dass Sven sie findet …

**Informationen zu unserem Verlagsprogramm finden Sie unter www.rosenheimer.com**